19.95

LE CŒUR DÉCOUVERT
DÉCOUVERT

roman d'amours

Données de catalogage avant publication (Canada)
Tremblay, Michel, 1943-
    Le coeur découvert
    (Collection Roman québécois; 105)
    2-7609-3111-0
    I. Titre.   II. Collection.

PS8539.R45C63 1986
PS9539.R45C63 1986
PQ3919.2.T73C63 1986

C843'.53

C86-096430-2

Illustration de la couverture: *Du côté d'Ailleurs*, eau-forte de Carl Daoust.
Maquette: Claude Lafrance.
Composition et montage: Édipro Ltée.

ISBN 2-7609-3111-0

© Copyright Michel Tremblay, Ottawa 1986 par Les Éditions Leméac Inc.
Dépôt légal — Bibliothèque nationale du Québec
4e trimestre 1986

Imprimé au Canada

Michel Tremblay

LE CŒUR DÉCOUVERT

roman d'amours

LEMÉAC

À Jonathan, dans l'espoir qu'il comprendra un jour l'importance qu'il a prise dans ma vie.

*Tous mes remerciements à Paquerette Ville-
neuve et Jacques Godbout dont les conseils
ont été des plus éclairants.*

JEAN-MARC

J'ai toujours détesté les bars. Les petits refuges sympathiques où on se retrouve entre habitués, blasés de revoir les mêmes têtes un peu exaspérantes se pencher sur le verre de bière tiède ou se tourner vers la porte avec un espoir anxieux quand une nouvelle silhouette fait son apparition, autant que les grandes boîtes à la mode, généralement tonitruantes et fréquentées par la fine fleur des branchés de l'heure, trop pomponnés, en représentation continuelle et la plupart du temps cons comme la lune. Un gars avec qui j'avais essayé de faire un brin de conversation m'avait dit, un soir de déprime: «Si t'es venu ici pour parler, tu vas être ben désappointé, on s'entend pas!»

Alors j'ai le choix entre réentendre un dialogue que je connais par coeur, que je pourrais réciter dans ses moindres méandres, ses plus petites variantes, et regarder se contorsionner de jolis corps bien astiqués qui prennent pour miroirs admiratifs les yeux des autres danseurs ou ceux des buveurs qui encerclent la piste de danse.

Ce n'est pas là l'amertume d'un homme de trente-neuf ans qui se sent vieillir ou devenir moins désirable, moins susceptible de plaire, non, je n'ai vraiment jamais aimé les bars, même à l'époque ou moi aussi je voulais séduire à tout prix.

Je les ai pourtant beaucoup fréquentés. Il était bien difficile de cruiser dans les rues de Montréal au début des années soixante. Alors, malgré moi, j'ai connu la grande

13

époque du *Hawaiian Lounge*, la naissance du *PJ's*, les années de gloire du *Taureau d'or*. Je n'irai pas jusqu'à dire que je ne me suis pas amusé, ce serait mentir, mais j'ai toujours gardé une certaine réserve, voire même une froideur devant ces longues soirées occupées à regarder la Monroe ou Belinda Lee se donner en spectacle tout en guettant du coin de l'oeil qui arrivait, qui sortait, qui draguait qui et comment.

Aujourd'hui, la rue est devenue l'endroit idéal pour faire des rencontres. Et le plus facile. La viande est là, offerte et évidente, écourtichée même l'hiver. Elle règne sur la rue Sainte-Catherine et sur la rue Saint-Denis le jour comme la nuit, rarement joyeuse, au contraire: draguer est devenu une occupation fort sérieuse à laquelle il faut s'adonner avec le sourcil froncé et le front plissé. En ces jours où l'allure mâle est redevenue de mise, il suffit de prendre un air vaguement mufle dans son déguisement de travailleur manuel pour voir les têtes se tourner même quand, comme moi, on n'est pas très beau. Alors j'en profite. Le professeur de français que je suis, cependant, s'amuse beaucoup de ce travestissement un peu ridicule: avec mon jean trop serré, ma chemise échancrée, mes sandales éculées, je n'ai absolument pas l'air de moi mais d'un figurant dans une rue où tout le monde joue un rôle qui n'est pas non plus le sien. C'est un jeu collectif pratiqué par une collectivité qui a toujours été attirée par les miroirs déformants et les leurres de l'imagination.

Mais en ce mois d'août humide, stagnant, qui collait à la peau et vous suçait toute énergie, la rue était devenue impraticable. J'avais trop chaud pour me promener et je recherchais le moindre petit endroit climatisé, surtout tard le soir, au moment où j'aurais dû aller me coucher et où pourtant la seule pensée de mon lit me faisait frissonner. Je dors la fenêtre ouverte, hiver comme été, et je vois toujours venir la canicule, à Montréal, avec un léger dégoût. Ces nuits passées à me retourner dans mon lit, à rejeter le drap, à tapoter mon oreiller, sont plus fatigantes qu'autre chose.

Je suis donc retourné à quelques reprises au *Paradise*, inchangé parce qu'immuable, mais la déprime me gagnait de plus en plus tôt, alors je me suis mis à m'informer des nouveaux endroits «in» de Montréal tout en spécifiant que je voulais éviter les discothèques trop «jeunes». Les barmans du *Paradise* m'ont parlé d'un endroit qu'on disait sympathique où se tenait depuis quelques mois la crowd des jeunes universitaires qui veulent justement éviter le bruit et la fureur des folles nuits de Montréal.

Je me suis rendu sur la rue Saint-Laurent, juste au nord de Prince-Arthur, un quartier que je fréquente peu et où j'étais étonné de trouver un bar spécialisé.

Comme la plupart de ces établissements vite ouverts, vite fermés, vite oubliés, *La Cachette* avait un peu l'air de rien: des murs peints en noir où se devinaient à peine des posters pseudo-érotiques qui n'auraient même pas excité le plus refoulé des frustrés tant ils étaient primaires et malhabilement exécutés, un éclairage soi-disant discret mais plutôt inexistant, un ameublement des plus sommaires, un personnel un peu perdu. La musique, trop forte à mon goût mais quand même bien choisie, sortait d'un excellent système de son tout neuf qu'on avait dû payer une fortune et qui ne survivrait que le temps où cet endroit resterait à la mode. Le manque de personnalité de cette boîte était évident mais elle avait un grand atout: on n'y avait pas chaud et on n'y gelait pas.

Je commandai une bière à un jeune homme savamment déshabillé qui passait et m'installai au bar d'où j'avais une vue assez complète sur cette vaste pièce rectangulaire qui avait dû jusqu'à récemment servir de salle de répétition ou d'entrepôt de dry goods.

Deux choses me frappèrent aussitôt: l'absence de folles et la présence de plusieurs jeunes filles qui semblaient beaucoup s'amuser. Je me réjouis de l'une autant que de l'autre. Les folles ont souvent vite fait de gâcher un endroit agréable et les bars gays qui acceptent les femmes ont toujours ma sympathie. Les ghettos me font peur; je préfère les mélanges même les plus hétéroclites aux

15

cohues trop homogènes d'où toute diversité est bannie et qui sentent la spécialité à tout prix.

On m'avait prévenu que *La Cachette* était fréquentée par des universitaires mais on ne m'avait pas dit que personne d'autre n'y allait... Je me suis vite rendu compte que j'étais l'élément vieux de la place et qu'on me regardait avec un petit sourire narquois, l'air de dire: «Tu t'es trompé de place, hein, le vieux? Tu sais pus quoi faire...» Et, effectivement, j'étais assez mal à l'aise. Je me suis même surpris à regarder un peu partout pour voir si un de mes élèves ne faisait pas partie de ces groupes animés qui me lorgnaient. Paranoïa de professeur qui ne veut pas mêler sa vie privée à sa vie professionnelle? Probablement. Mais aucune de ces têtes ne m'était connue.

À côté de moi, vautrés sur leur stool au point où j'avais envie de leur dire qu'ils étaient en train de se dévier la colonne vertébrale (encore le professeur), deux gars parlaient du SIDA avec des mines effrayées. Ils citaient pêle-mêle les journaux, la télévision, des conversations qu'ils avaient eues ou entendues, des articles de revues américaines, leurs mères qui savaient tout sur eux et s'arrachaient les cheveux, leurs pères qui ne savaient encore rien et qui disaient que c'était là le «châtiment de Dieu...». Je pouvais sentir dans le ton de leurs échanges une vraie peur, une terreur, même, de celles qui glacent et vous empêchent de fonctionner. L'un d'eux prétendait ne pas avoir baisé depuis plusieurs semaines, être à la fois obnubilé par la pensée de faire l'amour et visité par les rêves les plus érotiques de toute sa vie. L'autre disait être allé voir des films pornos au *Cinéma du Village* pour se rappeler la belle époque où tout était permis et où les seuls dangers qui vous menaçaient étaient la bénigne gonorrhée et l'ennuyeuse syphilis.

Moi, quand j'ai eu ma première maladie vénérienne, j'ai failli mourir de honte puis, après avoir vu la mine goguenarde du médecin qui m'avait traité, style «p'tit verrat, va, si jeune pis déjà bien avec les femmes», j'avais décidé de laisser venir sans trop m'en faire, sinon la vie

16

qui s'ouvrait devant moi ne serait que terreur et inquiétude. J'ai eu mon lot de petits problèmes d'ordre vénérien, mais rien de bien dramatique.

Le SIDA, évidemment, c'est autre chose. Tant et aussi longtemps que cette maladie est restée étrangère à nous, une espèce d'entité inconnue qui ne sévissait que dans les ghettos ultra-spécialisés de New York ou San Francisco, je m'en suis très peu préoccupé. Un peu comme l'herpès, il y a quelques années: tout le monde en parlait, tout le monde en avait peur mais personne à Montréal ne connaissait un cas vraiment grave et on avait fini par en rire. Tandis qu'avec le SIDA... Des gars ont commencé à s'éteindre doucement, à Montréal même, une ou deux connaissances, un ancien journaliste du *Devoir*...

J'ai fini ma bière d'un trait comme lorsque je suis préoccupé et que j'ai la naïveté de croire que boire me fera tout oublier. Je suis moi aussi terrorisé par le SIDA mais j'ai décidé d'y penser le moins possible. Je ne joue pas à l'autruche, je veux juste éviter de m'empêcher de vivre. Les chances de l'attraper restent encore infimes et je refuse de bouleverser ma vie pour un risque aussi hypothétique. C'est du moins ce que je me dis quand je me retrouve comme ce soir-là dans un bar ou dans la rue, l'oeil aux aguets, la démarche faussement décontractée et le sourire conquérant.

Je n'avais pas du tout le sourire conquérant, toutefois, à *La Cachette*, bien au contraire: j'aurais plutôt eu tendance à me plonger le nez dans mon verre pour qu'on oublie ma présence. Encore une soirée ratée. Je me retrouverais dans quelques heures au creux de l'épaisseur gluante de la nuit d'août, seul et angoissé, peut-être même condamné à errer dans les rues jusqu'au petit matin, jusqu'à ce que la fatigue m'assomme. Puis j'ai réalisé que de toute façon il faisait trop chaud pour baiser et ça m'a un peu soulagé. J'ai commandé une seconde bière que je me promettais d'étirer le plus longtemps possible et j'ai commencé à me détendre. J'ai quitté ma place au bar et je me suis dirigé vers la piste de danse, bourrée, bruyante et mieux éclairée.

On ne se débattait pas là-dessus comme je l'avais souvent vu faire à d'autres endroits où la danse est devenue une façon presque agressive de cruiser, non, les danseurs étaient énergiques sans tomber dans l'excès; ils évoluaient avec une aisance un peu appuyée, bien sûr (après tout n'étaient-ils pas en représentation?), mais tout ça était fait avec nonchalance, comme si ça n'avait pas vraiment eu d'importance alors qu'ailleurs on donnait l'impression de se rendre à la piste de danse comme à une opération militaire.

Je me suis dissimulé dans un bosquet de spectateurs immobiles qui sirotaient en silence leur bière tout en reluquant le spectacle qu'offraient ces corps en mouvement, conscients, reconnaissants d'être observés.

C'est en regardant évoluer un danseur très inspiré et étonnamment inconscient de ce qui se passait autour de lui que j'ai aperçu pour la première fois les yeux noirs qui me fixaient, de l'autre côté de l'aire, avec un sérieux presque comique. Un ancien élève? Non, il semblait beaucoup trop jeune et j'étais sûr de ne pas le connaître. Un très beau gars, d'ailleurs, aux traits fins sans être féminins, genre mannequin local sûr de son effet, mais sans ostentation. Évidemment, ça arrivait juste au moment où je venais de décider que je ne draguerais plus.

Je n'avais pas envie de traverser l'espace réservé aux danseurs ni de contourner les curieux pour aller le retrouver, alors j'ai décidé de laisser aller les choses, on verrait bien ce qui se passerait. Je me suis même discrètement éloigné vers la grande fenêtre qui donnait sur la rue Saint-Laurent.

Je n'ai pas de goût précis pour un genre de gars en particulier. J'ai toujours pris ce qui passait et de toute façon je trouve les spécialités un peu suspectes, à la longue. Il me semble impossible de toujours désirer la même chose, un même gabarit, une même allure, une même atmosphère. Ça finit par avoir un petit côté fixation qui m'agace. Les hommes qui courent les femmes enfants, par exemple — j'en connais, mon département en est plein, au

Cegep — m'ont toujours mis mal à l'aise comme ceux, parmi mes camarades du *Paradise*, qui ne jurent que par le muscle gonflé et la tête de militaire sadique. À moins d'être marié et fidèle, je ne vois pas l'utilité de toujours courir derrière la même carotte. Je n'ai donc rien contre les gars qui sont beaucoup plus jeunes que moi sans pour autant tomber dans la pédophilie à tout crin, autre maladie irritante assez répandue dans mon milieu.

Je suis resté un bon bout de temps appuyé contre la fenêtre du bar à regarder les rares passants déambuler dans la rue. La plupart tournaient sur Prince-Arthur, à la recherche d'un restaurant pas trop cher. J'ai même fini par oublier le garçon qui m'observait plus tôt et, ma bière calée, je me suis dirigé vers la porte.

Il s'était déplacé vers le bar, de façon à avoir une vue d'ensemble sur l'établissement. Il était en conversation avec un gars de son âge qui semblait s'intéresser beaucoup à lui, mais il regardait toujours dans ma direction, comme s'il ne m'avait pas quitté du regard pendant tout ce temps. J'en fus très flatté, tellement, même, que je décidai de m'attarder encore un peu.

Il a esquissé un petit sourire quand il m'a vu hésiter devant la porte. Le garçon qui lui parlait s'en est rendu compte et a fait une grimace niaise qui en disait long sur son quotient intellectuel avant de s'effacer discrètement, prétextant une envie pressée, je suppose.

L'aborder? Non, j'ai décidé de le laisser agir jusqu'au bout. Je suis retourné à la piste de danse, plus animée que jamais. Il m'a suivi. Mais il ne m'a pas abordé. Il continuait de me regarder fixement mais paraissait trop timide pour me parler. Seuls ses yeux, perçants, presque fiévreux, étaient effrontés.

Trouver une phrase d'introduction me tue. Je les ai toutes épuisées depuis longtemps, du moins celles que je ne juge pas trop bêtes, et celles qui me venaient ce soir-là étaient d'une telle banalité que j'en aurais rougi de honte.

Il portait noué autour de son cou un chandail de l'Université de Montréal. Le prétexte n'était pas des plus originaux mais il fallait bien commencer quelque part puisque lui ne se décidait pas.

« Tu vas à l'Université? »

Il a paru surpris de ma question.

« Non... Pourquoi tu me demandes ça?

— Ton chandail...

— Ah! ça... C'est un gars... c'est un ami qui me l'a prêté... Je l'ai mis autour de mes épaules à cause de l'air climatisé... »

Il a regardé mon propre chandail avec un sourire moqueur.

« J'te demanderai pas si t'es déjà allé à l'Université du Wisconsin... »

Et je me suis rappelé que je portais moi-même sur la poitrine, inscrit en grosses lettres jaunes tout à fait ridicules, l'emblème de l'Université du Wisconsin.

Je fus très étonné d'apprendre qu'il avait vingt-quatre ans. Je lui en donnais tout au plus dix-neuf ou vingt. J'en ressentis du soulagement mais aussi une certaine irritation: d'habitude je suis assez bon pour deviner l'âge des gens, surtout les jeunes que je fréquente dix mois par année et dont j'ai fini par deviner tous les subterfuges pour se vieillir ou se rajeunir. Mes étudiants sont presque toujours séparés en deux catégories: ceux, les plus nombreux, qui se vieillissent pour se donner de l'assurance et ceux qui se rajeunissent déjà. Pourquoi se rajeunir quand on a dix-sept ans? Je n'ai jamais vraiment réussi à le savoir. C'est peut-être une forme de chantage pour cacher des faiblesses de caractère... Je suis plus jeune que les autres, plus faible, ayez pitié de moi...

Quand il m'a dit qu'il s'appelait Mathieu, je ne l'ai pas cru. En 1960, on n'appelait pas son enfant Mathieu.

«Ta mère était d'avant-garde, toi! Comment ça se fait qu'elle t'a pas appelé François, ou Michel, comme tout le monde?

— Ma mère était pas d'avant-garde, au contraire, c'était une freak des boîtes à chansons... Mon père et elle fréquentaient *La butte à Mathieu*, dans les Laurentides... T'as ben dû connaître ça, toi...

— Écoute, chuis plus vieux que toi, mais je pourrais quand même pas être ton père...

— Quel âge t'as? »

C'est sorti tout seul, avant même que j'y pense:

«Trente-cinq.»

Comme quoi quand on crache en l'air... J'ai failli me reprendre, lui dire tout de suite, non, écoute, c'est faux, je viens d'avoir trente-neuf ans, mais il m'a coupé.

«Et t'as pas connu *La butte à Mathieu*?

— Ben non, j'ai pas connu *La butte à Mathieu*... Chuis venu au monde en cinquante... » (Autre mensonge. Maintenant, je ne pourrais plus m'en sortir.)

« En tout cas, tu les fais pas...

— Quoi?

— Tes trente-cinq ans... J'pensais que t'avais à peu près trente, trente-deux... »

Je l'aurais embrassé on the spot. Moi qui me trouve décati, vieilli, depuis quelque temps, voilà qu'un « flot » aux yeux perçants me retranchait d'un coup presque dix ans. Mais il faut se méfier des compliments échangés dans un bar à peine éclairé où disparaissent si facilement rides et poches sous les yeux. Ces éclairages flatteurs ont tellement souvent été source de déception: jeunes hommes cruisés après un trop grand nombre de bières et qui s'avèrent ne pas être jeunes du tout; peaux de pêches qui se transforment dans la rue en écorce de cantaloup; yeux spirituels et brillants qui ne sont en fin de compte que le reflet d'un alcoolisme avancé...

« Tu m'as pas encore vu dans un éclairage naturel... Tu serais peut-être pas mal déçu. »

Il a souri. Quelque chose de tellement beau, de tellement vrai que j'ai eu envie de lui dire reste comme ça, bouge pus, ça fait trop longtemps que j'ai pas vu un aussi beau sourire. Mais ces choses-là ne se disent pas, elles passent pour quétaines...

Il a placé sa main sur mon bras.

« Y'a pas vraiment moyen de parler dans ces endroits-là... On sort-tu? »

Nous nous sommes retrouvés dans la faune si particulière de la rue Prince-Arthur. C'était l'heure de la sortie des restaurants; les digestions se faisaient lentes et la marche de santé aussi. La rue était bondée de petits ensembles pastels qui déambulaient en désordre, musardant dans un silence de fin de bombance ou se frottant les muqueuses avec un évident manque d'urgence. Les bancs étaient occupés soit par des robineux chambranlants soit par des gens du troisième âge qui achevaient leur soirée en regardant passer les autres, les chanceux qui avaient les moyens de manger au restaurant. Un attroupement s'était formé autour d'un cracheur de feu à l'accent anglais et on lâchait de petits oh! pas trop convaincus quand une flamme exceptionnellement brillante sortait de sa bouche.

Mathieu s'était dressé sur le bout des pieds pour mieux voir tant la foule était dense. Il a penché la tête vers moi, posant presque sa joue sur mon épaule.

«Chaque fois que je vois un cracheur de feu, je me demande quelle sorte d'haleine y peut bien avoir...»

Ça sentait la sueur, le parfum bon marché et les escargots à l'ail. L'artiste avait terminé son spectacle, on l'applaudissait faiblement. Quelques pièces de monnaie ont commencé à tinter sur le pavé nouvellement reconstitué «à l'ancienne». Montréal ne fait pas que retrouver son passé, depuis quelques années, elle s'en invente aussi un ; sa passion pour le «vieux» frise l'hystérie: partout, on rénove vieux. J'en sais quelque chose, je suis moi-même tombé dans le piège. Les réparations de ma maison ne sont pas encore terminées et je suis déjà fatigué des poutres apparentes et des boiseries vernies.

La foule se dispersant avec une hâte non feinte, nous nous sommes retrouvés presque seuls à regarder l'artiste ramasser ses affaires. Des bouts de bois à moitié calcinés, de petits bidons d'essence, des boîtes d'allumettes Eddy. Il nous a regardés, amusé.

«Si vous avez manqué le début du show, vous allez attendre une bonne demi-heure... J'mets pas le feu à moi, comme ça, sans prendre de break...»

Son accent était vraiment très amusant et il le savait, je l'avais vu en jouer pendant sa démonstration, l'utiliser pour faire rire la foule. J'avais même entendu un porc frais dire à sa blonde: «Maudits Anglais! Sont prêts à toute pour rester icitte!»

Nous nous sommes éloignés après lui avoir laissé un peu d'argent. Mathieu semblait mal à l'aise.

«C'est drôle, hein, chus toujours gêné de donner de l'argent à quelqu'un dans la rue. J'en ai tellement manqué, un temps, pis j'étais tellement trop orgueilleux pour en demander aux autres que j'sais pas comment y font... J'les critique pas! J'suppose que c'est moi qui suis mal fait...»

Nous avons pu nous installer à la terrasse du *P'tit Café*. Par une chance inouïe à cette heure-là, une table au premier rang venait de se libérer. Deux cafés à moitié bus, à moitié renversés achevaient de refroidir sur la table en tôle peinte. Le cendrier était rempli de mégots dont l'odeur dégoûtante nous soulevait le coeur. Je suis un non-fumeur non fasciste mais quelque peu intolérant. J'ai cessé de fumer, même la pipe qui fut ma marque de commerce pendant les années soixante-dix, et je m'en porte tellement mieux qu'il m'arrive un peu trop souvent d'espérer convaincre les autres d'en faire autant. Mais je me retiens. J'ai été fumeur assez longtemps pour savoir à quel point un non-fumeur atteint de prosélytisme aigu peut être fatigant. Je me suis contenté de repousser le cendrier avec un geste que je croyais discret.

Mathieu, qui venait de sortir un paquet de cigarettes de sa poche, a hésité.

«Ça te dérange-tu si je fume?

— Ça me dérange pas si tu m'envoies pas ta boucane dans la face.»

Il a froncé les sourcils et remis son paquet dans sa poche.

«C'tait une farce, Mathieu. Tu peux fumer tant que tu veux.»

Nous avions quitté un endroit encombré pour trouver la paix et nous nous retrouvions en plein coeur d'une foule pas trop bruyante mais très présente. Comme nous étions au premier rang, des sacs à main nous frôlaient sans arrêt, des bribes de conversations nous parvenaient, absurdes en dehors de leur contexte: «J'm'ai dit à moé...»; «...tellement gras que ça passe pas...»; «...chèques de l'American Express. Est-tait assez déprimée qu'est revenue aussitôt», et je voyais venir le moment où quelque robineux viendrait nous quêter une cigarette ou de l'argent «pour prendre le métro».

Le serveur est arrivé, composé, faussement respectueux. Je n'avais même pas pensé à consulter la carte. J'ai commandé une eau minérale pour faire bonne figure et aussi parce que je trouvais que j'avais assez bu. Quand il a reconnu Mathieu, le garçon a changé du tout au tout; il est devenu tout souriant et s'est mis à tapocher des yeux comme une star des années vingt.

«Salut, Mathieu... Ça fait un bout qu'on t'a vu. »

Mathieu ne semblait pas avoir envie de lui parler comme s'il n'avait pas voulu que je sache qu'ils se connaissaient.

«J'viens presque pus dans ce bout-ci... J'étais même pas parti pour aller à *La Cachette*, à soir...

— Ton chum, là... celui qui passe à la télévision... Y'est venu tout à l'heure... Y'avait l'air de chercher quelqu'un. »

Mathieu était visiblement ennuyé de la familiarité du serveur. Moi, ça m'amusait.

«C'tait pas moi qu'y cherchait... J'le vois pus... Une fois, pis j'en ai eu assez!

— En tout cas, y pourrait dire bonjour au monde! C't'un maudit stuck up, ça! Sont toutes pareils, les artistes! Sont ben contents de nous cruiser une fois, mais y nous reconnaissent donc pus, après! Des fois, t'as l'impression qu'y te traitent comme un kleenex usagé, c'est pas mêlant... Excuse-moi. Chus assez pompé... J'me sens comme une bouteille de Dom Pérignon trop brassée... Que c'est que tu vas prendre?

— Une tarte au citron pis un verre de lait, François. Pis fais-toi s'en pas... Y'en valait pas la peine...

— Ah! c'est pas de lui que je parle. Lui, y'est stuck up mais j'ai pas couché avec... Non, c'est l'autre, là, le comique, là, t'sais... »

Mathieu l'a coupé d'une façon un peu cavalière; j'en ai conclu qu'ils devaient être de très bons amis.

«François, j'pense que tes clients t'attendent, là. Nous autres les premiers. »

François s'est éloigné avec une mine de vierge offensée. À la table voisine, un client qui voulait son addition depuis que nous étions arrivés a sacré d'exaspération. Je me suis penché vers Mathieu.

«Ton ami gardera pas sa job longtemps...

— Fais-toi s'en pas pour lui. C'est un des meilleurs garçons de table de Montréal quand y veut. Tout le monde se bat pour l'avoir: y'est fiable, drôle, efficace; y rechigne jamais pour travailler deux shifts de suite... Y'a juste un défaut: y'est loud. Mais, des fois, pour un serveur, c'est une qualité. Parce que laisse-moi te dire qu'y se laisse pas marcher sur les pieds... Moi, quand je travaillais dans les restaurants, j'me laissais monter sur le dos par n'importe quel petit client un peu difficile pis moi j'les perdais mes jobs...

— C'est vrai, au juste, j't'ai pas encore demandé ce que tu fais...

— Chus officieusement vendeur de toutes sortes d'affaires chez *Eaton* et officiellement acteur en chômage.»

Il a tout de suite vu ma réaction. Je n'avais pas bougé mais quelque chose avait dû changer dans mon visage.

«T'aimes pas les acteurs? Comme François?»

J'ai pris un air innocent qui ne devait pas être très réussi parce que Mathieu a souri.

«Pourquoi tu demandes ça?

— J'sais pas... T'as eu l'air... disons sceptique... Non, pas sceptique, c'est pas le bon mot. Agacé, peut-être. À moins que ce soit les vendeurs d'*Eaton* que t'aimes pas...

— Non, non, pas du tout, où est-ce que tu vas chercher ça...»

Perspicace, le petit Mathieu. J'en ai tellement rencontré de ces acteurs ou pseudo-acteurs, si souvent mégalomanes, qui vous racontent n'importe quoi sur leur prétendue carrière ou leur hypothétique avenir, que j'ai fini par les prendre en grippe. J'avais envie d'être loin, tout à coup. Je le regardais droit dans les yeux quand il parlait et j'aurais aimé être ailleurs. Je savais que c'était ridicule parce qu'il était sympathique et qu'il ne semblait surtout pas se faire d'illusion ni essayer de me jeter de la poudre aux yeux mais mes expériences passées me revenaient —

26

Claude, Michel, Luc surtout qui fait maintenant une toute petite carrière à la télévision mais qui parle de lui-même comme s'il était le James Dean québécois —, et j'avais envie de me sauver.

Mathieu prenait de plus en plus un ton confidentiel à mesure qu'il parlait. Comme s'il s'était livré à un ami. J'aurais dû en être touché; ça m'a fait peur.

«Depuis que j'ai laissé la troupe de théâtre pour enfants, j'fais pas grand-chose. Des petites affaires de temps en temps... Des figurations, un ou deux commerciaux. Tu comprends, quand t'as juste travaillé pour les bebés, que t'as pas fait d'école de théâtre, ça te fait pas nécessairement une bonne réputation. Mais chus patient. On sait jamais, on peut rencontrer n'importe quand la bonne personne...»

Il s'est arrêté de parler pendant quelques secondes.

«M'écoutes-tu?»

J'ai presque sursauté.

«Oui, oui, j't'écoute... Effectivement, ça doit pas être facile...»

Il a fini sa tarte au citron en silence pendant que je regardais passer les gens. Je m'en voulais de ne pas être plus délicat mais, si je ne m'étais par retenu, je me serais levé de table sans rien dire et je serais parti en le plantant là avec son assiette pleine de miettes et son verre de lait à moitié bu.

«Toi, t'aimes ça être professeur de français?»

Encore une fois, comme pour mon âge, c'est sorti sans que je réfléchisse.

«Oh! non...

— J'trouve pas que t'as l'air d'un professeur de français, non plus. En tout cas, tu parles pas comme ceux que j'ai eus au Cegep. T'sais, là, des pognés qui parlent comme des frères défroqués ou des madames d'Outremont des années cinquante...»

J'ai eu envie de lui dire qu'Outremont a bien changé et que ses madames ne sont plus ce qu'elles étaient mais ç'aurait été nous embarquer dans où est-ce que tu restes, habites-tu tout seul, etc. et je n'en avais pas du tout l'intention.

Voyant que je ne répondais pas à ses avances de confidences, il est revenu à lui et ça a mis fin à la conversation.

«J'prends des cours de chant, aussi. J'sais pas si je pourrais devenir chanteur, probablement pas, mais ça me passionne...»

La première chose que j'ai su, j'étais debout à côté de la table, des dollars à la main. Mathieu avait les yeux ronds, comme si je l'avais giflé. Je ne me suis jamais senti aussi mufle mais je ne pouvais pas m'empêcher d'agir comme je le faisais. J'ai posé l'argent sur la table sans vraiment le regarder.

«Écoute... Y faut que je parte. Excuse-moi. J'ai un gros mal de tête et si j'me couche pas tout de suite j'sais que ça va m'élancer toute la nuit... On se reverra...»

À sa place, je sais ce que j'aurais fait: j'aurais au moins injurié l'écoeurant qui aurait osé me faire ça. Mais je crois qu'il est plutôt resté estomaqué devant son assiette vide. Ça a dû lui prendre une minute ou deux avant de se rendre compte de ce qui lui arrivait.

Au coin de la rue Saint-Laurent, je me suis tellement senti soulagé que j'en ai eu un frisson. J'ai sauté dans un taxi qui passait.

Ce soir-là, je me suis couché enragé. Je m'en voulais d'avoir agi comme je l'avais fait mais en même temps j'avais l'impression d'avoir échappé à quelque chose qui ressemblait à un danger. Les années vécues avec Luc m'ont beaucoup marqué, ça je le sais, ses frustrations m'ont exaspéré, son amertume me rendait même parfois cynique avec lui, mais je n'avais encore jamais compris à quel point tout ça m'avait rendu agressif envers les acteurs. Surtout ceux qui n'ont pas encore réussi. Pourquoi ne pas laisser le bénéfice du doute à Mathieu qui n'avait que vingt-quatre ans et tout l'avenir devant lui? Je crois que je préférais lui laisser ses illusions et disparaître avant de lui dire des choses désagréables. Toute la nuit j'ai revécu les scènes pénibles avec Luc, ses crises, ses doutes, ses certitudes souvent si pitoyables. Non, jamais plus. Vraiment.

Notre mère à tous ne rit pas, elle jappe. Un beau petit yap-yap de chiot heureux et content de le montrer. Ses yeux se plissent, elle découvre ses dents parfaitement blanches malgré sa consommation abusive de cigarettes trop fortes, elle envoie la tête par en arrière comme un enfant qui s'abandonne au plaisir. J'aime l'entendre rire et elle adore rire, alors nous formons à nous deux une espèce de paire de clowns parfois un peu débiles et même suspects aux yeux des autres qui ne comprennent pas toujours nos amusements. Il faut dire aussi que nous nous moquons de tout lorsque nous sommes ensemble: rien, absolument rien ni personne ne trouve grâce à nos yeux. Surtout pas nous-mêmes. Quand un problème la mine, elle vient en rire avec moi et je fais la même chose quand je sens que vient la déprime. C'est une thérapie comme une autre et elle a le grand avantage de ne rien coûter du tout. Il peut arriver que le vrai rire, celui qui délivre et vous met les larmes aux yeux, tarde au point même où on pense qu'il ne viendra pas — ça m'est arrivé plus qu'à elle parce que je suis plus dramatique —, mais il finit toujours par se pointer, titillant notre sens du ridicule et soulageant nos coeurs trop lourds.

Son nom est Marie-Hélène; nous l'appelons Mélène, c'est le surnom que lui avait donné sa famille quand elle était petite, ou bien «notre mère à tous», expression que nous avons inventée un soir de party, alors qu'elle s'était mis dans la tête de régler nos problèmes à *tous*! Tous, j'en reparlerai plus loin, c'est le groupe de femmes que je fréquente depuis des années, mes seules vraies amies, mes soeurs; une famille que nous avons inventée de toutes pièces, où chacun joue un rôle particulier sans toutefois trop le prendre au sérieux, une oasis de paix au milieu des turbulences de nos vies, un refuge devenu essentiel au fil des années parce que bâti sur des besoins très spécifiques. Un remplacement pour certaines qui n'ont pas eu de vie de famille, pour moi la relève à une enfance d'une totale insignifiance. On aura beau dire, pouvoir revivre certains aspects de l'enfance à la fin de sa trentaine, c'est extraordinaire.

J'étais donc le seul homme dans un groupe de lesbiennes.

J'ai toujours eu beaucoup de difficultés à fraterniser avec des hommes. Gays ou straights. Les gays ont souvent un sens de l'humour un peu trop ghetto à mon goût, les straights en ont rarement; les gays me donnent l'impression d'être en perpétuelle compétition les uns avec les autres au niveau du cul, les straights aussi mais d'une façon différente dont la misogynie latente m'exaspère. Tandis que dans mon groupe de femmes je me sens non pas en sécurité mais en confiance. C'est ça, je ne fais pas confiance aux hommes. Quels qu'ils soient. Mais, alors, pourquoi des lesbiennes? À cause de Mélène, justement, qui m'a introduit auprès de ses amies au début des années soixante-dix, que j'ai tout de suite aimées et qui m'ont aussitôt adopté. À cause de leurs revendications, bien sûr, qui ressemblent aux miennes, mais surtout de la façon qu'elles ont de lutter, elles, mes amies, ma famille: elles ne sont jamais heavy et plutôt que d'agresser les hommes, elles en rient. Encore le rire.

Mes compagnons de travail, hommes et femmes, pour qui je serai toujours un éternel inadapté, me disent souvent que le rire finira par me tuer ou me rendre complètement ridicule. J'espère bien qu'ils ont raison.

Mélène a posé son pinceau imbibé de peinture blanche avant de s'essuyer les yeux avec le coin de son vieux tablier de cuisinière qui lui sert d'uniforme de peintre en bâtiments.

«J'te vois en train de te sauver comme une gazelle au beau milieu de la rue Prince-Arthur... Tu devais avoir l'air d'un vrai fou! Et le pauvre gars qui pensait s'être trouvé un prospect pour la soirée pis qui se retrouve tout seul devant un verre de lait vide... Ça c'est humiliant! J'voudrais pas entendre c'qu'y va te dire si jamais tu le revois. »

Nous étions dans la ruelle derrière la maison que nous avions achetée ensemble l'année précédente, elle, son amie Jeanne, un autre couple de femmes et moi-même. C'était jour de corvée de peinture et je sacrais depuis le matin. Je ne m'étendrai pas trop sur les joies de la copropriété; je me contenterai de dire qu'il est des jours où je prendrais volontiers la hache pour aller la mettre dans le contrat que nous avons signé ensemble et qui m'oblige, la plupart du temps, à faire des choses qui m'horripilent. Comme par exemple de repeindre une vieille clôture un samedi matin quand j'aurais envie de vacher au lit après être allé chercher mon exemplaire du *Devoir* sur le pas de la porte. Mais non, à huit heures trente le téléphone avait sonné et Mélène m'avait gazouillé avec une évidente mauvaise foi qui frisait le sadisme: «Bonjour, mon chéri! C'est bien beau d'aller promener son beau corps dans les bars maudits très tard le soir, mais y faut pas oublier ses obligations! J'espère que tu te rappelles que nous allons aujourd'hui passer une journée absolument passionnante, toi et moi, parce que c'est notre tour de repeindre la jolie clôture qui ceint notre propriété... »

La jolie clôture en question est tellement vieille que j'avais peur de la voir s'écrouler sous le poids de la peinture que nous étions en train de poser dessus. Nous avions passé un vote quelques semaines plus tôt: pas d'argent pour faire construire une clôture neuve à cause des nouvelles fenêtres doubles, donc achat de peinture blanche pour essayer de dissimuler un peu cette horreur qui fait la honte de la ruelle. Un autre vote nous avait désignés, Mélène et moi, pour la première corvée parce que Jeanne travaille les fins de semaine. Si le travail n'était pas terminé le samedi soir, les deux autres occupantes de la maison prendraient la relève le dimanche matin. Rien que d'en parler, j'en frissonne. Solitaire comme je le suis, comment en suis-je arrivé à me fourvoyer dans une situation aussi boy-scoute?

Oui, c'est exactement ça: Mélène trouvait que c'était une excellente façon de nous rapprocher, de resserrer les liens qui nous unissaient, de former enfin un vrai noyau familial. Jeanne et elle habitent le deuxième, moi le premier et les deux autres le rez-de-chaussée. Ces deux autres personnes, choisies non pas à l'intérieur de la famille, comme ç'aurait été normal, mais uniquement parce qu'elles étaient les seules de notre connaissance à avoir un peu d'argent, nous ne les fréquentons pas vraiment. Nous nous réunissons beaucoup pour des raisons aussi idiotes qu'ennuyantes, mais nous ne les fréquentons pas. Le noyau familial est donc loin d'être complet et nous nous retrouvons sans arrêt devant des situations absurdes et enrageantes.

Je n'ai jamais rien su faire de mes dix doigts. La peinture que j'appliquais sur le bois sec et gris coulait en longues rigoles visqueuses qui allaient se perdre dans le gazon tout neuf que nous avions tant de difficulté à garder vert à cause du soleil. J'avais l'air de porter un gant blanc à la main droite et mes jeans étaient tellement tachés que j'avais perdu tout espoir de les récupérer.

Je voyais bien que Mélène me guettait du coin de l'oeil depuis quelques minutes, que mon manque de dextérité au travail l'énervait, elle qui peut faire des miracles avec un marteau et deux clous en croix. Pourtant je ne peux pas dire que je ne m'appliquais pas; j'essayais vraiment et du mieux que je pouvais de la recouvrir de peinture blanche, la maudite clôture, mais le pinceau me glissait des mains, ou bien la peinture dégoulinait, ou bien je me collais le toupet contre le bois fraîchement recouvert...

« Fais un peu attention oùsque tu mets le pinceau, Jean-Marc, tu fous de la peinture partout! »

Je n'attendais probablement que ça. J'ai plongé mon pinceau dans la canisse jusqu'au manche et je me suis relevé.

« Va donc chier, toi, 'coudonc! Continue donc tu-seule, si t'es si bonne! »

Je suis remonté chez moi par l'escalier branlant qui

33

risque de se décrocher d'un jour à l'autre et que nous ne pouvons pas non plus remplacer par manque de fonds. J'ai claqué la porte de mon appartement après avoir mis plein de peinture sur la poignée pour me rendre compte sitôt rendu dans la cuisine que ne n'avais rien pour me nettoyer. Je suis ressorti sur la galerie, piteux. Un grand sourire aux lèvres, Mélène se tenait au milieu de la ruelle.

«Tu redescends pour te nettoyer les mains ou bien je monte chez toi avec c'qu'y faut?

— Monte donc, on va se faire un petit café. »

La cuisine est la seule pièce de mon appartement dont je sois vraiment fier. Élevé dans une maison dont la cuisine était minuscule, habitué à entendre ma mère se plaindre qu'elle manquait d'espace, j'ai toujours choisi des appartements aux cuisines immenses, même à l'époque où je ne faisais pas à manger. J'ai deux frères et deux soeurs et, comme la plupart des Nord-Américains, j'ai été élevé dans la cuisine. C'était le seul endroit où nous nous retrouvions tous régulièrement, le lieu de nos scènes les plus spectaculaires et de nos réconciliations les plus mouillées. Nous y prenions tous nos repas, la salle à manger étant réservée pour de l'éventuelle visite qui ne venait à peu près jamais. Mon père, si souvent paqueté, y a cassé d'innombrables assiettes; ma mère y a pleuré presque autant qu'elle y a fait à manger; j'y ai moi-même essuyé quelques-unes des plus vertes remontrances de ma vie, devant des bulletins moins que satisfaisants. Dans les vrais partys, dans le temps des Fêtes, je m'y retrouvais toujours avec les femmes pendant que les hommes, les vrais, pas les petites natures comme moi, jasaient au salon devant un assortiment de bouteilles de gin Bols. Sports, gin et cul au salon; popote, bière et cul à la cuisine. Mes priorités actuelles y étaient déjà: la popote par-dessus le sport, la bière au lieu du fort; quand au cul, tout le monde aime en parler, surtout quand il s'agit de celui des autres.

La cuisine, vaste, éclairée au sud-est, ce qui lui donne la plus belle lumière du matin, pratique surtout, a donc été prépondérante dans le choix de la maison de la rue Bloomfield, juste au nord de Bernard. Pour moi, en tout cas, parce que Jeanne et Mélène, elles, peut-être en réaction, justement, à ce que leurs mères ont vécu, y passent le moins de temps possible.

«T'es pas facile à faire rire, ce matin, mon Jean-Marc. As-tu perdu ton beau sens de l'humour pendant la nuit?»

Elle a jappé, juste un peu, juste pour me mettre en rogne, tout en sucrant trop son café, comme d'habitude.

Effectivement, j'avais de la difficulté à rire de ce qui m'était arrivé la veille. Je n'aurais pas su dire pourquoi, cependant. J'ai pourtant fait un fou de moi assez souvent pour ne pas trop prendre au sérieux les mésaventures qui peuvent se produire dans ma vie d'homosexuel pratiquant et plutôt téméraire.

«Chuis mal à l'aise, et j'arrive pas à comprendre pourquoi. Que j'aie honte de ce que j'ai fait, c'est tout naturel, mais y me semble que je devrais en revenir, un peu... J'ai pas dormi de la nuit, imagine, moi qui peux pas voir un oreiller sans me mettre à ronfler comme un camp de bûcherons. Y doit y avoir quequ'chose, chez ce gars-là, qui fait que je me dis que j'aurais pas dû faire ce que j'ai fait... Mais quoi? Y me plaisait, c'est sûr, sinon j's'rais pas sorti de *La Cachette* avec lui... Mais pas au point de pas dormir parce que je l'ai planté là! Pis si y'a de quoi, y'est retourné au bar se chercher quelqu'un d'autre...»

Mélène, à ma grande horreur, a rajouté un peu de sucre dans sa tasse, puis elle a dit, sur un ton faussement lugubre:

«Le remords prend bien des formes pour venir chatouiller la conscience des malfaisants...

— Mélène, s'il te plaît, pour une fois que j'essaye d'être sérieux!

— Qu'est-ce que tu veux que je te dise, Jean-Marc! Que t'es passé à côté de la botte de ta vie? Tu le sauras probablement jamais! Que t'as agi comme un salaud? Tu le sais! Essaye de le retrouver, ce gars-là, si tu te sens trop coupable, demande-lui pardon pis parlons-en pus! Tu vas pas me gâcher ma fin de semaine avec c't'histoire-là!»

Je me suis versé une deuxième tasse de café en soupi-rant.

« C'est exactement ce que je ferais si j'avais son numéro de téléphone. Mais je l'ai pas. J'ai aucun moyen de le rejoindre, tu comprends, c'est ça qui me fait suer.

— Retourne au bar ce soir.

— C'est tout de suite que je voudrais faire quelque chose!

— Veux-tu juste t'excuser ou si t'as envie de le revoir?

— Je le sais pas. Probablement les deux. Si y m'avait pas dit qu'y voulait devenir un acteur, j'me s'rais pas sauvé comme ça...

— Le syndrome Luc, encore...

— Ben oui, mais qu'est-ce que tu veux, c'est comme ça. Chaque fois que je rencontre un acteur, et Dieu sait qu'y sont pas rares dans ce merveilleux monde-là, j'détale comme un lapin. Chus quand même pas pour aller voir un psychiatre parce que j'ai peur des acteurs! Bon, ben, veux-tu on en parlera pus, là... Retournons peinturer notre clô-ture pourrie et j'te promets que j'vais être drôle... »

Drôle, je ne l'ai certainement pas été. Au contraire. J'ai été bougon toute la journée et j'ai très mal travaillé. Mélène a même perdu patience à deux ou trois reprises, ce qui a donné lieu à notre première vraie engueulade depuis que nous avons acheté la maison ensemble. La jour-née s'est terminée aussi mal qu'elle avait commencé: le souper en famille que nous avions planifié toute la semaine s'est fait sans moi. Le reste de la famille est venu, je les ai entendues s'amuser à travers le plafond pendant que je boudais tout seul sans savoir pourquoi.

J'ai regardé deux mauvais films d'horreur à la télévi-sion payante, juste pour être sûr que ma soirée serait complètement gâchée, puis je me suis couché trop tôt, sans avoir sommeil. J'ai gigoté dans mon lit pendant des heures, sans arriver à me débarrasser du *Boléro* de Ravel dont on avait abusé dans un des films que je venais de voir et qui me trottait dans la tête, lancinant, hypnotisant, épui-sant.

Le lendemain, il mouillait à siaux, comme on disait quand j'étais enfant. Une lourde pluie d'août, pas vraiment rafraîchissante. Des clous diagonaux s'écrasaient en rebondissant sur l'asphalte et dessinaient dans les vitres des balayures de poussière liquide qui laisseraient en séchant une couche poudreuse composée de dépôts de toutes les pollutions dont Montréal est infectée.

Autrefois, la pluie était presque toujours la bienvenue, en été. Il m'arrivait souvent, pendant mon adolescence, d'aller me promener sous la pluie battante, sans parapluie, juste pour sentir l'eau dégouliner sur mon visage. J'en buvais, bouche grande ouverte, en me dirigeant vers le parc Lafontaine ou le parc Laurier. Je pouvais marcher comme ça pendant des heures sans me fatiguer. Quand je revenais à la maison, trempé jusqu'aux os, ma mère me criait de me sécher comme il faut, sinon j'attraperais mon coup de mort, ou une pleurésie, ou une pneumonie double, selon son humeur. Aujourd'hui, la pluie me fait peur. Il n'y a qu'à voir les feuilles brûlées, trouées, collantes des arbres d'Outremont pour vous enlever toute envie d'aller prendre une petite marche bucolique pour vous rafraîchir les idées. Chez Mélène et Jeanne, qui n'ont pas de toit au-dessus de leur galerie, les pluies acides laissent une couche d'une matière collante proprement écoeurante.

Je ne suis donc pas sorti de la journée sauf pour courir à la *Librairie d'Outremont* acheter mon gros *New York Times* du dimanche que j'ai feuilleté en buvant d'innombrables tasses de café. Vers trois heures de l'après-midi, j'étais chargé à bloc, survolté, j'errais d'une pièce à l'autre, je courais, plutôt, incapable de me concentrer sur un livre ni sur la si exaspérante télévision du dimanche après-midi. À cinq heures, n'y tenant plus, j'ai appelé un taxi et je me suis rendu au *Paradise* pour le happy hour. Ce n'était évidemment pas le meilleur moyen de me détendre, le happy hour, surtout celui du dimanche après-midi, étant l'une des choses les plus déprimantes que l'homme ait jamais inventées, mais il fallait que je fasse quelque chose sinon je serais franchement tombé dans les bleus. Avais-je l'espoir d'y croiser Mathieu? Non, je ne l'avais jamais vu là et, comme je l'ai déjà dit, le *Paradise* est surtout fréquenté par de vieux habitués. Auto-destruction passagère? Masochisme soudain? Probablement. Cinq minutes après mon arrivée, j'aurais grimpé au mur en hurlant de désespoir. Ils s'étaient cruisés la veille, peu d'entre eux avaient fini la nuit avec quelqu'un, ils se recruisaient placidement, le verre de bière vissé à la main, l'oeil plus à la hauteur du bol de fruits qu'à celle du visage. À minuit, ils y seraient encore, le regard un peu plus vague, le désir éteint par l'alcool pour les uns, exacerbé pour les autres et, tous, frustrés. Je suis parti au beau milieu d'une conversation avec Bernard Thibeault, un gars que j'aime bien mais que l'alcool rend trop sentimental. Ce n'est pas parce qu'on a couché avec quelqu'un une fois, par désoeuvrement, que ça crée des liens indélébiles. Bernard, lui, est à la recherche du grand amour depuis trente ans et il n'a pas encore compris qu'il baise trop mal pour que quelqu'un s'intéresse à lui pour plus longtemps qu'une nuit.

Il pleuvait toujours, la rue Sainte-Catherine était déserte. Même les touristes, pourtant nombreux à cette époque de l'année, restaient à l'hôtel plutôt que d'affronter cette désespérante journée.

C'est en mangeant un Mister Steer, à côté du cinéma *Parisien*, que j'ai eu mon flash: il y avait peut-être un moyen de rejoindre Mathieu, après tout, sans avoir à attendre l'ouverture de *La Cachette*. Je me suis garroché sur le téléphone public et j'ai demandé aux informations le numéro du *P'tit Café*.

«Allô? Est-ce que François travaille, aujourd'hui?
— François qui? Y'en a deux.»
Bon, v'là autre chose, comme disent les Français.

«J'le sais pas. Y travaillait à la terrasse, vendredi soir...

— Ah! François Simard... Oui, y'est là... Mais les employés sont pas supposés recevoir de téléphones personnels pendant leur ouvrage...

— C'est de la plus haute importance... ça prendra pas de temps... »

Le bruit d'un récepteur qu'on dépose sans délicatesse, puis:

«François! Une autre demande en mariage!»

J'ai attendu au moins deux minutes, j'ai même fini par penser que François m'avait oublié. Le *P'tit Café* devait être bourré, j'entendais des bribes de conversations, des commandes de nourriture et de boissons, des rires. Le Happy Hour chez les straights semblait un peu plus animé que le nôtre.

«Allô?»

J'ai sursauté, je ne l'avais pas entendu venir.

«Bonjour. Euh... Mon nom vous dirait rien... J'sais pas si vous vous souvenez, j'étais avec Mathieu, vendredi soir, à la terrasse...»

Je m'étais attendu à un silence, je l'ai eu. Il a fini par dire:

«Oui... j'me souviens. Que c'est que tu veux?

— Je voudrais m'excuser auprès de Mathieu et j'ai pas son numéro de téléphone...»

MATHIEU

Affalé sur le tapis du salon, le programme du Festival des films du monde déplié devant lui, Mathieu, à grands coups de crayon feutre jaune, soulignait les films qu'il voulait voir. C'était une première sélection, peut-être la plus intéressante parce qu'elle lui permettait de rêver de tout voir, depuis les gros canons qui seraient courus par tout ce qui est «in» à Montréal jusqu'aux obscures petites choses qui ne déplaceraient personne et disparaîtraient dans l'indifférence générale tout de suite après le Festival. Son dépliant était barbouillé en jaune des deux côtés; des croix, des crochets, des cercles noirs viendraient s'ajouter plus tard, indiquant ses premiers, deuxièmes et troisièmes choix, étapes de plus en plus difficiles, là où les concessions et les sacrifices deviendraient franchement odieux.

Depuis deux ans Mathieu prenait ses vacances fin août de façon à pouvoir s'engouffrer du matin au soir dans le cinéma *Parisien*, mangeant sur le pouce des hamburgers infects, se gavant de chips et de coke, courant d'une salle à l'autre sans prendre le temps d'aller pisser; heureux, survolté, souvent épuisé, toujours aux aguets. Il était l'un des premiers arrivés chaque matin, sa carte épinglée à sa chemise, et s'attardait souvent le soir pour discuter de ce qu'il avait vu durant la journée avec des connaissances ou de parfaits inconnus. Il sortait du festival blême, brûlé, le cerveau en feu. Il allait ensuite se refaire une santé à Ogunquit ou Provincetown, après la Fête du travail, au moment béni où la Nouvelle-Angleterre se vide de ses touristes bruyants et où les centres de villégiature redeviennent de simples villages de pêcheurs.

Quand ses compagnons de travail le voyaient revenir, à la mi-septembre, ils disaient: «Tiens, v'là l'exalté! On n'aura pas besoin d'aller au cinéma jusqu'à Noël, y va nous conter tout ce qui passe à Montréal!»

Et, effectivement, il leur décrivait tout: les films bulgares, les touristes américains, les vedettes internationales, les stars locales (beaucoup moins discrètes et même parfois franchement loud), les séances où l'on écoute avec recueillement, celles ou l'on chahute... Chez *Eaton*, on l'appelait «le freak du Festival» et il ne détestait pas ça. Il avait même converti au cinéma dit sérieux quelques camarades qui fréquentaient maintenant le *Dauphin* et l'*Elysée* presque autant que les autres salles, victoire tout de même étonnante et dont il se vantait volontiers.

Il déposa son crayon feutre, enleva ses lunettes et se frotta les yeux en s'étirant. Sa mère, qui pitonnait vigoureusement depuis une bonne demi-heure parce qu'il n'y avait rien de bon à la télévision, poussa un soupir d'exaspération.

«Tu vas t'arracher les yeux avec c't'horaire-là... C'est imprimé tout p'tit! Pis pourquoi t'attends pas qu'y sortent, ces films-là, pour aller les voir? Tu vas encore gaspiller tes vacances à t'enfermer dans le noir pendant dix jours! Grand insignifiant!»

Il se tourna sur le dos, les mains derrière la tête.

«Le plafond a besoin d'être peinturé.»

Rose leva les yeux, haussa les épaules.

«Essaye pas de changer la conversation, Mathieu.

— Maman, on a parlé de ça cent fois! Y sortent pas tous, ces films-là... Y'en a qu'on n'a jamais l'occasion de revoir... Pis si j'aime ça, moi, voir quatre ou cinq films par jour...

— J'te comprends pas...

— Combien t'en regardes, toi, des films, à la télévision, hein? Combien d'heures tu passes écrasée devant ton écran à pitonner comme une enragée parce qu'y'a jamais rien de bon?

— J'pitonne pas comme une enragée... »

La sonnerie du téléphone coupa leur conversation trop souvent ressassée; tous deux en ressentirent comme du soulagement. Mathieu décrocha dès le premier coup.

«Allô?

— Est-ce que je pourrais parler à Mathieu, s'il vous plaît?... »

Il avait de la difficulté à entendre ce que son interlocuteur lui disait, le bruit de fond, des conversations, des rires, des bruits de vaisselle, était comme au premier plan, masquant la voix.

«C'est moi... Mais voulez-vous parler plus fort, s'il vous plaît, j'vous entends mal...

— C'est Jean-Marc... J'sais pas si tu me replaces... On s'est rencontré vendredi soir, à *La Cachette*... »

Sa mère le vit blêmir, détacher le récepteur de son oreille, le regarder avec étonnement, comme s'il n'en avait jamais vu un.

«Ah... oui... J'te reconnais, là... Un instant, je reviens... »

Mathieu tendit l'appareil à sa mère...

«J'vas aller le prendre dans ma chambre... Attends que je parle avant de raccrocher... »

Rose boucha le récepteur avec sa main.

«J'en regarde peut-être deux ou trois, le dimanche, c'est vrai; mais la semaine j'travaille, j'cours pas les festivaux! »

Mathieu avait eu envie de raccrocher en reconnaissant la voix de Jean-Marc. L'incident du vendredi soir l'avait profondément humilié: il avait passé la journée du samedi à se demander ce qu'il avait pu faire ou dire pour que Jean-Marc se sauve, comme ça, tout d'un coup; il en était même arrivé à se demander si ce n'étaient pas le verre de lait et la tarte au citron qui l'avaient écoeuré... Il avait essuyé bien des rejets dans sa vie mais jamais comme celui-là, vraiment incompréhensible et, surtout, aussi soudain après un aussi excellent début.

Il était retourné à *La Cachette*, le samedi soir, dans l'espoir de revoir Jean-Marc pour lui demander une explication. Il n'avait trouvé que la crowd habituelle, peut-être encore un peu plus plate que d'habitude. Il était rentré tôt, déçu et encore plus intrigué.

Au bout du fil, Jean-Marc cherchait visiblement ses mots.

«J'me suis conduit comme un imbécile, l'aut'soir... Tu devais penser que t'aurais jamais plus de mes nouvelles... Mais j'tenais à te présenter mes excuses. C'que j'ai fait avait rien à voir avec toi... Écoute, c'est un peu gênant de parler de ces choses-là au téléphone... On a beaucoup parlé de cinéma, l'autre soir, au restaurant et justement, en consultant l'horaire de télévision, cet après-midi, j'ai vu qu'y'annoncent un vieux film français, à Radio-Québec... *L'assassinat du Père Noël*... J'avais vu ça quand j'étais enfant pis ça m'avait terrorisé.»

Mathieu ne disait rien, il laissait venir. Il se contentait de grogner à la fin de chaque phrase de Jean-Marc, comme quelqu'un qui n'écoute pas vraiment.

«Si ça te tente de venir regarder ça chez nous, j'en profiterais pour t'expliquer ma conduite de vendredi.

— Ça me tente peut-être pas que tu me l'expliques.»

Court silence. Mathieu pouvait entendre une femme rire très fort, à l'arrière-plan.

«Écoute, Mathieu, chus en train de te dire que j'aimerais ça te revoir, tu dois bien t'en rendre compte... C'est assez dur comme ça... Si tu veux vraiment pus rien savoir de moi, dis-le tout de suite et on n'en reparlera pus. On se saluera même pas si on se recroise, si tu veux...»

Mathieu sourit. La curiosité finirait par l'emporter, comme toujours, il le savait. La situation était tellement absurde, le prétexte de Jean-Marc tellement cousu de fil blanc, qu'il avait envie d'aller jusqu'au bout, juste pour voir où tout ça mènerait. Pas par goût du risque, il s'était tout de suite rendu compte que Jean-Marc était parfaitement inoffensif, non, c'était cette bonne vieille curiosité qui l'entraînait assez souvent dans des sentiers non pas hasardeux, mais, disons, inhabituels. Et, il devait bien se l'avouer, Jean-Marc lui plaisait beaucoup.

«Où est-ce que t'habites?»

JEAN-MARC

Le trac m'a pris quelques minutes avant que Mathieu arrive. Aurait-il mangé? J'avais juste quelques tranches de viande froide qui finissaient de sécher dans le fond du frigidaire et une bouteille de vin de dépanneur. Buvait-il beaucoup? J'ai décidé depuis longtemps, depuis l'époque où je buvais trop, de n'acheter que le strict nécessaire pour la maison; il me restait donc exactement trois cannettes de bière. J'ai fait un saut chez Mélène et Jeanne; elles n'étaient pas là. Je suis ressorti sous la pluie. En plus de la bière j'ai acheté cinquante-six cochonneries inutiles, genre chips, peanuts et même un de ces gadgets ridicules pour faire du pop corn dont je ris depuis tant d'années et que je m'étais toujours juré d'éviter.

Je ne sais pas pourquoi, mais la nourriture prenait une importance vitale, tout à coup: plutôt que de réfléchir à ce que je dirais ou ferais durant la soirée, je ne pensais qu'à ce qui arriverait si jamais nous avions faim. Ce n'est que lorsque j'ai pensé au toujours providentiel *Laurier Bar-B-Q* que mon angoisse s'est un peu dissipée. Cet aspect-là de la soirée sauvé, il me restait l'autre, le plus important: j'avais obstinément voulu rejoindre Mathieu et j'avais réussi mais je n'étais plus très sûr de mes intentions. C'était comme lorsqu'on rêve pendant des mois de s'acheter quelque chose et qu'on se rend compte, cette chose obtenue, que c'était beaucoup plus excitant de la désirer que d'en jouir. Maintenant que Mathieu arrivait je ne savais plus si j'avais encore envie de le voir.

Et lorsqu'il a sonné à la porte j'ai failli ne pas aller répondre. Ce n'était plus le trac, c'était une véritable névrose: j'avais froid, ma poitrine était trop petite pour la grosseur de mon coeur, mes mains tremblaient... Si seulement Mélène avait été là, son petit jappement m'aurait réconforté. C'est d'ailleurs en pensant à elle que je me suis décidé à aller ouvrir la porte: nous ririons de tout ça demain matin devant un bon café; je raconterais tout dans les détails, j'en rajouterais, même, pour la faire rire. Un chapitre de plus dans les mésaventures abracadabrantes et méandreuses d'un téméraire gay de Montréal. À New York, j'aurais risqué de me faire torturer ou même décapiter; à Montréal, le pire qui pouvait m'arriver était de passer une soirée plate! Et j'avais aussi peur!

La première chose que j'ai faite, en ouvrant la porte, ça a été de lui conseiller de se sécher les cheveux, comme ma mère quand j'étais petit. La pluie lui dégoulinait dans le cou et il risquait d'attraper son coup de mort. Et la première chose qu'il m'a dite, ça a été: «J'sais vraiment pas c'que chus venu faire ici par un temps pareil, moi! »

Il a fait plus que se sécher les cheveux, il a pris une douche. Par chance, il me restait une grande serviette propre, et je n'ai pas eu honte de ma salle de bains qui, pour une fois, n'était pas trop dégueulasse. Je suis un petit être soigneux de sa personne mais j'éclabousse tout quand je me lave...

Ses ablutions terminées, Mathieu est venu s'installer sagement dans le salon. En robe de chambre. Sa chemise et son jean tournaient dans la sécheuse. Et c'est à ce moment-là que j'ai senti que ma soirée était sauvée: j'avais l'impression que c'était moi qui étais en visite et que je n'avais plus aucune espèce de responsabilité d'hôte. Et, probablement à cause de ça, j'ai été un hôte parfait. Mes excuses n'ont pas été plates mais au contraire assez amusantes; j'ai résumé avec une facilité déconcertante ma peur des jeunes acteurs; je suis même allé jusqu'à lui avouer que je l'avais rappelé par entêtement, pour me déculpabiliser.

Il souriait en m'écoutant, les jambes bien serrées sur le divan, la tête posée dans sa main droite. Il avait l'air encore plus jeune que l'autre soir; un adolescent intelligent qui laisse parler les plus vieux en gardant ses impressions pour lui-même. Et qui dissimule son jugement derrière un sourire ininterprétable.

Non, je n'allais quand même pas me laisser aller à l'angoisse encore une fois!

«T'aurais pu tout me dire ça au téléphone. Pourquoi me faire traverser la moitié de la ville sous la pluie, si c'est juste pour me présenter des excuses?»

J'avoue que j'étais pris de court.

«T'attendais-tu à ce que je saute sur toi aussitôt arrivé?»

Son sourire s'est élargi, ses yeux se sont plissés; il semblait beaucoup s'amuser.

«J'pense que je sais pas plus pourquoi chus venu ici que toi pourquoi tu m'as invité. On devrait parler d'autre chose, la conversation risque de tourner en rond assez vite. D'ailleurs, j'ai faim. As-tu de quoi manger?»

Mes viandes froides toutes racornies nous ont beaucoup fait rire. Mathieu a insisté pour en manger, même après que je lui aie fait la passe du *Laurier Bar-B-Q*.

«Du Bar-B-Q, j'en mange trois fois par semaine tandis que des horreurs comme celles-là, tu rencontres pas ça souvent...»

Il a refusé la bière et le vin et nous avons calé une bouteille de coke nouveau, ce qui a alimenté la conversation pour un bon dix minutes. La complicité s'est installée très rapidement entre nous. Presque trop. Après tout, ce n'était pas un vieux chum que je recherchais en lui, si je recherchais quelque chose — ce dont je n'étais pas sûr, d'ailleurs — pourtant je me sentais en confiance avec lui comme si je l'avais connu depuis longtemps. Le repas expédié, Mathieu m'a rappelé le mauvais prétexte dont j'avais usé au téléphone pour l'attirer dans mon antre et nous avons regardé *L'assassinat du Père Noël*, à Radio-Québec. Au complet. Et en silence. Comme de vieux amis.

Mathieu n'a remis ses vêtements que pour partir, vers onze heures.

Nous nous sommes serré la main affectueusement, si on peut dire ça d'une poignée de mains. Je lui ai demandé si on pouvait se revoir pendant la semaine, il m'a dit oui, avec plaisir, et il a couru jusqu'à son taxi après m'avoir donné son numéro de téléphone chez *Eaton*.

Quand il a été parti, j'ai eu l'impression d'avoir appris quelque chose pendant cette soirée. Mais quoi? Je me sentais très quétaine et j'étais bien.

Je me suis endormi aussitôt couché.

«On devait avoir l'air de deux adolescents! J'avais l'impression que j'avais quinze ans et que j'étais sur le point de chuter pour la première fois! »

Tout le monde a ri. Ça faisait du bien.

Jeanne a posé sa tasse de café très lentement comme tout ce qu'elle fait dans la vie. Elle a essuyé sa bouche avec grande application, repliant ensuite sa serviette de table presque comme elle l'avait trouvée en s'assoyant. Elle venait de mettre fin au repas. Nous nous sommes tous levés d'un seul bloc pour nous diriger vers le salon où nous attendaient, nous le savions, les digestifs les plus variés: du simplet Amaretto à la très rare Hierba, qui vient d'Ibiza et qui, à mon avis, goûte la gomme Thrill, en passant par un assortiment complet des cognacs les plus fins et des plus costaudes vodkas. J'ai continué mon récit en m'écrasant dans un fauteuil.

«On était raides comme des barreaux de chaise, les yeux fixés sur la télévision... On a continué à boire du coke, du vieux, celui-là, une bouteille qui traînait dans le fond du frigidaire, et on a mangé du pop corn. Imaginez la belle soirée! »

Son petit jappement terminé, Mélène a posé la main sur mon avant-bras.

«Pis y s'est rien passé pantoute?

— Rien, ma p'tite fille, même pas un frôlement de coude! »

Johanne, une de nos cos dont le cigarillo empuantissait la pièce, a dit sur un ton qui se voulait léger mais où je sentais une pointe de mépris:

«Avez-vous chanté *Feu, feu, joli feu?* »

Ce à quoi Marguerite, sa chum de femme, a ajouté en ayant l'air de ne pas y toucher:

«Aurais-tu perdu ta célèbre «touch», mon Jean-Marc?»

Ça a achevé de me les rendre tout à fait odieuses. Jusque-là je ne les aimais pas, là je les ai franchement haïes. J'apprécie l'ironie et même le sarcasme — ce sont mes propres armes, je m'en sers volontiers et j'accepte qu'elles se retournent contre moi — mais le persiflage vénéneux déguisé en bonhomie familière, surtout de la part de gens qui ne sont pas du tout mes familiers, me pue au nez et je le leur ai fait sentir en ne réagissant pas à leurs remarques. Mon regard n'a pas quitté le visage de Mélène et j'ai continué comme si de rien n'était.

«Le pire c'est que je le revois demain et que chuis pas sûr qu'y se passera pas exactement la même chose...»

Jeanne apportait les bouteilles de cognac qu'elle déposait avec mille précautions pour ne pas abîmer sa belle table à café italienne.

«Moi, je trouve que c'est peut-être bon signe...»

Mélène lui a donné une tape sur la fesse, affectueuse, amicale.

«Tiens, la vieille qui parle... Tu prends tout trop au sérieux, toi, Jeanne...

— Si j'étais pas là pour prendre certaines choses au sérieux, tout s'en irait à vau-l'eau, ici-dedans...»

Mélène a souri, la tête appuyée sur le dossier de son fauteuil.

«La v'là qui joue encore les indispensables!»

Son amie lui a tendu un ballon de cognac.

«J'joue pas les indispensables, je le suis!»

Rires, applaudissements. Surtout de la part de Johanne et Marguerite qui croyaient, à tort, flairer la scène de ménage alors que les deux autres se taquinaient comme elles le font toujours, sans méchanceté.

La soirée achevait, ça se sentait. Je regrettais presque d'avoir conté ma mésaventure devant des gens qui n'étaient pas de la famille et qui se feraient peut-être un plaisir d'aller répéter partout que j'avais définitivement sombré dans le gâtisme ou que j'étais devenu impuissant devant le premier beau jeune homme rencontré. Alors que je m'étais senti soulagé pendant le repas voilà que la déprime qui m'avait rongé toute la journée me retombait dessus.

Jeanne a dû s'en apercevoir parce qu'elle a dit, doucement:

«Voyons donc, Jean-Marc... Au fond, on trouve ça cute ce qui t'arrive...

— Cute! T'as ben dit cute! C'est ben ça le problème! Et laisse-moi te dire que le cutisme est dur à prendre, à trente-neuf ans! Vous savez pas encore tout, hein... J'vous ai dit que j'avais rendez-vous avec lui demain mais j'vous ai pas encore dit où... »

J'ai aussitôt regretté mes paroles. Johanne et Marguerite, qui se préparaient à partir, se sont enchâssées un peu plus dans leur fauteuil, mine de rien, pour entendre la fin de mon histoire.

Mélène frétillait d'excitation.

«Jean-Marc, tu fais ma joie. J'sais pas c'que je deviendrais sans toi... Où c'est que t'as rendez-vous, vite, j'en peux pus... »

J'ai pris une grande respiration puis je me suis lancé à l'eau:

«Sur la rue Saint-Denis. »

Un véritable triomphe. Elles ont ri, elles se sont tapé les cuisses, Mélène a même crié: «En plus, c'est un macramé! », en se roulant sur son fauteuil.

«Vous charriez, là, les filles... C'est pas si drôle... »

Marguerite a pris un air contrit d'où la mauvaise foi suait à grosses gouttes pour dire:

«C'est vrai, attendons avant de juger... Après tout, on sait pas encore si y'ont rendez-vous en haut ou en bas de Sherbrooke... »

Je m'attendais presque à ce que Johanne lui donne un coup de coude, comme à une adolescente qui vient de faire une gaffe, mais non, elles ont gardé un air sérieux pendant que les deux autres continuaient à se bidonner.

Notre mère à tous ne jappait plus, elle barrissait.

«Ben oui, c'est vrai, Jean-Marc, le rencontres-tu à une terrasse vachement branchée du nord de Sherbrooke ou dans un des hauts lieux faussement prolétaires et directement subventionnés par le Bien-Être social des alentours de la rue Émery?»

J'ai attendu que les rires se soient un peu calmés avant de répondre.

«Vous êtes un peu heavy avec la rue Saint-Denis, ce soir, les filles... On a beau dire qu'on la trouve ridicule, on se retrouve là pas mal souvent.»

Johanne a réagi comme si un taon l'avait piquée.

«Ah! bien, pas nous autres! Depuis que la rue Bernard se développe, on sort quasiment plus d'Outremont...J'sais vraiment pas c'qu'on irait chercher là quand on a tout c'qu'il nous faut dans notre propre quartier!»

Et voilà, c'était reparti. Nous avions déjà discuté de tout ça à plusieurs reprises et nous nous étions juré, Mélène, Jeanne et moi, de ne plus jamais y revenir. J'avais eu tort d'amener le sujet sur la rue Saint-Denis et je me suis senti fatigué, tout à coup. Je n'avais pas envie de subir l'agressivité de Johanne et de Marguerite après un aussi bon repas.

Mais Jeanne a mis fin à la soirée comme elle avait mis fin au repas, avec une seule phrase. Elle s'est tournée vers ses deux invitées et leur a dit, avec une évidente mauvaise foi:

«Les deux bars spécialisés que vous fréquentez toutes les fins de semaine, y sont pas sur la rue Saint-Denis, peut-être?»

Marguerite s'est raidie, Johanne a ravalé la phrase qu'elle avait préparée. Elles se sont levées avec un ensemble parfait et se sont jetées sur la porte d'un même mouvement, comme des oies qui ont été élevées dans la même basse-cour. Avant de sortir, Marguerite s'est tournée vers Jeanne qui les raccompagnait.

«Les bars, faut bien aller les chercher où ils sont!»

Jeanne a haussé les épaules.

«Y'en a ailleurs, pis des ben plus chic. Essayez pas de

vous justifier. Ces dames d'Outremont s'encanaillent? Qu'elles l'assument!»

Elle leur a presque refermé la porte au nez.

Nous n'avons pas ri trop fort, les fenêtres du salon étaient ouvertes et nous avions peur qu'elles nous entendent en descendant l'escalier. Mélène avait l'air exténué; elle se tamponnait les yeux avec des kleenex entre deux fous rires et essayait avec difficulté de reprendre son souffle.

Jeanne lui versa un dernier petit verre de cognac.

«Tiens, prends ça, ça va te faire du bien. Pis bois-le pas tout d'une traite, épuisée comme tu l'es, tu vas tomber à terre...»

J'en ai accepté un, moi aussi, que j'ai siroté en silence. Jeanne était partie mettre la vaisselle dans la machine et Mélène faisait comme moi, presque étendue dans son fauteuil trop grand pour elle. Elle a bâillé une ou deux fois; je ne m'en suis pas formalisé: ça ne voulait pas du tout dire qu'elle voulait se coucher mais qu'elle était bien. Elle s'est étirée comme une chatte qui décide d'aller manger entre deux sommes.

«Y'était temps qu'y partent, j'allais leur sauter dans' face! Si y pouvaient donc se tanner pis nous vendre leur tiers des parts de la maison!

— Avec quoi on payerait? On a de la misère à payer c'qu'on doit déjà... Moi, en tout cas...

— On pourrait trouver quelqu'un d'autre...

— On connaît personne qui a les moyens... Quand à s'embarquer avec des étrangers, tu vois ce que ça donne...»

Jeanne est revenue, un coke à la main. Elle s'est assise sur le bras du fauteuil de Mélène, a posé un baiser sur son épaule. Une telle douceur émanait du tableau qu'elles formaient, une telle sérénité, que j'en ai eu le coeur serré. Elles sont ensemble depuis plus de dix ans et forment une espèce de cliché de vieux couple qui me touche autant que mes parents me touchaient pendant mon adolescence, avec leurs petites manies et leurs attentions, leurs engueulades enfantines, leurs réconciliations exubérantes, leurs troublants silences. Comment se fait-il que les vieux couples m'émeuvent tant alors que les nouveaux me semblent toujours un peu ridicules? Mélène prétend que c'est parce que j'ai moi-même peur d'entamer une relation qui risque d'être durable tout en rêvant d'en vivre une. C'est primaire mais ça se défend: avec ce qui m'arrivait depuis quelques jours, je commençais à croire qu'elle avait raison. J'étais attiré par Mathieu mais je le repoussais, comme si j'avais été effrayé par ce qu'il pourrait devenir dans ma vie si je le laissais faire. Ma méfiance envers les jeunes acteurs n'était peut-être en fin de compte qu'une excuse pour protéger ma fragile indépendance.

Je me suis senti transparent, tout à coup, trop simple; j'avais l'impression de manquer d'épaisseur, je me comprenais trop facilement et je m'ennuyais moi-même, ce qui m'arrive un peu trop souvent à mon goût. Je me suis levé pour prendre congé. Elles m'ont toutes les deux embrassé très fort, comme pour me consoler.

«On a beaucoup ri, tout à l'heure, Jean-Marc, mais au fond c'est pas grave que t'aies rendez-vous avec ton gars sur la rue Saint-Denis...

— Je le sais bien. De toute façon, on se rencontre au coin de Sherbrooke et Saint-Denis... On verra bien si on monte ou si on descend.»

Mélène a pris une dernière gorgée de cognac.

«Si vous montez, j'te donne la permission de le revoir; si vous descendez, donnes-y son congé.»

J'ai marché dans Outremont avant de rentrer. Je savais que si je me couchais dans l'état où j'étais je n'arriverais pas à dormir avant les petites heures du matin et que je tournerais dans mon lit en sacrant et en malmenant mon oreiller.

Comme il était encore assez tôt, la rue Bernard, qui depuis quelques années connaît un essor frénétique frisant l'hystérie, bourdonnait d'activité. C'était l'heure de la sortie du cinéma *Outremont*. Les terrasses étaient bondées. Certaines débordaient même sur le trottoir et la circulation devenait difficile. Pour ne pas être bousculé, il fallait contourner les arbres maigrichons qui s'étiolaient dans leur carré de terre, les fleurs plus en santé proliférant dans leurs vasques de métal vert, ou carrément descendre dans la rue. Je n'avais pas envie d'entendre vanter les mérites d'Alain Tanner, alors j'ai continué vers l'ouest sans prendre l'expresso dont j'avais envie. Passée l'avenue Outremont, ça se calmait tout d'un coup, comme si on traversait une frontière. Il y avait bien quelques couples qui cherchaient leurs voitures et la queue devant le *Bilboquet*, le glacier à la mode, était assez impressionnante, mais après, plus rien. L'immuable Outremont, la tant haïe pour certains, le rêve secret pour d'autres, l'ancienne forteresse des Canadiens français fortunés, le berceau de la plupart des hommes politiques influents des années soixante et soixante-dix, qu'ils fussent d'extrême droite ou de la gauche modérée, de conviction fédéralisante ou nationalisante, la cible préférée des ouvriers de l'est de Montréal, la snob pincée qui avait longtemps cru qu'elle parlait un français international alors qu'elle avait un accent à faire frémir, qui, longtemps, avait été non pas un endroit où vivre mais une façon de vivre, un statut social, Outremont endormie m'offrait ses gras gazons, ses parterres fleuris, ses jolis balcons toujours vides (on se demande pourquoi on les a construits, personne ne s'y assoit jamais) et, surtout, ses superbes parcs, si tranquilles, si sereins.

J'ai marché longtemps, étirant le cou pour écornifler dans les salons savamment éclairés, m'arrêtant devant mes maisons favorites, celles que j'ai tout de suite distinguées en arrivant à Outremont et qui me donnent envie d'être riche, moi qui n'ai jamais eu grande ambition, riche et puissant, et propriétaire d'une résidence sur Kelvin, ou Pratt, ou Antonine-Maillet. Se promener dans les rues d'Outremont, le soir, donne de l'ambition; j'aurais dû l'apprendre plus jeune, je ne serais peut-être pas sur Bloomfield, aujourd'hui, mais plus à l'ouest, à flanc de montagne ou face à un parc. Ces pensées moroses ont fini par me faire sourire. J'en avais besoin. Je me voyais sortant de mon palais pour aller ouvrir les arrosoirs automatiques ou vérifier si toute intrusion dans mon domaine était vraiment impossible, et l'absurdité de la chose me ravissait.

Je connais plusieurs professeurs qui se sont saignés à blanc, comme ça, pour se payer ce qu'ils croyaient être l'essentiel parce qu'ils étaient parvenus dans la société à un certain échelon, et qui n'était en fin de compte qu'un trou béant où ils perdaient tout: leur argent et leur santé mentale. Se crever pour une maison semble procéder d'une passion absolument irrésistible chez les professeurs de Cegep et la situation est tellement courante qu'on ne la remarque plus qu'à peine: le fond des conversations s'aiguille plutôt vers ceux qui ne sont pas encore propriétaires, les parias dont j'étais il y a à peine un an, qu'on montre du doigt mais qui ne connaissent pas leur bonheur. En apprenant que j'achetais un appartement en copropriété avec des amies, certains de mes confrères avaient ricané me traitant en minus, et vantant les vertus du jardinet à Notre-Dame-de-Grâce ou des terrasses superposées à Outremont ou même à Westmount. J'avais eu le caquet bas pendant quelques semaines, me sentant effectivement sans envergure parce que je n'avais pas visé assez haut, puis la soudaine faillite d'un de mes collègues avait tout remis en place: je ne savais même pas si j'étais vraiment fait pour être propriétaire, alors pourquoi me serais-je embarqué dans une aventure que je savais d'avance trop grande pour moi? J'avais laissé les ricanements glisser sur mon dos. Et, ce soir-là, en pleine rue Dunlop, devant une maison époustouflante mais, Dieu merci, inaccessible, j'en fus fier pour la première fois. Ou, plutôt, soulagé. Je me suis vu rentrer dans ma maison après avoir ouvert les arrosoirs, monter le grand escalier, me diriger vers la salle de bains, prendre mes pastilles pour les brûlures d'estomac ou mes cachets pour le mal de tête... J'ai revu la mine déconfite de certains de mes confrères, certains lundis matins, les yeux rouges, les rides au front, les poches sous les yeux et je suis revenu tout guilleret vers la rue Bloomfield.

La rue Bernard s'était vidée. Complètement. Il était difficile d'imaginer qu'une heure plus tôt on s'était presque battu pour prendre place à la terrasse de *La Moulerie* ou du *Café du théâtre*. Au contraire de la rue Laurier qui restait encore animée jusqu'aux petites heures du matin, la rue Bernard, vers une heure, à cause d'une nouvelle loi tout à fait stupide, semblait mourir tout d'un coup, comme foudroyée, alors que quelques semaines plus tôt on s'y entassait à toute heure et en toute liberté.

En me couchant j'ai réalisé que je n'avais pas pensé à Mathieu une seule fois pendant ma promenade.

Le Train Bleu, la terrasse autant que le restaurant, est un établissement très bien fréquenté: artistes de toutes sortes, comédiens, écrivains, cinéastes s'y retrouvent, bruyants et souvent trop à leur aise, pour manger des moules ou du boudin en réglant le sort du monde. À leur goût. Rarement pour le bien de la collectivité et souvent plutôt à leur avantage. Ces restaurants à la mode se retrouvent partout, dans toutes les villes où la vie culturelle est le moindrement vivante, et attirent une deuxième clientèle, spectatrice de la première et souvent raillée par celle-ci. Et dont je suis. J'aime aller m'installer dans un coin de cette salle décorée à l'européenne pour écouter parler ceux qui font notre culture. Ils m'amusent souvent mais m'étonnent rarement. Et je les trouve radoteurs. Ils se répètent de soir en soir, surtout lorsqu'ils ont bu. Eux aussi sont en représentation, comme les homosexuels dans les bars, mais en représentation verbale, ce qui est beaucoup plus dangereux. Et révélateur. On peut changer de vêtements tous les jours mais un discours, surtout lorsqu'il est teinté d'amertume ou d'envie, évolue plus lentement que la mode. J'ai même fini par deviner les clans, par sentir les rivalités; j'en ai surpris en flagrant délit d'hypocrisie ou de dualité, j'ai été témoin de retrouvailles un peu trop bruyantes pour être vraiment sincères, j'ai vu des visages se détourner, d'autres s'étirer pour se faire voir. Mais j'ai surtout retenu les horreurs qui se disent après le départ de quelqu'un. Si jamais il m'arrive d'être invité à manger à une table d'artistes, je ne partirai certainement pas le premier.

À l'époque où je voyais Luc, mon entourage l'ennuyait et le sien me faisait peur, alors nous ne mêlions pas nos mondes. Je n'ai donc pas été le «chum de», comme cela se produit la plupart du temps dans ce genre de mésalliance.

Devant un kir bien frais, j'ai tout dit à Mathieu. Je lui ai raconté les trois derniers jours dans leurs moindres détails, brossant de moi un tableau bien peu flatteur, exagérant même certains traits, non pas pour le décourager, au contraire, je me trouvais très bien avec lui, mais pour qu'il ne se fasse pas d'illusion, qu'il sache parfaitement à qui il avait affaire et à quel point j'avais été ridicule depuis le vendredi soir. Je lui ai même avoué être soulagé de manger à cette terrasse située *en haut* de la rue Sherbrooke... Ce que je lui ai raconté l'a amusé. Et, selon ses propres paroles, soulagé, aussi:

«Moi aussi j'ai quelque chose de difficile à te dire, alors chus content que t'aies commencé le premier.»

Nous avions la moins bonne table de la terrasse, sous l'escalier extérieur, mais la plus discrète. Le garçon devait se pencher pour ne pas s'assommer en nous servant et il n'y pensait pas toujours.

Mathieu n'a pas attaqué son entrée tout de suite.

«Si on est pour se revoir, pis j'espère qu'on va se revoir, y'a une chose que je veux que tu saches tout de suite.

— Tu vas quand même pas m'apprendre que t'as déjà un chum...

— Non... Chus marié... pis j'ai un p'tit gars de quatre ans.»

Je ne m'y attendais tellement pas que j'ai d'abord pensé que c'était une farce. Mais à son air sérieux, presque douloureux, j'ai compris que c'était vrai. J'ai pris quelques secondes avant de répondre.

«Excuse-moi... J'sais pas quoi te dire... J'me s'rais attendu à tout, mais pas à ça.

— J'm'en doute un peu...

— Mais tu m'as dit que t'avais vingt-quatre ans! Et t'as l'air d'en avoir dix-neuf!

— Qu'est-ce que tu veux, y'en a qui commencent à vivre plus tôt que d'autres. J'me suis marié à dix-huit ans avec une amie d'enfance. On se connaissait depuis toujours pis je suppose qu'on s'aimait beaucoup, mais on savait évidemment pas c'qu'on faisait... Même nos parents étaient contre ce mariage-là! Imagine, on était plus quétaines que nos parents! Et j'ai l'impression qu'on s'est mariés plus pour les cadeaux de noce pis la noce elle-même que pour vivre ensemble. On était des enfants. On s'est mis dans le trou comme tout le monde qui se marie, on a fait des dettes pour dix ans en achetant des affaires hors de prix pour meubler notre appartement hors de prix... J'en ai encore pour cinq ans à payer, imagine...

— Mais c'est quand même pas elle qui était là quand j'ai appelé l'autre jour...

— Non, non... On est séparés depuis près de deux ans. Chus retourné habiter chez ma mère justement à cause des fameuses dettes. »

Mathieu a repoussé son assiette de crudités comme s'il en avait été dégoûté.

« J'ai quitté Louise très brusquement quand... j'me sus rendu compte de tout ça... Excuse-moi, c'est difficile à dire pis j'en parle jamais à personne.

— J'comprends... T'es pas obligé de tout conter, si tu veux pas... On peut continuer cette conversation-là une autre fois...

— Non, non, ça va me faire du bien. »

Il s'animait de plus en plus. J'ai senti qu'il s'était beaucoup retenu, qu'il avait dû chercher longtemps quelqu'un à qui se confier. Mais pourquoi moi?

« Ça a fait tellement mal, Jean-Marc. À moi autant qu'à elle. J'me rendais compte à quel point j'aurais l'air d'un écoeurant en y apprenant ça mais j'étais trop honnête pour y cacher... J'voulais essayer de me comprendre moi-même en y expliquant mon problème... C'est une fille très intelligente, plus que moi, en tout cas. J'avais l'impression qu'a' comprendrait plus vite que moi, que c'est elle qui m'expliquerait peut-être c'qui se passait... »

Il s'est mouché dans sa serviette de table, s'en est rendu compte après coup, a regardé autour de lui si quelqu'un l'avait vu.

« C'est elle qui a gardé le p'tit?

— Évidemment.

— Êtes-vous en bons termes?

— Oui, ça va mieux, ces temps-ci... Ça fait deux ans, les choses ont fini par se tasser. J'vois le p'tit tant que j'veux.»

Il a repris son assiette, a joué un peu avec ses betteraves, l'a repoussée en soupirant.

«Moi qui avais si faim...

— Ben oui, mange donc...

— J'ai un noeud dans la gorge, tu comprends...

— T'en as jamais parlé à personne d'autre?

— À qui tu veux que je parle d'une chose pareille... Certainement pas à ma mère, même si a' s'en doute. Pis les gars qu'on rencontre, tu dois le savoir comme moi, incitent pas à la confidence.»

Le garçon est venu chercher les assiettes. Mathieu lui a refilé sa serviette en en demandant une autre. J'ai vu avec regret les crudités disparaître vers les cuisines. Rien, absolument rien ne m'empêche de manger: ce que me racontait Mathieu ne me coupait pas du tout l'appétit et j'aurais volontiers fouillé dans son plat mais je n'osais pas à cause du sérieux de la situation.

Mathieu a allumé une cigarette après m'avoir demandé si ça me dérangeait.

«J'devrais peut-être décommander le reste de mon repas...»

Il était très fébrile; ses yeux, si beaux, si noirs, brillaient dans l'orangé du coucher de soleil. J'avais envie de me lever, d'aller le serrer dans mes bras, de le consoler de ces deux années de silence forcé.

«Excuse-moi de revenir là-dessus, Mathieu, mais comment ça se fait que tu savais pas que t'étais gay quand tu t'es marié?»

Il a fait un petit sourire impuissant avant de répondre.

«J'me suis posé c'te question-là des centaines de fois, tu dois ben t'en douter... Pour moi, j'étais straight... j'te jure que j'en étais convaincu... Ça avait toujours bien marché avec les filles... Ça allait très bien avec Louise... C'est le nom de... de ma femme. J'te conterai pas comment tout ça est arrivé, c'est tellement banal pis pas intéressant... Mais en tout cas c'est arrivé, hein, pis ça a comme tout chambardé dans ma vie. J'étais tellement pas prêt à ça, si tu savais... C'tait comme changer de peau, de personnalité, de vie... Tout, tout a changé du jour au lendemain, sans que je l'aie désiré! Comprends-tu? Je l'avais même pas voulu! C'tait pas comme les gars ou les filles qui se décident après des années d'hésitations, ça m'était jamais passé par la tête! Mes premières expériences ont été... foudroyantes, Jean-Marc, pis définitives. Pis y'était pas question que je continue à vivre une p'tite vie de famille parallèlement à ça, comme si de rien n'était, chus pas capable de... de tromper. Y faut toujours que tout soit clair dans ma vie pis je pouvais pas vivre avec... ce poids-là, cette tache d'ombre-là... »

Mes rognons de veau et ses côtelettes d'agneau sont arrivés. J'ai hésité avant de commencer mon plat. À mon grand étonnement, Mathieu s'est emparé de son couteau et de sa fourchette comme si ç'avaient été des armes.

«Ah! pis j'vois pas pourquoi j'm'empêcherais de manger pour ça... Ça soulage de parler, mon appétit revient. »

Nous avons mangé en silence pendant quelques minutes. Je n'osais pas dire à Mathieu qu'il était impossible que tout ça lui soit tombé sur la tête, comme ça, sans crier gare, qu'il avait dû déjà y penser, avoir des désirs secrets depuis son enfance qu'il refusait encore de s'avouer. Moi qui ai si peu eu de problèmes à accepter mon état, j'ai de la difficulté à comprendre le cheminement de ceux, si nombreux, pour qui le choix sexuel a été un calvaire, parfois long et pénible. Et si souvent catastrophique.

J'ai rencontré des tas de gars mariés — les bosquets du Mont-Royal en débordent de mai à novembre —, mais aucun, je crois, avec l'honnêteté de Mathieu. La duplicité de certains soi-disant bisexuels me pue au nez; elle sent trop souvent la misogynie des hommes complices entre eux, la peur de la vérité telle quelle, l'amertume du non-assumé. Alors la franchise de Mathieu qui n'avait pas hésité à tout bouleverser dans sa vie à l'apparition des premiers symptômes de sa nouvelle sexualité forçait mon admiration. Quel courage ç'avait dû lui prendre pour tout avouer, assumer toutes les conséquences... Et quel choc pour sa femme! Je n'ai pas osé lui reparler d'elle pendant le reste du repas. Mieux valait laisser les choses venir petit à petit. J'étais convaincu maintenant que j'allais revoir Mathieu avec plaisir et j'en ressentais une grande joie.

J'essayais aussi de ne pas trop penser à l'enfant.

Juste avant le dessert, Mathieu m'a demandé, avec un grand sourire:

«Vas-tu te sauver en courant comme la première fois?»

«Prendrais-tu un dernier verre avant de rentrer?»

C'est une façon peu originale mais toujours efficace de savoir si quelqu'un veut prolonger la soirée...

«Non, merci, j'travaille demain. Au fait, je tombe en vacances vendredi, mais j's'rai pas tellement visible... J'me suis acheté un laissez-passer pour le Festival des films du monde, pis j'vais m'enfermer du matin au soir pendant dix jours...»

Décidément, cette relation commençait d'une façon très bizarre: quand ce n'était pas moi qui me dérobais, c'était lui qui disparaissait. Sans réfléchir, j'ai répondu, alors que c'était faux:

«Ah! ben, si c'est drôle, j'voulais faire la même chose!»

Était-ce pour vérifier s'il avait vraiment envie de me revoir ou pour le faire chier? Je ne sais pas. Mais toujours est-il qu'il a été ravi. Heureusement.

«C'est le fun, on va faire le Festival ensemble. Ça va être la première fois que je fais ça avec quelqu'un. D'habitude, chus toujours tout seul... Mais j'te préviens que je fais ça sérieusement... Pas de trêve, pas de lambinage, du cinéma du matin au soir...»

Je lui ai juré que c'était la même chose pour moi tout en me demandant si j'avais envie de passer dix jours devant un écran de cinéma. Une autre chose qui ferait la joie de Mélène et de Jeanne.

Je suis allé le reconduire à la station de métro Laurier. Nous avons hésité avant de nous quitter. Nous avons fait deux ou trois fois le tour de la station, parlant de choses et d'autres, de rien, en fait, parce que nos esprits étaient ailleurs; le mien, en tout cas. Je voulais le revoir le lendemain soir et je me cherchais une raison. Et j'espérais que ce soit la même chose pour lui.

Au moment où il allait entrer dans la station, j'ai trouvé.

«Écoute... Si ça te tente de jouer les romantiques, demain soir y'a le plus beau spectacle du monde au chalet de la montagne... C'est la pleine lune du mois d'août. Ou presque.»

Mathieu, flairant le prétexte, a souri.

«La soirée de plein air avant les dix jours de réclusion... Appelle-moi, demain après-midi, chez *Eaton*... J'te dirai si j'me sens romantique.»

Il s'est approché, m'a embrassé sur la joue.

«En attendant, merci pour la soirée. Tu dois deviner à quel point ça m'a fait du bien...»

Trente-neuf ans et je fondais pour un baiser sur la joue! Je me disais que ça, quand même, je ne l'avouerais pas à mes amies.

MATHIEU

La moiteur était insupportable. Aucun courant d'air n'était possible dans l'appartement; Mathieu, trempé et étourdi, se leva, prit un verre de Contrex et vint s'asseoir sur le balcon. Sa mère s'y trouvait déjà, endormie dans sa chaise longue.

Ce qu'il avait raconté à Jean-Marc pendant le repas avait réveillé chez lui de vieux démons, rouvert de vieilles plaies qu'il avait eu beaucoup de mal à panser et qu'il avait cru mieux guéries, plus définitivement cicatrisées. À force d'élever un mur entre cette époque à la fois si effroyable et si exaltante de sa vie et la période actuelle, plus passive, presque végétative, il avait fini par oublier l'acuité de la douleur, la gravité du dilemme dans lequel il s'était trouvé, ses doutes, ses certitudes, ses questionnements, ses crises d'affirmation, celles, tellement plus violentes, de révolte devant une révélation qu'il ne comprenait pas et qu'il refusait de toutes ses forces tout en la vivant avec une intensité qui le dépassait.

Il revit l'étonnement, le refus, la souffrance dans le visage de Louise; la rage, pendant ce temps très court où elle avait réagi avec violence; l'horreur qu'il lui avait inspirée et qu'elle lui jetait à la figure avec toute la force de son désespoir; puis l'acceptation, après des batailles d'une rare brutalité et des discussions sans fin. L'acceptation, oui, peut-être, mais pas la compréhension. Il n'avait pas pu faire comprendre à sa femme ce qui se produisait chez lui parce qu'il ne l'avait pas très bien compris lui-même ou qu'il n'avait pas vraiment voulu le comprendre. Du moins sur le coup.

Un temps, il avait pensé que c'était une réaction aux trop grandes responsabilités qu'il avait pour son âge, au refus du moule de père de famille quand il avait vu débarquer cet enfant fait par erreur, arrivé trop tôt; au rôle dans lequel il se trouvait figé pour le reste de son existence. Mais pourquoi des hommes? Pourquoi pas d'autres femmes? Alors de vieux souvenirs, enterrés volontairement ou non, avaient ressurgi, plus clairs, maintenant, plus évidents: des troubles qui l'avaient régulièrement jeté dans la mélancolie pendant son adolescence; des hésitations, incompréhensibles alors, devant des avances timides ou directes, quand il aurait dû réagir d'une façon beaucoup plus énergique; des coups au coeur inexplicables; des images rejetées aussitôt que venues à l'esprit.

Il revit aussi l'insignifiance de l'anecdote qui avait tout déclenché, le goût de vengeance, enfantin, qu'il avait ressenti en trompant Louise qui l'avait trompé la première et avec un gars qu'il détestait, en plus. La révélation, surtout, devant ce qui aurait toujours dû être et qui arrivait trop tard. Et qui était si simple, au fond.

Il s'était même demandé si sa vraie nature se serait jamais manifestée si Louise ne l'avait pas trompé, ou s'il ne l'avait pas su. Puis il avait dû s'avouer que tout ça n'avait été qu'un prétexte, son amour-propre bafoué servant de catalyseur à quelque chose qui tôt ou tard aurait fini par se révéler, fatalement. Le moment ne pouvait pas être plus mal choisi, cependant, si peu de temps après la venue de Sébastien pour lequel Mathieu se découvrait une passion presque douloureuse. Il avait perdu en même temps l'amour et l'estime d'une femme qu'il avait beaucoup aimée et ses droits sur un être qui venait de lui, qu'il avait fabriqué un peu dans l'inconscience, soit, mais qui était rapidement devenu sa raison de vivre. Son autre raison de vivre puisque sa découverte récente avait fondu sur lui comme la foudre et qu'il s'y adonnait avec l'énergie du désespéré. Mathieu se rappelait la période qui avait suivi sa séparation comme d'une sorte de demi-enfer dans lequel il s'était complu avec une joie méchante, un masochisme pervers, un goût du danger qui l'étonnait.

Depuis, les choses avaient bien changé. Il s'était vite écoeuré de l'orgie à tout prix, des attouchements adolescents dans les coins sombres, des rencontres furtives et pitoyables de peaux anonymes à peine devinées, du cul vite expédié, vite oublié; de la tristesse, du désespoir de tout ça. Et surtout de la grande futilité de cette surconsommation mal contrôlée.

Il se retrouvait maintenant meurtri, fatigué, désillusionné. Presque amer à vingt-quatre ans, malheureux dans son métier de vendeur et se faisant peu d'illusions sur ses chances de devenir acteur.

Jean-Marc arrivait donc dans sa vie à point nommé, non pas comme un sauveur ou une planche de salut, mais comme une force positive dans un moment particulièrement difficile. Il appréciait maintenant que Jean-Marc ne lui ait pas sauté dessus, le vendredi précédent. Il l'avait d'abord mal pris, habitué qu'il était devenu à ce qu'on succombe à ses charmes, certains et nombreux, sans qu'il ait à lever le petit doigt, toujours sûr de ses effets et d'avoir l'embarras du choix; mais ce n'était là qu'une histoire d'amour-propre, encore, et la délicatesse de Jean-Marc lui semblait maintenant beaucoup plus précieuse qu'une partie de fesses qui serait probablement déjà oubliée.

Il aurait voulu avoir une relation suivie et simple avec Jean-Marc; il avait même envie pour la première fois depuis deux ans de bâtir quelque chose; pas nécessairement une histoire d'amour, il avait en quelque sorte rayé ce mot-là de son vocabulaire depuis un bon moment, mais peut-être une amitié privilégiée qui frôlerait l'amour de près sans en comporter les conséquences si souvent désastreuses. Mais tout ça n'était pas très clair parce que Jean-Marc lui plaisait physiquement et que, fatalement, viendrait un moment où ce problème aurait son importance.

Il était aussi avide de savoir ce que Jean-Marc recherchait en lui. Ces fréquentations platoniques si peu communes dans ce milieu où la sexualité est habituellement le ciment et l'essence d'une relation, l'étonnaient et piquaient sa curiosité. Cette danse du paon à laquelle ils s'adonnaient l'un et l'autre depuis quelques jours sans oser s'aventurer plus loin avait quelque chose d'agréable et d'excitant qu'il n'avait jamais connu et qu'il avait le goût d'explorer. Cela comportait évidemment un danger, celui de la passion non partagée par l'un des partenaires mais n'était-ce pas là le risque de toute relation?

Après avoir fumé un bon demi-paquet de cigarettes, il décida de ne pas se censurer; il serait le plus franc, le plus loyal possible avec Jean-Marc, tout en essayant de ne pas trop s'impliquer de façon à pouvoir se retirer s'il voyait que les choses risquaient de se gâter. Il voulait être parfaitement honnête avec Jean-Marc, ne pas lui faire de mal, mais il ne voulait pas souffrir lui non plus. Il lui faudrait apprendre la prudence, une chose qui lui était à peu près inconnue.

Il regarda longtemps sa mère dormir. Comment réagirait-elle si jamais elle apprenait la vérité à son tour? Il s'était beaucoup posé cette question; il en était même arrivé à la conclusion qu'elle se doutait de tout depuis longtemps mais qu'elle remettait toujours, elle aussi, les explications pour ne pas avoir à faire face à une situation qui changerait beaucoup de choses dans sa vie.

La fraîcheur ne venant pas, il se dit qu'il ferait mieux d'aller se coucher s'il voulait aller travailler le lendemain.

Il dormit étonnamment bien, se réveilla de bonne humeur et partit travailler en chantonnant.

JEAN-MARC

La lune était loin d'être pleine mais la nuit somptueuse avec ses étonnants bleus qui se succédaient lentement dans le ciel vide, du bleu presque blanc de l'après-coucher de soleil au marine tirant sur le rouge de la nuit qui s'installe; avec ses gris inquiétants qui rampaient et envahissaient tout au niveau du sol, estompant les silhouettes humaines tout en accusant plus nettement le dessin des arbres, le contour des bosquets; ses ambres aussi, qui planaient au-dessus de la ville, voilés par un brouillard d'humidité et qui donnaient à Montréal un air de gigantesque lanterne chinoise suspendue dans le vide mais qu'aucun souffle de vent ne balance. On pouvait deviner le Saint-Laurent, au loin, trou noir au dessin irrégulier brisé par la ligne trop droite de la voie maritime. Les trois ponts qui mènent à la rive sud, par contre, étaient parfaitement visibles avec leurs structures métalliques aériennes aux allures de vaisseaux immobiles.

J'ai raconté à Mathieu que les premières fois où je suis monté au belvédère du Chalet de la montagne, pendant mon enfance, le plus haut gratte-ciel de Montréal était l'édifice de la *Sun Life*. Montréal n'était qu'une petite ville de province, alors, encore enfoncée dans ses complexes catholiques et sa peur maladive de grandir. Non pas qu'elle soit devenue la supermétropole mondiale qu'elle rêve d'être mais, au moins, c'est une ville qui, depuis vingt-cinq ans, essaie de ressembler à quelque chose, quitte à sombrer dans le ridicule comme cela lui est arrivé à quelques reprises.

«On montait en tramway jusqu'au Lac des Castors par la voie Camilien-Houde qui portait pas de nom, je pense, dans ce temps-là, et on marchait jusqu'ici. Tous les mardis soirs, l'été, y'avait un concert de l'orchestre symphonique. Y'installaient des chaises partout devant le Chalet et l'orchestre jouait dans les marches. Nous autres, ma gang et moi, on n'avait pas d'argent alors on s'apportait des couvertures de laine, on s'étendait un peu n'importe où autour du belvédère. On voyait rien, on entendait rien, mais on était là. Des fois, on longeait le mur de pierre qui soutient la place, on s'installait juste là, regarde, en dessous d'où on est maintenant, on contemplait la ville en essayant d'attraper quelques mesures de la *Danse macabre* ou du *Caprice italien...* »

Mathieu ne disait rien. Il souriait, probablement amusé par mon attaque soudaine de nostalgie. Il était appuyé sur les coudes et regardait beaucoup plus le ciel que la ville.

La lune avait fait son apparition plus tard que nous l'avions cru. Nous avions dû attendre une bonne heure et demie avant de l'apercevoir, quelque part à droite de la place Ville-Marie, petite boule jaune coupée en deux comme un citron, complètement différente de la pleine lune tapageuse et orgiaque que j'avais promise à Mathieu. Celui-ci avait secoué la tête en l'apercevant.

«Ça t'arrive souvent, comme ça, de promettre la lune pis de livrer un citron? »

Je m'étais contenté de lui répondre que la fin justifiait les moyens et j'avais passé mon bras autour de ses épaules. Il avait appuyé sa tête contre la mienne. C'était notre premier contact quelque peu intime; je le sentais fragile, cassant. Un mot malencontreux, un geste maladroit auraient suffi à le gâcher, nous le savions tous les deux. Alors nous ne bougions pas, perdus entre la joie de cette première caresse furtive et la peur de la voir s'évanouir.

Nous sommes redescendus vers l'avenue du Parc très lentement. Je n'osais pas lui faire la grande demande, lui n'osait pas non plus me demander l'asile pour la nuit. Nous devinions tous les deux ce que voulait l'autre et ça nous amusait en même temps que ça nous touchait.

Nous sommes donc passés à travers le gayland extérieur des nuits de Montréal, les fameux bosquets du Mont-Royal, célèbres dans toute l'Amérique du Nord et très courus, même depuis l'apparition du SIDA dont on avait pourtant prédit qu'il mettrait fin à ce genre de manifestations sexuelles qui font rougir les âmes bien pensantes et courir les policiers dans la pénombre, de San Francisco à New York et de New Orleans à Québec.

Ce qui m'a toujours étonné dans ce genre de drague de plein air, que ce soit aux Tuileries ou à Central Park, sur le Mont-Royal ou les Plaines d'Abraham, c'est le silence total dans lequel tout se passe. On n'ose même pas jouir à haute voix alors qu'ailleurs, surtout dans les bars, le bruit est l'élément naturel dans lequel baignent oeillades, attouchements, propositions et consentements. Ici, dans les petits sentiers où chaque arbre risque de se changer non pas en Iroquois mais en partenaire sexuel plus ou moins efficace mais toujours discret, le silence fait partie du jeu autant que la pénombre. Un peu comme dans les back-rooms mais sans l'atmosphère étouffante, les odeurs suspectes, la saleté qu'on devine sur les murs et surtout sur le plancher collant. Les sous-bois sont jonchés de kleenex, soit, des paquets de cigarettes vides font des taches plus pâles sur le sol des sentiers retirés, mais c'est quand même le plein air, presque la campagne. Dans mes moments d'ironie, à l'époque où je les pratiquais beaucoup, j'avais baptisé les bosquets du Mont-Royal mes «back-rooms de santé» ou ma «dangereuse villégiature», parce qu'en plus, on ne sait jamais sur quoi on va tomber. Les mauvaises surprises sont nombreuses et variées, plus que les bonnes, mais les bonnes surprises en valent habituellement la peine. C'est pourquoi des centaines d'hommes de tous âges et de toutes convictions grimpent chaque soir les

81

pentes raides du Mont-Royal dans l'espoir de se retrouver soit dans le groupe le plus wild du siècle, soit dans le coin le plus discret et le plus romantique de la ville, dans les bras d'un partenaire qu'ils ne reverront jamais et qui baisera comme si c'était la dernière fois de sa vie.

Plusieurs d'entre eux baisent de cette façon tous les soirs, comme si c'était effectivement la dernière fois, tout en spéculant déjà sur leur bonne fortune ou leur malchance du lendemain. La sexualité du désespoir de ne plus rien trouver qui en vaille la peine et de l'espoir d'être encore étonné, une ultime fois, la bonne fois.

Quelques silhouettes nous ont tourné autour, même sur la grande route, là où il fait assez clair pour distinguer les visages. J'en ai reconnu quelques-uns, ces mêmes vieux compagnons de drague que j'ai fini par penser connaître tant ils sont devenus familiers mais que je fais semblant de ne jamais voir, comme s'ils n'avaient jamais existé. Des fantômes pour qui je ne suis, moi aussi, qu'un fantôme, que j'ai vus vieillir, engraisser, maigrir, s'améliorer ou enlaidir sans jamais savoir qui ils étaient tout en sachant très bien ce qu'ils recherchaient... qui n'était pas moi. Mathieu s'est approché, à un moment donné, a passé son bras autour de ma taille.

« C'est pas ce qu'on pourrait appeler une promenade très romantique, mais c'est bien agréable quand même. »

Nous avons quitté la région des boisés maudits avec un vif soulagement. Un fou rire nous a pris en dévalant les dernières pentes de la montagne, celles qui mènent au coin de Mont-Royal et avenue du Parc. Nous avons aperçu, au loin, une patrouille qui commençait sa ronde. Des shorts, des jeans, se relèveraient dans une hâte affolée, des coïtus seraient irrémédiablement interrompus, des ombres pliées en deux se faufileraient à toute vitesse entre les arbres, des sifflets avertisseurs s'élèveraient dans le silence pesant de la nuit.

Nous avons remonté le chemin de la Côte Sainte-Catherine en admirant les superbes maisons qui la longaient. Mathieu les trouvait prétentieuses alors je lui ai raconté le rêve que j'avais si longtemps caressé et que je trouvais maintenant si risible. Je n'ai pas offert à Mathieu de venir dormir à la maison, il ne m'en a pas demandé la permission non plus. Mais, à deux heures du matin, il s'est retrouvé dans mon lit.

Ce fut une nuit d'une très grande douceur. Je n'avais pas fait l'amour avec quelqu'un pour qui je ressentais quelque chose qui ressemblait à de l'affection depuis très longtemps; j'avais perdu ce plaisir de donner aussi important que celui de recevoir, cette sensation de partage quand l'amour, en plus d'être bien exécuté, est fait avec émotion et générosité.

Et, ce qui est si important dans ma vie, nous avons beaucoup ri. De nos frayeurs, de nos pudeurs, de nos hésitations. Tout en les trouvant touchantes, évidemment. Nous nous sommes attendris sur le côté quétaine, presque adolescent de nos relations que nous nous amusions à appeler nos fréquentations et nous nous sommes juré de continuer parce que l'amour adulte est la plupart du temps invivable et toujours douloureux. Nous n'en étions pas à un cliché près.

Le lendemain, il s'est levé pour aller travailler. Comme le cinéma *Parisien* est tout près d'*Eaton*, j'en ai profité pour l'accompagner et me procurer un laissez-passer pour le Festival des films du monde. Il en restait, heureusement. J'ai acheté le programme et j'ai passé le reste de la matinée à le feuilleter. Je finirais donc mes vacances devant un écran de cinéma, moi qui ne connais de la production mondiale que ce qui sort à Montréal, c'est-à-dire presque rien. Mais, pour rester près de Mathieu, j'aurais fait bien pire. Je m'en rendais compte et je refusais de me laisser aller à l'inquiétude qui est habituellement mon lot.

Notre mère à tous a une passion pour les céréales granola. Surtout le matin. Mais il lui arrive de s'en servir un grand bol, à midi, avec du yogourt, des fruits et du germe de blé. Et de vous en offrir. Elle prétend que ça remet tout en place, qu'aucune nourriture ne possède la valeur nutritive de ces rebutants grumeaux et qu'on ne devrait manger que ça, l'homme n'étant après tout qu'un granivore qui a été détourné du droit chemin par la découverte néfaste de la viande, cause de tous ses maux. J'ai essayé une fois et j'ai eu l'impression que mon estomac allait rester bloqué pendant au moins trois jours: je me sentais lourd, apathique, et un goût pâteux me chatouillait désagréablement la gorge. Manger santé me rend malade, je l'ai toujours dit. Mon système est habitué aux déchets que je lui impose depuis toujours et s'en trouve très bien. Alors maintenant, lorsque je vais manger avec Mélène, le midi, j'apporte mon propre junk food et je la dégoûte avec mon poison pendant qu'elle m'écoeure avec sa panacée.

Nous avons donc discuté ce jour-là, elle devant un bol de céréales dont la seule couleur me faisait frémir et moi au-dessus d'une assiettée de ragoût de boulettes en boîte que personne d'autre que moi dans mon entourage ne pouvait digérer.

Mélène a semblé ravie du récit de ma soirée de la veille. Elle a tout écouté sans m'interrompre, ce qui en soi est un événement, un petit sourire ému aux lèvres. Je savais d'avance ce qu'elle allait me dire mais c'était peut-être justement ce que j'étais venu chercher. Et, effectivement, je n'y ai pas échappé:

«Ça fait un bout de temps que t'as pas fréquenté un gars si longtemps, mon Jean-Marc. Aïe, quatre fois, on rit pus! D'habitude tu te tannes tout de suite le premier matin, pis tu les mets délicatement à la porte après un copieux petit déjeuner... »

Elle avait pris sa voix de notre mère à tous, haut perchée, ironique, presque condescendante. Une vraie moman qui se moque gentiment de son enfant fautif.

«Y'a un an, tu nous as juré tes grands dieux qu'on t'y reprendrait pus, que t'aurais pus d'amants mais juste des scores... »

Je nettoyais ce qu'il restait de sauce dans mon assiette avec une tranche de pain six grains, ma seule concession au régime de Mélène.

«J'allais pas bien, l'année dernière, tu le sais aussi bien que moi. J'avais plus envie de m'arracher la peau du coeur avec des histoires d'amour qui finissent toujours mal.

— Qui te dit que celle-là finira pas mal?

— Qui te dit que je la considère comme une histoire d'amour?

— Ben, on peut pas dire que ça a commencé tout à fait comme un trip de cul! J'espère au moins que tu te leurres pas là-dessus, Jean-Marc; ça sonne étrangement comme une belle petite romance du genre que tu voulais pus jamais connaître!

— De toute façon, vous avez toutes ri de moi, dans la famille, quand j'ai dit ça, l'année dernière... Tu vois que vous aviez raison. Comme toujours. Chus un peu fatigué, des fois, que tu voies mieux en moi que j'arrive à le faire moi-même...

— Tu vois pas parce que tu cherches pas assez.

— Mélène, s'il te plaît, laisse faire le sermon aujourd'hui, veux-tu... »

Elle a posé sa cuiller sur son assiette après l'avoir léchée bien comme il faut, peut-être pour m'impatienter.

«Tu viens ici pour ça, Jean-Marc, pour te faire sermonner, alors plains-toi pas! »

Et c'était vrai. Comme tous les membres de notre petite famille inventée de toutes pièces, je venais souvent consulter Mélène pour me faire dire des choses que je savais déjà et que je ne voulais pas m'avouer, sur un ton de reproche qui frisait de très près le sermonnage judéo-chrétien auquel nous avions pourtant tous résisté dans notre adolescence et dont nous condamnions à haute voix les méfaits et dangers. Nous avions délégué Mélène pour jouer le rôle de la moman que nous avions refusé à notre propre mère, il fallait bien l'assumer. Je ne suis pas à une contradiction près.

«T'es plus impliqué là-dedans que je pensais, Jean-Marc...

— Chus plus impliqué là-dedans que je le voudrais, si tu veux savoir. Tu me diras ce que t'en penses quand tu le verras, mais ce gars-là a quequ'chose... quequ'chose de «vécu», je dirais, pour employer une expression qui est plus à la mode et que j'ai toujours trouvée niaiseuse. Ça me touche, et ça m'attire. Y'a l'air d'un petit gars, des fois y'est très enfantin, c'est vrai, mais, tout d'un coup, y dit des choses étonnantes... Quand je pense à tout c'qu'y'a traversé, à son âge, j'ai l'impression qu'y'a plus vécu que moi! Et on dirait qu'y'a une blessure, une balafre, quequ'part, qu'y'essaye de cacher et que je voudrais découvrir...

— T'en parles comme de la huitième merveille du monde... Fais attention, Jean-Marc...

— C'est peut-être pas une merveille, justement, mais, au moins, y'est en vie, lui! Tu rencontres assez de cadavres ambulants, dans ce milieu-là, que quand tu tombes sur une étincelle de vie, t'en reviens pas!»

Mélène a souri en secouant la tête. Je lui avais déjà tenu ce discours des dizaines de fois, parfois au bord du découragement parce que je désespérais de jamais trouver un gars qui avait du bon sens dans mes pérégrinations de plus en plus bousculées, de plus en plus hystériques, parfois avec une amertume qu'elle s'empressait de souligner parce que nous avions décrété depuis longtemps que l'amertume est un des pires sentiments qu'on puisse éprouver.

«En tout cas, tiens-nous au courant, qu'on se réjouisse, pour une fois, ou qu'on se désole, comme d'habitude.

La première journée du Festival des films du monde fut pour moi une épreuve d'endurance. J'aime beaucoup le cinéma mais je n'en ai jamais fait une consommation effrénée, me contentant de suivre d'assez loin la production française, du moins ce qui nous en parvient ici, moins déjà la production américaine parce que je trouve le cinéma américain souvent tonitruant, rarement sensible, et par solidarité, oserais-je dire, ce qui se fait ici depuis, disons, vingt ans.

Je n'avais pas vingt ans, je crois, quand *Valérie* est sorti. J'en garde un souvenir confus, comme une impression de honte parce que j'avais trouvé le film débile en même temps que je me sentais soulagé de voir ainsi bafouée la calamiteuse censure, celle même qui, en mil neuf cent soixante, avait saccagé, violé *Hiroshima mon amour* sous prétexte de préserver la moralité publique. Toujours est-il qu'en ce premier matin du festival je me retrouvais à neuf heures moins le quart faisant le queue devant le cinéma *Parisien* en compagnie d'un Mathieu survolté qui ne tenait pas en place:

«Cette année, j'vais essayer de tenir une moyenne de quatre films par jour... Les premiers jours c'est facile mais vers le milieu du Festival, tu vas voir, t'atteins une espèce de plateau... t'es pus capable de rien prendre, tu fais une indigestion de pellicule... mais ça finit par se replacer et le sprint final est toujours exaltant.»

Je n'ai rien répondu, moi qui avais peur de ne pas me rendre au bout de cette première journée.

C'est évidemment Mathieu qui avait fait notre horaire. Il m'avait tendu, au petit déjeuner, un dépliant tout barbouillé de noir et de jaune, auquel je n'avais strictement rien compris et qu'il avait en vain essayé de m'expliquer.

La seule chose que j'avais réussi à comprendre c'est que ce jour-là nous allions voir un film polonais, un film anglais, un film japonais et, si nous avions encore le temps, un film australien. J'allais donc visionner dans cette seule journée ce que je consomme d'habitude en plus d'un mois alors que je n'avais même pas envie d'aller au cinéma.

Non, je dois l'avouer, je serais plutôt resté à la maison avec Mathieu à savourer l'une de ces uniques premières matinées d'une relation, si douces, si molles, que rien, après, ne peut remplacer et qui restent parmi les plus belles. J'aurais été gentil au point de friser de très près le ridicule, tendre comme on s'avoue rarement qu'on peut l'être. J'aurais joué, volontiers et avec beaucoup de talent, le rôle de l'amoureux transi qu'on a envie de battre tellement il tombe sur les nerfs. Au lieu de quoi je me retrouvais au milieu d'un tas de dépliants agités par des spécialistes du cinéma qui claironnaient déjà sur un ton péremptoire et supérieur leur palmarès personnel: «J'ai vu le dernier Beineix, à Cannes, c'est d'un cul-cul!», ou bien: «Dérange-toi pas pour le Blier, c'est encore plus épais que d'habitude!», ou encore, avec le bon accent pour faire plus branché: «Cours au Schlöndorff! J'te dis, c'est le Schlöndorff qu'y faut voir!». Moi, pauvre ignare, qui n'ai jamais pu prononcer le nom de Schlöndorff sans faire rire de moi, j'avais le nez dans mon horaire pendant que Mathieu donnait des bises à des filles surexcitées et serrait la main à des barbus invraisemblables, directement issus des années soixante et qui traînaient avec eux, allez savoir pourquoi, ces sacs à poignée en papier qu'on appelait dans mon enfance des sacs à Tousignant.

J'ai aperçu de loin deux confrères qui discutaient et je leur ai carrément tourné le dos, de peur qu'ils ne me voient. Rien qu'à la pensée que j'allais devoir les côtoyer tous les jours à partir de la semaine suivante me ramollissait les jambes. À l'ouverture des portes, l'excitation, déjà grande, a monté d'un cran. J'ai cru un moment que la foule allait crier «Horray!» comme le samedi après-midi, quand j'étais enfant, lorsque les portes de la salle paroissiale s'ouvraient et qu'on sortait notre dix cents en hurlant.

Mathieu m'a pris par le bras.

«C'est le fun, hein?»

J'ai dit oui, bien sûr, en suivant la foule qui s'engouffrait dans le cinéma. Une dame, derrière moi, me poussait un peu dans le dos, juste assez pour que ce soit désagréable. Je me suis retourné. Elle n'a rien compris. Je sentais son horaire sur mon omoplate, la pression de sa main qui effleurait ma chemise et j'aurais hurlé.

Un film polonais, heavy et violent, avec des sous-titres anglais, à neuf heures du matin, faut le faire! Les seuls films que j'avais jamais vus le matin étaient de ces vieilles pellicules mélodramatiques des années cinquante qu'on nous projetait à l'école secondaire, qui nous prévenaient contre les contacts physiques trop intimes ou l'usage de la drogue et qui, parfois, nous terrorisaient au point de nous empêcher de dormir pendant un bon bout de temps. La violence de celui-là, le film polonais, était bien différente, plus psychologique que physique, mais il était quand même neuf heures du matin et j'avais beaucoup de difficulté à me concentrer sur les malheurs de cette femme bafouée par son amant même si le film était excellent. Je ressentais une impression de malaise, comme lorsqu'on change votre horaire à la dernière minute et que vous vous retrouvez dans un endroit à une heure différente de celle où vous vous y trouvez d'habitude: l'éclairage de la pièce est le même, mais la lumière est différente parce que le soleil n'est pas à la même place. Vous vous sentez alors déplacé mais obligé de quand même fonctionner comme d'habitude, d'où cette impression de rêve éveillé.

Après le deuxième film, anglais, celui-là, passionnant et admirablement filmé mais que je commençais déjà à confondre avec le précédent, j'ai eu faim. Évidemment, pas question d'aller manger, tranquilles, dans un bon petit restaurant; ce fut donc devant un Mister Steer numéro six que nous avons discuté de ce que nous venions de voir, Mathieu et moi...

J'ai commencé à avoir mal aux fesses dès le premier

film de l'après-midi, une paysannerie rurale japonaise d'un ennui mortel que j'ai eu toutes les difficultés du monde à endurer jusqu'au bout. En regardant ça, je me disais que si un cinéaste québécois osait réaliser un tel film ici il se ferait massacrer par tout le monde et son film n'aurait aucune chance de sortir du pays; il se ferait traiter de misérabiliste (la misère japonaise étant automatiquement universelle et pas la nôtre, je suppose), de régionaliste, surtout: gardons nos paysans pour nous, ils nous font honte, mais partageons ceux des autres, ils sont culturels. Puis je me suis trouvé injuste: aucune grande paysannerie n'a jamais été tournée ici, je crois. Mais arriverions-nous à l'imposer aux Japonais, si elle existait, ou sommes-nous seulement condamnés à subir le folklore des autres?

Le dernier film de la journée m'a achevé: j'ai peu fréquenté les films australiens dont on disait tant de bien ces dernières années et si celui-là était représentatif de ce que j'ai manqué, je suis très content d'être resté chez moi à regarder les téléromans; ils ne m'ont rien coûté, eux, et, au moins, je pouvais en rire en toute liberté.

J'ai mis toute la diplomatie dont je suis capable dans les moments délicats pour expliquer à Mathieu, au souper, qu'il m'était très difficile d'imaginer que les dix jours qui venaient allaient tous ressembler à celui qui s'achevait. Pas seulement à cause du cinéma que je doutais de pouvoir ingurgiter, comme ça, à si fortes doses et pendant si longtemps, mais surtout parce que notre nouvelle intimité allait déjà être perturbée d'une façon que je trouvais anormale. Il a compris très vite, avant même que j'aie fini mes explications et je crois qu'il a été blessé, non pas de m'avoir entraîné dans cette aventure pour rien, il l'avait fait de bonne foi en pensant me faire plaisir et il ne me connaissait pas assez encore pour deviner mes goûts, mais de se faire reprocher, au tout début d'une relation, déjà, de ne pas être assez présent.

C'était déjà le cul-de-sac. Chacun de nous comprenait les arguments de l'autre tout en restant sur ses positions: le Festival des films du monde était pour Mathieu l'un des grands moments de l'année et il ne voulait pas le sacrifier; moi j'avais juste envie de m'enfermer avec mon nouveau chum sans voir personne.

C'est tout de même lui qui nous a sortis de ce premier conflit, je dois l'avouer, mais après un échange de propos des plus désagréables, cependant. (J'ai même pensé, vers la fin du repas, qu'il allait se lever de table et me sacrer là tant les choses s'étaient gâtées.) Mais il a fini par trouver une solution simple qui allait satisfaire à peu près nos besoins à tous les deux: il sacrifierait le premier film du matin si j'acceptais de le suivre le reste de la journée. J'ai négocié serré. Je voulais toute la matinée pour nous deux et deux films par jour. Mais j'ai perdu. Parce que j'ai abandonné: je me trouvais tellement ridicule, tout à coup, avec mon romantisme attrapé sur le tard et mes revendications de jeune puceau amoureux que j'ai fini par céder. Après tout, Mathieu avait probablement raison: le Festival allait vite passer mais, si nous le voulions, notre intimité resterait, neuve, encore informe, passionnante à bâtir.

MATHIEU

Aux premières paroles de Jean-Marc, incohérentes, tourmentées, Mathieu s'était collé sur son ami dans l'espoir que ça le ferait taire. Ou que ça le réveillerait. Jean-Marc s'était tourné vers lui, avait passé son bras droit par-dessus sa poitrine, avait vaguement souri en grognant. Mais il avait continué à parler. C'était ardu, ça sortait tout croche; de l'agressivité mêlée de désarroi s'exprimait par des halètements rapides et courts qui ressemblaient à des cris de petit animal malade. Mathieu avait pris la tête de Jean-Marc dans ses mains.

Un grand enfant de trente-neuf ans. Qui rêvait de la même façon que son fils de quatre ans. Sébastien rêvait beaucoup; ça inquiétait même son père qui, la culpabilité aidant, était parfois convaincu qu'il était agité la nuit parce qu'il était malheureux. Enfant du divorce, séparé de son père très jeune, Sébastien revivait-il la nuit ces heures affreuses de sa petite enfance où la rage, la violence, la brutalité, même, avaient éclaté dans leur vie, laides, irrémédiables, destructrices? Sébastien dormait avec son père, sur le sofa du salon, quand il venait les visiter, lui et sa grand-mère. Le coucher se faisait toujours dans la joie des baisers, des chatouillements, des histoires racontées à voix basse, des confidences qui se terminaient par de grandes déclarations d'amour. Mais, souvent, au moment même où Mathieu s'étendait à côté de son fils pour dormir, de petits geignements s'élevaient de la bouche de Sébastien qui semblait protester devant une grande injustice. Rose prétendait que c'était parce que l'enfant était habitué à dormir seul et que la présence de son père le dérangeait mais Mathieu y voyait plutôt un reproche, presque une accusation. Ou, pire, un rejet. Il réveillait alors doucement Sébastien, lui disait qu'il l'aimait, le rendormait le plus tendrement possible. La plupart du temps ça marchait et Mathieu en éprouvait un grand sentiment de délivrance.

Il essaya de réveiller Jean-Marc mais celui-ci se contenta de lui tourner le dos en grommelant. Mathieu allongea le bras, posa sa main sur le cou de Jean-Marc, là où une artère battait doucement.

Cette première engueulade l'avait beaucoup troublé. Il s'était juré depuis quelques années, depuis sa séparation d'avec Louise, en fait, de ne plus vivre ces pitoyables problèmes de couples, ces déchirements qui laissent toujours des traces même lorsqu'on les croit tout à fait réglés, ces incessantes et épuisantes remises en question, dont le seul souvenir suffisait à l'empêcher de se commettre trop avec quelqu'un quand il en avait envie ou quand il sentait qu'il en courait le danger. Il avait eu des tas d'aventures, parfois exaltantes, parfois déprimantes, trop souvent banales, mais jusque-là il avait réussi à se retirer au bon moment, quitte à passer pour un mufle quand la coupure était trop brutale ou pour un être sans conséquence quand elle manquait de logique. Il ne faisait jamais souffrir personne gratuitement. Mais quand une relation semblait vouloir non pas s'éterniser — il aimait fréquenter le même gars longtemps — mais s'officialiser, quelque chose en lui se raidissait, il perdait pied, il cherchait la sortie. Et il la prenait, quelle qu'ait été la tendresse ou la considération qu'il avait jusque-là ressentie pour l'autre, qu'il laissait la plupart du temps pantois, meurtri, ne sachant même pas ce qui l'avait frappé, ni comment, ni, surtout, pourquoi.

Avec Jean-Marc, cependant, quelque chose de nouveau se produisait qu'il n'arrivait pas à s'expliquer. Jean-Marc n'était ni plus beau ni plus fin ni plus intelligent que certains hommes qu'il avait fréquentés depuis la découverte de son homosexualité; il était même souvent moins mûr, comme quelque adolescent attardé qui se risquerait sans jamais y parvenir tout à fait à se mêler au monde des adultes. Mais sa façon d'exprimer son manque de maturité, justement, cette retenue, aussi, dont il avait fait preuve pendant les quelques jours où ils s'étaient fréquentés sans que le cul, d'habitude si inévitable dans ce milieu, ne vienne gâcher les choses, cette manière si particulière qu'il avait de traiter Mathieu non pas comme un butin à consommer le plus vite possible au cas où il lui prendrait la fantaisie de disparaître mais comme un partenaire privilégié qu'il fallait ménager, touchaient Mathieu qui en avait pourtant vu d'autres. Mais toutes ces attentions, pourtant appréciables et que Mathieu goûtait d'ailleurs grandement, n'expliquaient pas l'envie qu'il avait de rester auprès de Jean-Marc malgré cette engueulade si «petit couple» qu'ils avaient eue au souper et qui, normalement, aurait dû lui donner le goût de fuir sans rémission.

Jean-Marc parla de nouveau mais sa voix s'était radoucie. Mathieu se fit le plaisir d'imaginer que c'était à cause de sa main sur le cou du dormeur. Et cela lui fit réaliser, tout d'un coup, que pour la première fois de sa vie, peut-être, il se sentait non pas supérieur, mais plus fort que son partenaire, qu'il pourrait avoir, s'il le voulait, le pouvoir de transformer une vie, de bousculer une existence, de «protéger» quelqu'un comme il lui arrivait si souvent de vouloir «protéger» son enfant, d'aimer, enfin, quelqu'un qui avait vraiment besoin de lui. Jusque-là, il avait quitté des hommes parce qu'il n'avait pas voulu se laisser aimer par eux; cette fois il voulait rester pour aimer. Il s'assit sur le lit et alluma une cigarette en prenant mille précautions pour ne pas réveiller Jean-Marc. Mais était-ce de l'amour ou de la condescendance? Ou du paternalisme? Allait-il jouer au popa avec Jean-Marc comme il le faisait une fin de semaine sur quatre, avec Sébastien? Ou avait-il tout simplement peur de s'avouer qu'il était sur le point de se jeter dans quelque chose d'énorme, d'incompréhensible, auquel il ne voulait pas encore faire face? Se jouait-il la comédie de la supériorité et de la force pour se cacher l'état de dépendance et de faiblesse dans lequel il se sentait sombrer? Pendant un très court instant il eut envie de se lever et de courir comme il le faisait d'habitude après la liberté, sans se retourner, se refusant tout regret, les bras tendus vers d'autres épisodes, d'autres rencontres qu'il choisirait sans conséquences, sans douleurs, incolores et parfaitement anodines.

Mais il revit la tête ahurie de Jean-Marc après ses quatre films de la journée, son indignation devant son refus à lui, Mathieu, de lui consacrer ses avant-midis, la joie qu'ils avaient partagée en faisant l'amour et les rires qu'ils avaient échangés après. Il éteignit sa cigarette, se coula le long du corps de Jean-Marc. S'endormit aussitôt.

JEAN-MARC

Tout alla très bien pendant la fin de semaine qui sui-
vit. Nous nous levions assez tard, nous prenions le petit
déjeuner au lit (un gros repas que je confectionnais avec
plaisir sinon avec talent pendant que Mathieu lisait avec un
sérieux imperturbable les comptes rendus du Festival dans
Le Devoir et *La Presse*, auxquels je suis heureusement
abonné), puis, tranquillement, sans courir comme nous
avions été obligés de le faire le premier jour pour ne pas
arriver en retard à la séance de neuf heures, nous descen-
dions vers le cinéma *Parisien*. L'autobus 80 était moins
bondé qu'à huit heures trente, plus rapide, aussi. Grâce à
notre carte, nous pouvions nous rendre directement à la
salle qui nous intéressait, sans jamais faire la queue.

Nous avons donc vu neuf films en trois jours et, à mon
grand étonnement, sans douleur aucune de ma part. Au
contraire, je sentais la piqûre du festival me gagner: j'arrivais au cinéma de plus en plus excité, j'écoutais ce qu'on
disait autour de moi de la première séance, je soulignais
les films dont on disait du bien, je rayais ceux dont on
disait du mal et que nous avions eu l'intention de voir, je
me passionnais pour un film mexicain que personne n'attendait, je me suis même surpris à ricaner à la mention
d'un gros canon français dont je détestais le réalisateur;
enfin bref, je devenais un festivalier à part entière, au
grand plaisir de Mathieu qui me disait: «J'te l'avais dit,
hein, que la tension montait, qu'on pouvait pas résister à

101

l'excitation ambiante... »

Le dimanche soir, vers sept heures trente, nous sortions d'un très beau film danois qui nous avait bouleversés tous les deux et nous nous attardions dans l'entrée du *Parisien*, animés, surexcités, même, incapables de décider où nous irions manger, lorsque j'entendis une voix connue crier mon nom:

«Jean-Marc! Jean-Marc! On te pensait mort! »

La famille presque au complet sortait d'une autre salle. Elles étaient six, elles formaient un groupe compact, homogène, même allure, même aisance, même humour au fond des yeux, l'air à peine garçonnes, juste assez pour éloigner tout doute mais pas suffisant pour que ça devienne agressif, bruyantes, certes, mais pas loud à la façon de certains hommes. Nous fûmes entourés, investis en quelques secondes. Baisers, accolades, présentations succinctes. Mathieu était littéralement mangé des yeux, soupesé, jugé. Il l'a senti tout de suite et s'est complètement refermé. Les commentaires se croisaient, se chevauchaient, les rires fusaient, nerveux quand une remarque avait été trop évidente, complices quand elle ne l'avait pas été assez. Mélène me faisait un signe d'appréciation pendant que Jeanne fronçait les sourcils en dévisageant Mathieu d'une façon trop cavalière. Mathieu s'est penché vers moi au milieu d'un éclat de rire (Mélène, subtile, venait de lancer à la cantonade: «J'commence à comprendre pourquoi tes jours et tes nuits étaient occupés: vues payantes, vues gratis! ») et m'a dit, enragé noir: «C'tait-tu arrangé, c'te p'tite rencontre fortuite-là? » Je lui ai juré que non. Je ne pouvais pas m'empêcher de sourire et ça a semblé le choquer encore plus que les remarques de mes amies. Zouzou, de sa voix nasillarde et qui porte de façon parfois gênante, a posé la main sur l'épaule de Mathieu: «Pas de messe basse, là, les amoureux! » Quelques personnes ont tourné la tête, ont souri en voyant qui étaient les deux «amoureux». J'ai cru que Mathieu allait s'écraser sur le trottoir. Mélène a donné une tape sur le bras de Zouzou qui a haussé les épaules. «Mélène, arrête de te prendre pour ma mère! Pis de toute manière, ma remarque était moins pire que la tienne! »

Il a évidemment tout de suite été question d'aller « manger ensemble quelque part ». J'ai tiré Mathieu à l'écart.

« C'est mes meilleures amies, Mathieu, c'est même mes seules amies... et ça fait un bout de temps que j'leur ai pas donné de mes nouvelles...

— Sont pas discrètes, discrètes...

— C'est la gêne, probablement...

— La gêne! On peut pas dire que c'est évident!

— La nervosité, si tu veux... J'ai beaucoup parlé de toi à Mélène et elle a dû tout répéter à tout le monde, et tout le monde doit être ben content que je t'aie rencontré... C'est des filles extraordinaires, tu vas voir...

— Moi aussi chus gêné, Jean-Marc! J'espère que tu te rends compte que chus tout seul contre sept! Que c'est qu'y faut que je fasse, pour leur plaire, les pieds au mur? Y faut-tu que je les séduise à tout prix? Y faut-tu que je mon-tre mon grand sens de l'humour, ma vaste culture, mon quotient intellectuel supérieur? Sont toutes plus vieilles que moi, Jean-Marc, j'ai aucune chance! »

Je ne l'avais jamais vu comme ça; j'en fus étonné et un peu apeuré.

« Mathieu! Fais rien de spécial! C'est pas un examen que tu passes, c'est une rencontre, « fortuite », comme tu dis, qu'on fait, c'est tout... On va aller manger, on va essayer d'avoir du fun...

— Pis si chus jugé « inapte » à les satisfaire ou « impro-pre à la consommation », vas-tu me sacrer là pour pas leur déplaire? »

Nous en étions déjà là. Tout allait trop vite et je n'avais pas le temps de m'expliquer, comme ça, à la porte du *Parisien*, entre la queue, impatiente, qui attendait pour entrer et la foule qui sortait, indisciplinée et beaucoup trop bruyante.

« T'as pas à avoir peur... C'est pas des ogresses, tu le sais, je t'en ai souvent parlé...

103

— J'voulais pas les rencontrer en gang, ça me terrorise... J'espérais que tu me les présenterais une par une... Mais là... T'as beau dire que c'est pas un examen que je passe, j'me sens jugé pareil! »

Il avait parfaitement raison.

Mélène s'était approchée, le plus discrètement possible. Elle avait cet air soucieux que je ne lui connais que dans les moments importants. Elle a souri à Mathieu, de ce beau sourire irrésistible parce que sincère qu'elle réserve à ceux qu'elle aime bien.

« Si vous avez pas envie de venir manger avec nous autres, on va comprendre... On vient de parler de ça... Ça doit pas être facile pour toi, Mathieu, de rencontrer tant de monde en même temps... Surtout qu'on est pas mal envahissantes... »

Étrangement, la volte-face de Mathieu ne m'a pas du tout surpris. Il a poussé un soupir qui ressemblait à du soulagement, s'est efforcé de sourire à son tour tout en gardant ses bras croisés sur sa poitrine, comme s'il avait eu froid.

« C'est vrai que c'est pas facile... Mais comme chus dedans, chus peut-être aussi bien de prendre mon courage à deux mains pis de me rendre jusqu'au bout... Mais aidez-moi, j'ai le trac! Ça va sûrement être un des plus grands plongeons de ma vie! »

Nous nous sommes tous retrouvés à la caisse du *Commensal*, à faire peser notre nourriture au milieu d'un fou rire général que Mathieu n'avait pas l'air de comprendre. Je ne pouvais pas lui expliquer sur place cette grande contradiction qui nous faisait rire depuis des années de ce restaurant communautaire aux clients blafards et macramés dont on appréciait pourtant fort la cuisine, lourde mais délicieuse, bourrative à l'excès mais naturelle, ça aurait pris trop de temps et lui aurait peut-être semblé cruel. Il suffisait que Zouzou ou Arielle me montre du menton une fille à cheveux longs et à sandales romaines dont la jupe à fleurs traînait sur le plancher de terrazzo pour que des grognements de plaisir s'élèvent de la famille

104

entière, pour que des têtes se penchent brusquement sur des assiettes et que des épaules soient secouées d'incontrôlables spasmes. Au contraire de Mélène qui n'était que granola et à qui nous le pardonnions parce que nous l'aimions, les vrais macramés provoquaient chez nous une méchanceté gratuite et, je dirais, généreuse, en ce sens qu'elle n'était ni retenue, ni franchement bête. C'était une méchanceté pleine de bonhomie, ouverte, presque affectueuse, probablement méprisante et paternaliste, de celles qu'on peut ressentir pour un malade dépendant et geignard, par exemple. Nous jouions aux nurses affairées avec ces pauvres êtres pacifiques, immobiles, pâles, qui ne nous avaient jamais rien fait et qui avalaient avec pondération et avec des gestes de moines satisfaits leur steak de tofu et leur gâteau aux carottes.

Mélène, en tant que «notre mère à tous», et Jeanne, la modératrice du groupe, ont encadré Mathieu aussitôt la table choisie; les autres se sont disposées autour comme des apôtres obéissants, me laissant une place en face de mon chum, entre Zouzou et Arielle qui échangeaient des airs entendus, comme d'habitude. La complicité entre ces deux filles est stupéfiante; on a parfois l'impression qu'elles communiquent grâce à un sixième sens qu'elles ne partagent avec personne pour la bonne raison qu'elles ne réalisent pas toujours qu'elles l'ont: on les surprend sans arrêt en pleine conversation silencieuse, les yeux de l'une rivés dans ceux de l'autre, un courant électrique presque tangible passant entre elles, de petits gestes de connivence se dessinant à l'intérieur de leur monde secret, subtils, aériens, par elles seules compris et excluant toute possibilité d'une tierce source d'énergie.

La conversation s'est évidemment portée sur le cinéma. Les filles avaient vu un film chinois sous-titré en français et Michèle, notre benjamine, un peu paresseuse mais très drôle et maligne comme un chat, déplorait encore une fois d'avoir eu à lire pendant deux heures vingt au lieu de se concentrer sur les images. C'était une vieille chicane qui ne serait jamais réglée parce que les arguments de chacun avaient depuis longtemps été usés jusqu'à la corde. Michèle redisait une fois de plus: «C'est ben beau, les sous-titres, mais j'aurais eu besoin d'un cours de lecture rapide, moi... J'vous dis que ça jasait dans c'te p'tit film-là...», et Mélène répondait: «Mais c'est tellement mieux que d'entendre les mêmes maudites voix françaises! Des fois, si j'avais une carabine, j'me payerais un voyage en France pour aller tirer Nadine Alari à bout portant!». Quelques sourires entendus, quelques haussements d'épaules.

Mathieu s'est penché vers moi par-dessus la table.

«C'est qui, ça, Nadine Alari?»

Un véritable triomphe. On l'a applaudi, on a envié sa jeunesse, on a vanté sa chance de ne pas avoir connu la voix nasillarde de Nadine Alari, on l'a officiellement baptisé «le flot». Il a rougi jusqu'à la racine des cheveux, a failli s'étouffer dans ses pâtes à l'ail, s'est essuyé le front autant que la bouche. Je l'encourageais du mieux que je pouvais en lui souriant mais je voyais bien que son malaise était très profond, qu'il croyait probablement qu'on riait de lui alors qu'en fait on s'amusait de notre propre vieillissement. C'est Michèle, en fin de compte, qui a mis fin à l'incident en lui disant: «J'te passe avec plaisir le sceptre de la jeunesse, Mathieu. Mais je te préviens: c'est pas toujours facile d'être le souffre-douleur d'une gang de croulants qui se défrustrent de leur peur de vieillir en riant de tout c'qui est pas aussi vieux qu'eux autres.! Mais dis-toi toujours que c'est pas de toi qu'y rient. Jamais! Sinon tu vas paranoïer comme moi, au début, alors que c'est pas toi qui es en cause, mais ton âge!»

On a beaucoup applaudi cette sortie. Mélène s'est levée, a pris Michèle par les épaules, l'a embrassée en la serrant ostensiblement sur sa poitrine.

«Bienvenue dans le cercle des croulants, mon enfant!»

Le reste du repas s'est passé dans la bonne humeur. Mathieu se détendait, peu à peu; il s'est même confié à Jeanne qui le cuisinait doucement, sans que ça paraisse trop. J'étais content de voir que les choses se passaient aussi bien; que mes amies, dont l'avis est si important pour moi, semblaient trouver Mathieu sympathique et même plus. Parce que je l'aurais senti tout de suite si elles l'avaient rejeté, à leur air faussement intéressé, à l'ironie à peine dissimulée dans leur regard, à la trop grande politesse avec laquelle elles l'auraient traité. Elles n'étaient pas polies avec Mathieu; c'était beaucoup. J'avais évidemment vécu plusieurs de ces premiers contacts où tout le monde épie le nouveau venu ou la nouvelle recrue tout en faisant semblant de rien; j'avais moi-même fait partie de ceux qui jugeaient, quand une fille du groupe nous amenait sa nouvelle flamme, morte de trac et blême de peur.

Les familles comme la nôtre, nées d'un besoin viscéral de chacun de ses membres, unies à l'excès, lisses et dures comme des pierres, sans prise et refermées sur elles-mêmes, sont redoutables pour tout corps étranger essayant d'y faire une percée. J'avais tellement vu de filles se buter à un refus entêté, de gars se faire virer sans ménagements, que j'hésitais, depuis un moment, à présenter mes amis de passage au reste de la famille. Je préférais disparaître quelques jours, vivre mon histoire jusqu'au bout avant de réapparaître à un souper officiel, enfant prodigue, brebis galeuse dont on fête le retour avec acharnement et à qui on pardonne, en quelque sorte, une incartade sans lendemain mais dont on prendrait très mal une fugue plus importante ou définitive. J'aurais donc volontiers attendu quelques semaines avant de «produire» Mathieu mais les circonstances en avaient décidé autrement.

Au café, trop fort mais délicieux, Jeanne, Mélène et Mathieu étaient plongés dans une conversation où je sentais déjà une complicité qui me rassurait. Mathieu parlait des incertitudes du métier d'acteur et les deux autres, qui avaient pourtant cordialement détesté Luc, l'écoutaient avec une étonnante attention. Pourquoi avaient-elles trouvé Luc si antipathique et pourquoi trouvaient-elles Mathieu si gentil? Atomes crochus ou mauvaise foi? J'ai décidé d'en profiter plutôt que de me poser des questions, et j'ai écouté ce qu'ils disaient.

Jeanne était appuyée sur le dossier de la chaise de

Mathieu, la tête posée sur son poing fermé.

«Ça veut dire qu'aussitôt que tu vas avoir décroché un rôle, tu vas pouvoir laisser ton emploi chez *Eaton*...

— C'est pas si simple, t'sais... D'abord, les rôles sont plutôt difficiles à décrocher par les temps qui courent...

— Avec la tête que t'as, tu devrais pas avoir de misère...

— Ça marche pas toujours comme ça... C'est pas rien qu'une question de tête, t'sais... pis y'en a d'autres «têtes», à Montréal... »

Mélène, dont la franchise m'étonne encore tant elle sort brusquement, parfois, lui a demandé, à brûle-pourpoint:

«As-tu du talent? »

Mathieu n'a pas bronché.

«Oui. J'en suis convaincu. Mais personne me connaît parce que j'ai pas fait d'école, alors y faut que j'me batte plus fort que tout le monde... »

Mélène, visiblement contente de la réponse, a allumé une cigarette.

«C'est-tu vraiment nécessaire, les écoles, dans c'te métier-là? J'veux dire, le conservatoire, pis tout ça... »

Je n'ai pas entendu le reste de la conversation, j'ai été littéralement pris d'assaut par Arielle que je n'avais pas vue depuis plusieurs semaines et qui est venue installer sa chaise entre celle de Lucie et la mienne. Lucie n'a pas protesté. Elle ne proteste jamais et en endure toujours trop à mon goût. C'est notre silencieuse, notre discrète et un peu notre Patira, comme aurait dit ma mère qui était une fervente lectrice de Raoul de Navery. C'est la blonde de Michèle, qui en profite d'ailleurs grandement, trop: exigeante, capricieuse, presque tortionnaire avec elle et ne recevant jamais en retour que consentement et soumission. On les appelle les soeurs Babin et on s'amuse parfois trop cruellement des impératifs de Michèle et de la complaisance de Lucie. Cette dernière a donc poussé sa chaise sans même soupirer pendant qu'Arielle, rendue pompette par un seul verre de vin blanc, m'entreprenait avec ce sans-gêne qui lui est propre.

108

L'odeur de chat qu'elle traîne avec elle depuis des années m'a tout de suite sauté à la gorge et je me suis un peu reculé. Elle ne s'en est même pas aperçue, convaincue qu'elle était de l'intérêt absolument indéniable des fredaines qu'elle me racontait. Ça a été long, odorant, décousu, incompréhensible. Au bout de ce qui m'a paru comme de longues heures, j'ai entendu Jeanne qui donnait le signal du départ et je lui en fus reconnaissant.

Sur le trottoir, les becs se sont faits sonores, les accolades affectueuses. Arielle, Zouzou, Lucie et Michèle s'en allaient à un bar de la rue Saint-Denis; Jeanne et Mélène, qui ont une voiture, nous ont offert un lift.

En apprenant qu'elles habitaient l'appartement au-dessus du mien, Mathieu a semblé étonné, puis inquiet.

J'ai donc vu 34 films en onze jours, mais sans jamais atteindre le «plateau» dont m'avait parlé Mathieu. Lui, cependant, vers le milieu de la semaine suivante, a quelque peu flanché; sa concentration est devenue plus fluctuante, des maux de tête le rendaient agressif — d'autant plus que j'étais moi-même frais comme une rose —, il a échangé ses verres de contact contre une paire de lunettes que je ne lui connaissais pas encore et que j'ai trouvées fort amusantes. Ça lui donnait un petit air intellectuel des plus curieux et, heureusement, ça le vieillissait un peu, alors j'avais moins l'impression de trimbaler avec moi mon plus vieux.

Parce que, évidemment, j'avais surpris au cours de la semaine des regards non équivoques, parfois même franchement moqueurs: d'autres gays, surtout ceux de mon âge, nous regardaient passer, appréciateurs parce que Mathieu était beau, envieux de ma veine, probablement, mais toujours ironiques, rarement vraiment sympathiques, comme si notre désinvolture les avait non pas choqués mais provoqués. Par contre, ceux de l'âge de Mathieu semblaient tout à fait indifférents à ma présence et le draguaient sans discrétion, comme s'il avait été seul. Quelques-uns ont même gravité autour de nous pendant des jours, je n'exagère pas, dans l'espoir de surprendre chez Mathieu un signe de complicité, l'inévitable duplicité de mon chum ne pouvant pas faire autrement que de se manifester à un moment ou à un autre, croyaient-ils. Ce signe ne venant pas, ils ont dû juger Mathieu quétaine de leur résister pour rester avec son vieux et nous ont laissés à nos discussions sans plus insister.

À quelques séances de films gays, où nous étions évidemment en majorité, les hommes straights, chose amusante et très révélatrice, se renfrognaient un peu dans leurs sièges, comme s'ils avaient eu peur de passer pour des. Ou alors ils s'accrochaient à leurs compagnes comme à des bouées de sauvetage ou des alibis irréfutables. Je trouvais ça plutôt comique mais Mathieu, lui, chez qui je commençais à deviner une intolérance assez vive, réagissait avec impatience. Sa mauvaise foi était même tout à fait primaire: «J'ai-tu peur de passer pour straight, moi, quand je vais voir un film de Sautet?» Mais il s'en rendait tout de suite compte et riait en haussant les épaules. «De toute façon, c'est eux autres qui sont pognés...»

Les jours s'écoulaient donc avec une rapidité folle; les vacances s'achevaient dans une espèce de sprint final comme je n'en avais jamais connu, moi qui étire toujours les dernières semaines d'août en dormant le plus possible, en ralentissant mes activités, en adoptant un rythme de vie presque végétatif, tant la rentrée, depuis de trop nombreuses années, m'est devenue odieuse.

Nous n'avons pas revu mes amies de tout le Festival. J'ai croisé Mélène à deux ou trois reprises dans l'escalier, elle m'a dit et répété à quel point elle avait trouvé Mathieu charmant; lui-même m'a avoué être tombé sous le charme de ma famille d'adoption mais quelque chose, de part et d'autre, une sincérité ou une conviction, manquait, comme si tous les deux me disaient ce que je voulais entendre plutôt que ce qu'ils pensaient vraiment. Je sentais chez Mélène une prudence dictée par sa grande affection pour moi et chez Mathieu une réticence à m'avouer ou à s'avouer à lui-même que tout ça — la famille, la presque promiscuité, les liens si serrés qu'ils en deviennent indé-mêlables — ne faisait pas son affaire. Il ne voulait pas me faire peur avec une possessivité trop tôt éclose, avec cette inquiétude tout à fait légitime, aussi, d'avoir à partager dès le départ et avec un tas de gens trop concernés, une rela-tion encore fragile et qu'un rien, surtout l'indiscrétion, pourrait compromettre.

Pendant le dernier week-end du Festival des films du monde, Mathieu s'est rembruni; il est devenu presque taciturne, il tombait facilement dans la lune, il était moins passionné dans nos discussions, je l'ai même surpris à ne pas suivre un film argentin pourtant magnifique, un des sommets des dix jours et qu'il avait attendu avec beaucoup d'excitation.

Le dimanche soir, alors que nous nous dirigions pour la dernière fois vers le *Latini*, je lui ai demandé ce qui se passait. Il a d'abord commencé par me dire que c'était la fatigue, l'énervement des dix derniers jours, la trop grande consommation de cinéma qui le rendaient taciturne, irritable, puis, se ravisant tout à coup, il m'a avoué qu'il partait dès le lendemain pour Provincetown, comme il le faisait chaque année après le Festival.

«Y me reste une semaine de vacances, tu comprends, pis mes réservations sont faites depuis deux mois... J'avoue que j'ai moins le goût que d'habitude, à cause de toi, de ce qu'on est en train de vivre, mais j'avoue aussi que j'aurais de la misère à accepter de pas voir la mer avant de retourner m'encabaner chez *Eaton*... J'aurais dû te prévenir depuis longtemps, je le sais, mais je remettais toujours ça à plus tard. J'voulais pas gâcher le festival, j'voulais pas non plus que tu freakes à cause de Provincetown... J'ai même pensé pas y aller, mais...»

Je l'ai rassuré sans l'être tout à fait moi-même. On a beau avoir confiance en quelqu'un, Provincetown n'en reste pas moins l'un des fleurons les plus actifs et les plus dangereux de la scène homosexuelle en Amérique du Nord! On va rarement là uniquement pour admirer les reflets du soleil dans la mer; les dunes, célèbres dans le monde entier, sont la vraie raison, plus encore que les bars et la vie nocturne, de l'envahissement de ce joli village de Nouvelle-Angleterre, si tranquille, l'hiver, si impersonnel, même, par une population parfumée, bruyante, flashée, prête à tout, surtout aux émotions fortes, et à la sexualité, pour le temps des vacances, hyperactive et hasardeuse.

Je nous ai regardés, un instant, Mathieu et moi, dans le reflet de la fenêtre du restaurant: malgré tout ce qui nous rattachait l'un à l'autre, la passion naissante, la découverte de l'autre, les jeux de la séduction, si doux, si accaparants, il n'en restait pas moins que nous avions quatorze ans de différence et que l'image que nous projetions en était une de paternité et de filiation beaucoup plus que d'amoureux transis. Et je savais que cette image, si je me permettais de m'en éloigner, de la contempler de loin, je la jugerais sévèrement, probablement à cause de la peur. La peur du ridicule, bien sûr. Mon sens du ridicule m'a souvent empêché de faire un fou de moi et j'étais terrorisé à la pensée de découvrir que j'étais en train de verser dans ce que je trouve le plus pitoyable au monde: un vieux — ce que je ne suis pas, je le sais —, bafoué par un jeune sans scrupule — ce que Mathieu n'était pas non plus, évidemment.

Je n'ai rien dit de tout ça à Mathieu; je me suis contenté de le rassurer, je lui ai souhaité bon voyage, j'ai même commis quelques farces plates sur le danger de trop éparpiller ses muqueuses en cette heure de SIDA meurtrier. Nous avons ri sans conviction, Mathieu peut-être à cause de l'avertissement quand même pertinent, moi parce que je me trouvais trou de cul de ne pas arriver à exprimer mes craintes.

Il n'est pas venu dormir à la maison, ce soir-là. Il prenait l'autobus très tôt le lendemain matin, il avait ses bagages à préparer... Je lui en ai voulu d'avoir tant attendu avant de me prévenir et je le lui ai dit. Il s'est excusé platement et nous nous sommes quittés à la porte du restaurant comme de vieilles connaissances qui continuent de se fréquenter beaucoup plus par habitude que par conviction.

Je suis remonté vers Outremont à pied, déprimé, rageur, le nez à la hauteur du trottoir. J'ai traversé le parc Jeanne-Mance sans rien voir de la splendide soirée de fin d'été qui répandait ses odeurs sur le Mont-Royal et qui faisait glisser sa moiteur sur la peau des promeneurs, les rendant nerveux, hypersensibles. Nerveux et hypersensible, je l'étais, mais pas à cause de la nuit et de ses splendeurs.

C'était la rentrée. J'avais la nausée.

MATHIEU

La pluie et le vent venaient par vagues si violentes que la vitrine du restaurant vibrait avec un bruit sourd. Parfois Mathieu posait sa main à plat sur la vitre pour sentir les secousses. La pluie s'écrasait à quelques millimètres de sa main, dessinant des loupes d'eau autour de ses doigts bien écartés. Il avait alors l'impression de retenir l'orage d'une seule main; s'il la retirait, la vitrine allait éclater et tout dans le restaurant serait submergé, lui le premier, avec ses petits problèmes de conscience et son début de rhume de cerveau.

Une force gigantesque secouait Provincetown jusque dans ses fondations; la mer se jetait n'importe comment sur les plages, les vagues étaient étêtées par de brusques rafales et les trombes d'eau ainsi libérées s'abattaient sur les premières maisons de la côte, les giflant à toute volée. Un ouragan trop tôt pour la saison et dont les effets se faisaient ressentir beaucoup plus au nord que d'habitude, voilà ce qu'annonçait un commentateur local, à la radio, entre les slogans néo-macho de Bruce Springsteen et les feulements néo-poupoune de Madonna. «It's not normal for the season, but what is, in Provincetown?»

Mathieu éteignit sa cigarette — combien en avait-il fumé depuis qu'il était écrasé là, à retenir l'ouragan? quinze? un paquet? — dans le cendrier débordant que personne ne venait plus vider maintenant que la saison touristique était terminée. Les beaux jeunes hommes embauchés

117

pour l'été et débauchés pour presque rien étaient repartis vers le sud, les Carolines ou la Floride, pour continuer à vider les cendriers là où régnaient la chaleur et les gais vacanciers en mal d'émotions fortes, courtes et surtout diversifiées et clandestines. Ils serviraient d'exutoire la nuit à ceux dont ils auraient ramassé les mégots le jour, ne les reconnaîtraient pas le lendemain et ne seraient probablement pas reconnus non plus. Ils finiraient cependant par s'asseoir à cette même table, l'année prochaine ou dans deux ans, et se feraient servir par un nouvel arrivage qu'ils débaucheraient à leur tour avec des airs satisfaits de parvenus qui connaissent le tabac, et ainsi de suite...

Ce n'était pas tant de broyer du noir au milieu d'une tempête qui enrageait Mathieu que cette impression d'impuissance, comique, au fond, il le savait, mais il n'avait pas du tout envie de rire, devant la platitude absolument insurmontable et l'inutilité, surtout l'inutilité, de cette semaine de vacances loin de Jean-Marc. L'ouragan n'était que le point d'orgue, la coda de ce qui avait été une suite de moments creux à peine supportables entre des poussées de colère à peine endigables.

Il avait su en mettant le pied dans l'autobus qu'il partait pour rien et il était quand même parti, se disant que la mer, l'iode, les seafoods, les mouettes, n'importe quoi, en fait, lui ferait du bien, l'éloignement lui fournissant la perspective nécessaire pour bien voir, bien comprendre ce qui lui arrivait alors qu'il n'avait envie ni de voir ni de comprendre quoi que ce soit. Aux douanes il avait failli descendre, demander son baise-en-ville et attendre le prochain autobus, ou faire du pouce, pour revenir à Montréal le coeur gonflé, sans honte de se sentir quétaine, fier, au fond, de revenir sur un coup de tête alors qu'il n'avait pas eu le courage de rester. Mais l'orgueil, la peur du ridicule et l'apathie qui le prenait chaque fois qu'il avait un choix difficile à faire l'avaient cloué sur son siège, le coeur en compote, convaincu qu'il avait tort de rester là mais incapable d'agir. Il s'était traité de tous les noms mais avait laissé l'autobus l'emmener après avoir docilement montré son passeport et déclaré niaisement et avec un accent à faire frémir — son anglais était plus qu'approximatif — qu'il partait en vacances pour quelques jours pour recharger ses batteries. Un très beau gars lui avait fait de l'oeil tout le long du voyage et ça l'avait exaspéré.

Plus ils s'étaient approchés de Provincetown, plus son désarroi s'était accentué: l'évidence de l'inutilité de ce voyage était devenue telle qu'il s'était mis à paniquer, ne tenant plus en place, se disant, pour essayer de se consoler, c'est juste cinq jours, ça va passer vite, y va faire beau, j'vas me remplir les poumons de bon air... pis j's'rai juste plus content quand je reviendrai... Mais il avait envie d'arracher la fenêtre de l'autobus, de se porter malade, de hurler de rage. La dernière heure du voyage avait été atroce. Il se sentait débile, enfantin, mais il était absolument incapable de se contenir: il bâtissait des projets abracadabrants (il se voyait sauter dans un avion aussitôt arrivé à Provincetown ou même reprendre le même autobus qui le ramènerait à Montréal le lendemain matin), s'inventait des maladies soudaines et foudroyantes, imaginait Jean-Marc courant au devant d'une ambulance ou l'attendant à Dorval un bouquet de fleurs à la main... Un enfant puni injustement qui veut mourir pour punir les autres et se faire regretter. Mais l'enfant avait vingt-quatre ans et il s'était lui-même infligé le châtiment qui, d'ailleurs, n'en était pas un même s'il le considérait ainsi.

Il était tellement convaincu que ces vacances seraient un perpétuel cauchemar que la douceur et la beauté de Provincetown l'avaient d'abord pris par surprise. En descendant de l'autobus, l'odeur d'iode qu'il aimait tant lui avait fait monter les larmes aux yeux et il s'était senti apaisé tout d'un coup, comme quand on a beaucoup pleuré après une grande peine. La mer était présente partout, dans le sel de l'atmosphère, dans le bleu du ciel, dans l'air saturé d'odeurs fortes. Avant de rentrer à l'hôtel il s'était assis au bord d'un quai et pendant dix grosses minutes il avait été heureux.

Mais le soir même, des nuages s'étaient amoncelés au-dessus de la baie, dissimulant le couchant qui s'annonçait pourtant magnifique et jetant sur Provincetown une lumière crue qui serrait le coeur. Tout ça avait crevé en grandes pompes vers neuf heures et il n'avait pas cessé de pleuvoir depuis.

Il se commanda un dernier café. L'après-midi traînait en longueur. Il n'y avait rien à faire dans Provincetown désert. Impossible de marcher dans le vent et la pluie, surtout avec ce début de rhume qui s'était déclaré au milieu de la nuit. Alors il buvait des cafés, lisait, regardait tomber la pluie d'un repas à l'autre, n'osant sortir de l'hôtel que pour traverser la rue en courant vers le restaurant italien où on le laissait flâner sans trop lui faire sentir qu'il dérangeait. Et, évidemment, il réfléchissait à tout ce qui s'était passé dans sa vie depuis les dernières semaines.

Seule sa force d'inertie le faisait rester là à boire café sur café, à fumer cigarette sur cigarette, à ressasser des pensées plus déprimantes les unes que les autres alors qu'il aurait été si facile, encore une fois, de sauter dans le premier avion pour Montréal. Il ne comprenait pas pourquoi il s'entêtait à rester dans un endroit désagréable où il s'ennuyait; il avait l'impression d'être vissé à sa chaise de restaurant, il se sentait comme obligé de subir chaque jour, chaque heure de chaque jour, peut-être pour expier il ne savait quelle faute ou se préparer à en commettre une irréparable. Parce qu'il savait maintenant qu'il aimait Jean-Marc, qu'il allait, à son retour, le lui dire, simplement mais d'une façon très claire, en essayant de ne pas trop le bousculer tout en étant ferme sur ses intentions: ce serait tout ou rien; tout étant une vie à deux bâtie autant que possible sur le respect mutuel et l'humour, et rien...

La seule idée que Jean-Marc pourrait refuser son offre le rendait malade mais il préférait la séparation à cette espèce de camaraderie équivoque qui risquait de s'installer entre eux si l'un des deux ne mettait pas cartes sur table. Dans ce genre d'amitié trouble le coeur risque toujours autant qu'en amour parce que, justement, le danger qu'un des deux partenaires tombe amoureux est toujours présent et Mathieu se voyait mal souffrir en silence auprès de Jean-Marc si aucun des deux ne se décidait à se déclarer. Jusque-là il avait toujours refusé de former un couple avec un autre homme parce qu'il n'avait jamais eu confiance en ceux qu'il rencontrait; tout changeait avec Jean-Marc mais il ne savait pas si c'était pour le mieux. Il lui arrivait même souvent d'être convaincu du contraire, de croire qu'il se dirigeait droit vers un échec sans rémission. Mais pourquoi un échec? Pourquoi pas une réussite?

Il but sa dernière gorgée de café en faisant la grimace.

La pluie avait cessé mais pas le vent.

« Peut-être parce qu'un échec c'est plus facile qu'une réussite. »

JEAN-MARC

La rentrée s'est faite dans l'indifférence générale. Pas d'enthousiasme chez les étudiants qui me saluaient à peine, même ceux qui m'aiment bien, aucune excitation non plus chez mes confrères que je sentais aussi blasés que moi. Je me suis rappelé les rentrées de mon enfance, l'odeur des sacs d'école neufs, les cris de joie lorsqu'on apercevait un ami qu'on n'avait pas revu depuis juin, le bruit des pas sur les escaliers de marbre, les voix des professeurs sympathiques, celles de ceux qu'on haïssait et qui nous faisaient frémir, le pincement au coeur lorsqu'on tombait sur le chargé de cours qu'on voulait, la déception quand on héritait du gnochon notoire qui nous ennuierait pendant dix longs mois...

Je ne crois pas être un gnochon notoire; je me vois plutôt comme un professeur de français non traditionnel apprécié de ses étudiants, relativement intéressant, assez, en tout cas, pour que personne ne fasse la grimace quand j'entre dans la salle de cours, modérément exigeant dans les travaux pratiques — le tout est de savoir demander sans être péremptoire ni suppliant — suffisamment drôle pour ne pas faire rire de moi quand je fais des farces et, ce qui est de la plus haute importance, assez fin psychologue pour ne jamais, *jamais*, avoir d'histoire de cul ou même de flirt avec un étudiant. Ils savent tous que je suis homosexuel, s'en fichent la plupart du temps, s'essayent parfois lorsqu'ils le sont eux aussi — ils découvrent la séduction

125

et l'expérimentent sur le professeur sympathique et ouvert, c'est tout naturel — en rient rarement, mais ça arrive et j'en souffre. De toute façon, les relations entre nous ne sont plus les mêmes depuis quelques années: l'époque héroïque où étudiants et professeurs prenaient régulièrement une bière ensemble pour refaire le monde en général et les systèmes d'éducation en particulier est bel et bien révolue. La nouvelle race de cégépiens se sacre de nous et je crois bien que c'est à peu près la même chose de notre côté.

Les élèves, un à un, se présentaient, certains timides jusqu'au vertige, d'autres trop fendants pour être vraiment à l'aise, quelques-uns — ceux dont j'aurais normalement tout de suite retenu les noms parce qu'ils allaient devenir la base, les assises de mon cours, ceux pour qui je me dirais que je travaille lorsque le découragement me prendrait devant le manque d'intérêt des autres — plus décontractés, me regardant droit dans les yeux, allant même jusqu'à me sourire pour me montrer que ma matière ne les écoeurait pas trop même si elle leur était imposée. J'en ai compté trois, deux filles et un garçon, un de mieux que l'année dernière. Mais l'année dernière en était une spécialement décourageante: on ne se faisait pas tirer l'oreille pour venir à mon cours, soit, mais on n'y travaillait pas beaucoup non plus, le français étant pour la plupart des cégépiens une matière superflue, une mécanique compliquée et ridicule dont il est bien vu de se moquer et d'ignorer les rouages, et cette classe en particulier étant parfaitement imperméable aux beautés du parfait du subjonctif et aux subtiles différences entre la litote et l'euphémisme. Cette même classe, pourtant brillante dans d'autres matières, m'avait résisté plus longtemps, tellement que j'avais fini par me faire un point d'honneur de la séduire coûte que coûte, ce qui avait d'ailleurs sucé une grande partie de mes énergies, de mon temps, et presque de ma santé. À la fin de l'année je les avais tous dans le creux de ma main mais il me restait bien peu de temps pour en profiter. Je savais que j'allais les perdre et qu'il faudrait tout

126

recommencer, et ça me tuait.

J'ai fait mon petit speech habituel. Rien. Je n'éprouvais pas même l'ennui qui me prend quand un cours va mal parce que je ne suis pas en forme ou que je sens les étudiants irrémédiablement perdus. J'ai même eu un petit frisson de dégoût en faisant le survol de ce que j'allais essayer de leur inculquer jusqu'à Noël. J'espère que ça n'a pas paru mais je sais que j'ai à deux ou trois reprises jeté un regard affolé vers la porte. S'ils s'en sont rendu compte ils ne l'ont pas montré et ont attendu que le cours finisse pour se dire entre eux que le prof de français apparemment si sympathique avait en fin de compte l'air aussi épais que les autres.

Je les ai relâchés plus tôt que prévu et me suis réfugié dans la salle des professeurs où j'ai pu contempler d'autres binettes aussi déprimantes que la mienne, plus, même, chez certains cas désespérés pour qui enseigner est devenu la source de tous les maux. Je n'en suis pas là, heureusement, mon métier me passionne encore, mais ce matin-là j'ai eu un avant-goût de ce qui risque de m'arriver si je deviens aussi blasé qu'eux et j'en ai frémi.

Lorsque je suis très déprimé, et je le fus dès que j'eus mis le pied en dehors du Cegep, je vais voir un film porno. Je n'ai jamais essayé de comprendre pourquoi; tout ce que je sais c'est que ces films, toujours mauvais, la plupart du temps tout à fait ridicules, me tirent vers le fond de ma dépression, m'y engluent pour quelques heures comme si je touchais le lit d'un lac vaseux, me permettent à la fois de m'apitoyer sur moi-même et d'en rire parce qu'il y a quelque chose de très adolescent dans ma façon de réagir qui finit par m'amuser. Et l'environnement me fascine. De voir ces messieurs, pas toujours vieux, au contraire de ce qu'on pourrait croire, qui se font la branlette sous le chapeau devant des poupounes souvent repoussantes change ma déprime de place, je dirais, non pas que je me sente supérieur ou plus évolué, je ne suis pas imperméable, moi non plus, aux images suggestives, mais cette façon si directe de se soulager en public a quelque chose à la fois de désespérant et de comique qui me fait oublier mes propres problèmes.

J'ai ainsi vu, aux quatre coins de Montréal, dans des cinémas redivisés en quatre ou de superbes vieilles salles laissées à l'abandon, des oeuvres ineffables aux titres invraisemblables, coupaillées, rayées, presque sans couleurs tant la pellicule était malmenée et, toujours, que ce soit à la séance d'une heure ou à la dernière, alors que la salle était presque remplie, j'ai été baigné dans un même silence pesant, même quand le film était drôle, comme si les spectateurs réunis là n'écoutaient pas la bande sonore, se contentant d'attendre le moment propice de l'action ou la poupoune de leurs rêves pour baisser leur zip et laisser leurs phantasmes les emporter loin de leur femme, de leurs problèmes quotidiens, du gris uniforme de leur vie. Ce silence feutré dans des salles plus obscures que les autres, à peine troublé par quelques petits mouvements brusques et réguliers et de rares ahanements retenus, m'a toujours déconcerté. Je m'y sens déplacé parce que ce qu'on projette sur l'écran me concerne peu, et apaisé parce que je viens habituellement y trouver un exutoire que je ne comprends pas mais qui s'avère toujours efficace.

Je n'avais pas revu de film porno gay vraiment «hard» depuis mes premières visites à New York, au début des années soixante-dix, alors que je découvrais la vraie grande ville avec ses innombrables possibilités de vices en tous genres et que je courais à travers les rues de Manhattan comme une poule avec la tête coupée, épuisé au bout de trois jours d'avoir trop marché, trop bu, trop baisé, pas assez mangé et convaincu d'avoir attrapé toutes les sortes de bibittes et de maladies imaginables. Ce fut trop souvent vrai et je revenais à Montréal plus fatigué et plus déprimé que je n'en étais parti, un beau cadeau bien mérité me fleurissant entre les deux jambes. Mais une shot de pénicilline et j'étais prêt à recommencer, bien sûr, comme tout être humain jusque-là trop sage qui découvre les vertus et délices d'un danger qui fait son affaire.

J'avais beaucoup entendu parler, ces derniers mois, du *Cinéma du Village*, rue Sainte-Catherine — l'ancien *Théâtre National*, haut lieu du music-hall québécois des années quarante et cinquante reconverti en cinéma porno — où, semblait-il, on projetait depuis quelques temps des films non coupés que tous les gays de Montréal se faisaient un point d'honneur d'aller voir au moins une fois, probablement pour se sentir plongés dans quelque coin sombre de New York ou de San Francisco.

J'étais sceptique. J'avais tellement vu de scènes de cul charcutées, à Montréal, tellement de films hétéros où on laissait passer de temps en temps un bout de sexe de femme pour émoustiller la clientèle mais d'où toute présence de sexe masculin avait soigneusement été bannie, de films homos dont il ne restait presque plus rien tant le ciseau de la censure s'était fait frénétique, qu'il me semblait impossible que ce cinéma projette des pellicules intactes. Surtout celles-là dont le souvenir me laissait un petit arrière-goût amer, comme si je m'étais encore senti éclaboussé par leur agressive désinvolture et leur sans-gêne un peu baveux.

Eh! bien, j'avais tort. J'ai été accueilli, dans la salle très obscure, par un bouquet de quéquettes en furie au bord de l'explosion et pas coupées du tout, des gloussements et des cris de jouissance mal post-syncronisés mais très présents et le même maudit silence pesant que je reconnaîtrais entre tous. Comme il faisait vraiment très noir, j'ai attendu derrière le rideau de velours qui masquait la porte que mes yeux s'habituent à l'obscurité avant de choisir une place. J'avais peur de me buter contre un spectateur en plein phantasme ou, qui sait, si Montréal est vraiment en train de devenir un lieu de perdition, un couple en pleine action. Je me sentais un peu bizarre, comme ça, debout devant l'entrée, n'osant pas bouger, à regarder s'ébattre des musclemen d'une grande beauté dans des cabines de toilettes publiques dont les portes avaient été arrachées,

129

peut-être dans l'action, et les murs percés de trous pour laisser passer les morceaux de viande convoités. Pour la première fois depuis très longtemps je me sentais concerné par un film porno et j'en étais presque gêné. Cette sexualité-là n'était pourtant pas de celles qui m'intéressent actuellement. J'ai depuis longtemps dépassé le stade des orgies frénétiques où on ne sait plus où donner de la tête et où les partenaires eux-mêmes sont moins importants que leur nombre.

Quelqu'un a ouvert la porte, à ma droite, s'est buté contre moi. Nous nous sommes excusés en même temps. Il m'a dépassé mais s'est arrêté à quelques pas parce qu'il n'y voyait rien lui non plus. Deux aveugles surpris dans un environnement qui ne leur est pas familier. Nous étions plantés là, tous les deux, les yeux rivés sur l'écran, n'osant pas bouger. L'autre a étendu les bras devant lui, au bout d'une minute, a fait quelques pas timides, s'est accroché dans un fauteuil, s'est arrêté net. Le fou rire m'a pris et j'ai serré les lèvres. Deux gars sont sortis à toute vitesse, ce qui m'a permis de voir un peu mieux. La salle était presque vide. Je me suis glissé dans le premier banc libre qui était beaucoup plus près que je ne pensais et j'ai reporté mon attention sur l'écran.

Des truckers en jeans et T-shirts, toujours eux, ils sont le leitmotiv des films pornos américains, cruisaient des éphèbes, autre constante inévitable, sur une route désertique et poudreuse. Chaque séquence était parfaitement prévisible, et se déroulait exactement comme on s'y attendait: regards, attouchements, déshabillage, baisage se succédaient avec un manque d'invention exaspérant. Mais on n'allait pas là non plus pour assister à la fête de l'imagination et du bon goût... Tous les phantasmes charriés par l'homosexualité américaine, et repris depuis quelques années par les Français colonisés qui n'ont que le mot Amérique à la bouche, étaient présents: le cuir qu'on devinait odorant, la moustache un peu longue pour prouver sa virilité, le lunch en évidence pour montrer qu'on n'est pas là pour s'amuser, l'inévitable cockring qui semble vouloir séparer le pénis du reste du corps tout en lui donnant un semblant de vie, les toilettes publiques, les camions, la bière et les poppers.

Le film durait un peu plus d'une heure; je me suis ennuyé au bout de cinq minutes, le fou rire m'a repris au bout d'un quart d'heure et j'ai passé le reste de la séance à regarder ma montre. Je n'ai été ni émoustillé ni écoeuré, je n'ai rien ressenti du tout. Ou, plutôt, tout ça m'a rappelé mes incartades à New York, mes premiers backrooms explorés à tâtons, les cinémas spécialisés qui sentaient le sperme et l'urine. Au lieu de me jeter au fond de la dépression comme le font habituellement les films pornos, celui-là me rendait nostalgique, et je n'avais pas du tout envie de me languir de mes fredaines de jeune homme en plus d'être exaspéré par le début de l'année pédagogique et de m'ennuyer de Mathieu. Le film s'est terminé sans que je m'en rende trop compte: une dernière scène de cul pareille aux autres, un fondu enchaîné rapide, quelques images particulièrement abîmées, pas de transition avant le mot *end*; les lumières se sont rallumées tout d'un coup et je me suis retrouvé comme hébété avec une dizaine de gars tout aussi surpris que moi qui se levaient en vitesse pour se diriger vers la sortie, tête basse. Je les ai suivis.

Et je suis sorti de là aussi déprimé que j'y étais entré, peut-être même un peu plus.

C'était l'heure du souper, le village gay de Montréal commençait à s'animer. Des moustachus écourtichés ou armés de pied en cap commençaient à rôder, l'air sérieux du chien de chasse, la tête dans le dos aussitôt qu'une silhouette qui leur plaisait les dépassait. Il faisait bleu, chaud, la soirée était jeune, tout espoir était encore permis. Le cuir, même en ce tout début de septembre humide, luisait dans la lumière des néons, les démarches se faisaient viriles, ça sentait la drague sérieuse, celle qui se fait sans un soupçon d'humour et qui aboutit infailliblement à des attouchements hâtifs, impersonnels et, surtout, sans lendemain. Les restaurants ouverts aux quatre vents — une nouveauté, à Montréal, où les vraies terrasses sont difficiles

131

à installer à cause de l'étroitesse des trottoirs et où on pallie à ce manque d'espace en installant des portes coulissantes qui font à peu près illusion — débordaient déjà de gars faussement décontractés, affalés sur leurs chaises, mine de rien et l'air absent, les doigts enserrant le premier verre de bière mais parfaitement conscients de tout ce qui remuait et de tout ce qui était susceptible d'être chassé dans les environs.

J'ai mangé à toute vitesse une pizza qui m'est restée sur l'estomac, sans jamais lever le nez de mon assiette parce que je n'avais pas envie de répondre aux oeillades —j'avais moi-même revêtu mon uniforme de cruisage et je dois avouer que j'étais à peu près potable — ni de faire semblant que je ne les voyais pas, puis je me suis dirigé vers l'ouest. J'ai quitté le village gay de plus en plus animé pour le royaume de la guidoune en tous genres, entre Saint-Denis et Saint-Laurent. Ça non plus ne m'a pas remonté le moral.

Ce n'était vraiment pas ma journée. J'ai décidé de rentrer à la maison, de m'effouèrer devant la télévision et de pitonner jusqu'à ce que mort s'ensuive.

La semaine s'est achevée comme elle avait commencé. L'absence de Mathieu me pesait de plus en plus, j'avais l'impression qu'on m'avait privé d'un morceau vital de mon existence et que je me promenais, amputé, désorienté, dans un rêve auquel je n'arrivais pas à trouver un sens. Mes relations avec mes nouveaux étudiants frisaient l'indifférence et, pour une fois, cette indifférence ne venait pas d'eux: je donnais mes cours comme un zombie, incapable d'en tirer le moindre intérêt, la plus petite satisfaction. Je me surprenais à exiger qu'on respecte à la lettre les règles de grammaire, moi qui me suis toujours fait un plaisir de les contourner, de les malmener, d'en rire, même, parfois, avec mes étudiants, quand elles deviennent impraticables ou franchement ridicules. J'ai toujours prôné un français simplifié, adapté au milieu de celui l'emploie; une langue correcte, soit, claire, bien sûr, mais ni guindée ni pompeuse ni, surtout, émasculée ou décolorée. Après tout, le français que j'emploie moi-même n'est pas toujours des plus orthodoxes...

Mais je me suis vu passer en quelques jours du professeur de français sympathique et accommodant au tortionnaire chauvin, au policier de la langue, engeance que j'ai pourtant toujours abhorrée, sans y pouvoir quoi que ce soit. Je me voyais glisser vers des régions que j'avais toujours évitées sans trouver rien à quoi me raccrocher; j'en suis même venu à la conclusion que je me défrustrais sur mes étudiants, moi qui avais toujours réussi jusque-là à séparer ma vie privée de ma vie professionnelle.

Ça m'a déprimé encore plus que l'absence de Mathieu. Je me voyais mal vieillir, tourner à l'aigre, sombrer dans l'amertume et le cynisme et je me serais jeté par la fenêtre.

Ai-je fait quelque effort pour m'en sortir? Non, bien

sûr. Je me suis laissé couler à pic, découragé de me voir ainsi sans ressource mais incapable de seulement vouloir m'en sortir.

J'ai atteint le fond que j'avais espéré toucher avec le film porno du lundi précédent, j'ai vraiment frôlé la vraie de vraie dépression elle-même en personne pendant le premier week-end de cette nouvelle année pédagogique. J'ai tourné en rond comme un lion en cage (l'image est éculée mais l'impression restera toujours aussi vive), incapable de me concentrer sur quoi que ce soit, malade d'ennui et de frustration, surveillant à tout moment ma montre que je secouais régulièrement après l'avoir portée à mon oreille, agressif — Mélène a téléphoné deux fois et je l'ai envoyée chier deux fois —, au bord des larmes pour un rien — j'ai fait une crise au toaster parce qu'un élément avait brûlé —, tantôt soumis à mon malheur que je voyais insurmontable, tantôt enragé de m'en faire pour si peu, tendu, et impuissant à me raisonner.

Alors, bien sûr, quand est venue l'heure d'aller chercher Mathieu à l'autobus, le dimanche soir, j'avais juste envie de me coucher et de dormir.

Évidemment, rien ne s'est passé comme je l'avais imaginé. Ça a été beaucoup plus beau et beaucoup plus facile que prévu. Et étonnamment silencieux. Je m'étais attendu à des explications sans fin, à des scènes délicates où j'aurais à justifier mes exigences et mes besoins; j'avais préparé des arguments convaincants sinon définitifs, j'avais même entrevu la possibilité d'aller jusqu'à essayer de faire pitié tellement j'étais désespéré. Mais rien de tout ça n'a été utile.

Le terminus *Voyageur* était bondé comme tous les dimanches soirs. Des prostitués et des clochards se mêlaient à la foule des voyageurs en provenance d'un peu partout en Amérique du Nord et qui descendaient des autobus vannés, cernés, rarement de bonne humeur et n'ayant certainement aucune envie d'aller baiser avec un adolescent gracile dans une chambre déprimante des alentours. J'ai toujours été étonné du grand nombre de guidounes qui se tiennent à cet endroit mais on m'a un jour expliqué qu'ils ne viennent pas là pour les touristes mais pour les clients de l'est de la ville qui savent qu'ils y trouveront, à meilleur compte, semble-t-il, la même marchandise de qualité que dans les parcs de l'ouest.

Ceux qui partaient, moins nombreux maintenant que les grandes vacances étaient terminées, les remplaçaient en silence dans les cars rapidement désinfectés, troupeau beaucoup plus docile que ceux qui voyagent par avion, plus jeune, aussi et évidemment moins argenté.

Les sacs à dos étaient légion, bourrés jusqu'au bord de l'explosion, cliquetant lorsque de vieux ustensiles de cuisine y étaient suspendus, tachés, délavés par d'innombrables pluies, souvent décousus à des endroits stratégiques d'où sortaient vieux chandails et souliers de marche en état de décripitude avancée. Ça avançait, lentement et difficilement, par couples, les filles un peu plus courbées que les gars et habituellement préposées aux rouleuses. Elles roulent assises sur les bancs, attablées au restaurant et même en marchant. Elles sont concentrées sur leur travail, le paquet de tabac posé sur les genoux lorsqu'elles sont assises ou dépassant de leur poche de chemise si elles sont en mouvement, les mains expertes, le bout de la langue toujours prêt à humecter le bord du papier Zig-Zag. Et, je n'ai jamais compris pourquoi, elles marchent toujours deux pas derrière leur chum. Peut-être à cause de la grosseur des sacs à dos, pour éviter les collisions. Pour parler à leurs blondes, les gars sont donc obligés de faire un quart de tour sur eux-mêmes; mais ils se parlent rarement en marchant. Je me demande même si j'en ai déjà vu qui se parlaient.

C'est à cause d'un de ces couples, un beef d'au moins trois cents livres et une presque naine à la crinière rousse impressionnante mais mal entretenue, que je n'ai pas vu Mathieu descendre de son autobus. J'étais occupé à les regarder se charger comme des mulets, la fille grimpée sur un banc de bois pour aider son chum à attacher les sangles du sac à dos, l'autre suant déjà à grosses gouttes et sacrant avec un accent que je ne connaissais que par le cinéma américain, lorsque j'ai entendu mon nom.

J'ai dû sursauter d'une façon comique parce que Mathieu a ri.

Les paroles ont été inutiles. J'ai tout de suite lu dans ses yeux la semaine qu'il avait passée et il a compris en me voyant mes interrogations, hésitations, certitudes et déprimes des derniers jours.

L'image de Mathieu s'est agrandie démesurément pendant que fondait le reste du monde. Une seule chose m'a frappé avant que je le prenne dans mes bras, un petit éclair de conscience bien achalant qui aurait pu me gâter mon plaisir: Mathieu avait l'air encore plus jeune que le souvenir que j'en gardais!

« Quand j'étais petit, disons à douze ou treize ans, j'me sauvais de chez nous, l'été, la nuit, et j'allais voir le soleil se lever au parc Lafontaine... J'm'assoyais en face de l'hôpital Notre-Dame, j'attendais que le ciel pâlisse... Fallait le faire, à la fin des années cinquante! »

Le parc Outremont est un des plus beaux endroits de Montréal, la nuit, surtout, alors que l'ambré des lampadaires dore les arbres et que le clapotis de la fontaine n'est dérangé par aucun bruit de voiture, même du côté de la rue Bloomfield. Les petites allées pas trop tortueuses, le gazon parfait, les bancs rares mais judicieusement disposés en font un délice pour l'oeil, une oasis de tranquillité à peine dérangée, l'été, par les adolescents preppies du bout qui vous saluent au lieu de vous insulter. J'ai un banc préféré, près du bassin; je viens m'y asseoir assez souvent, pour lire, le jour, ou pour rêvasser quand j'ai de la difficulté à m'endormir.

Il était six heures du matin et, justement, à l'est, le ciel commençait à pâlir. Nous étions presque étendus sur le banc, les jambes bien allongées dans l'allée, les coudes écartés sur le dossier. Ma mère m'a toujours reproché de m'évacher, comme ça, sur les reins; elle m'annonçait toutes sortes de maladies de dos qui feraient de moi un bossu, mais c'est la seule position qui m'apporte un peu de calme quand je suis tendu. Je n'étais pourtant pas tendu du tout. Nous avions fait l'amour en silence, avec cette douceur qui semblait vouloir devenir notre façon de nous prouver nos sentiments — nous n'avions rien dit de la semaine qui venait de s'écouler, c'était inutile —, Mathieu avait fumé pendant que la sueur séchait sur nos corps, je crois même que nous avions un peu dormi. Puis, à cinq heures et demie, j'avais eu envie d'aller me promener. Nous tenant

137

par la taille, nous étions partis faire le tour du parc Outremont.

Une de mes grandes frustrations, quand je suis en amour, a toujours été de ne pas pouvoir me promener librement en tenant mon chum du moment par la main ou par le cou, sans avoir l'air de défier tout le monde. Je l'ai fait quand j'étais plus jeune et, tout de suite, nous devenions le point de mire, les brebis galeuses ou les exhibitionnistes ridicules qui font tout pour se faire remarquer et qu'il faut pointer du doigt. (Des gars l'osent, aujourd'hui, dans le village gay, mais encore avec un manque de naturel qui me dérange, comme si l'atavisme de milliers d'années de clandestinité nous empêchait d'être spontanés. Nous avons atteint une certaine désinvolture, c'est vrai, mais pas encore le naturel et c'est déplorable.)

Au beau milieu de la nuit, comme ça, avec Mathieu qui appuyait sa tête sur mon épaule, j'avoue que je ne pensais pas aux éventuels problèmes et que j'étais tout à fait à l'aise.

Mathieu s'est redressé sur le banc, s'est frotté les reins en faisant la grimace.

«Tu t'es jamais fait arrêter?»

Un long moment s'était écoulé avant qu'il me pose cette question et je ne me souvenais plus au juste de quoi j'avais parlé.

«Ah! Au parc Lafontaine... J'ai failli, une fois... La police est passée en voiture... Y m'ont posé toutes sortes de questions... Tu comprends, le parc Lafontaine était pas encore à l'époque le festival du fast food qu'il est maintenant... Ah! ça draguait déjà, mais pas systématiquement, c'était plus... discret, je dirais... En tout cas, j'leur ai dit la vérité, que j'attendais le lever du soleil... et y m'ont cru, imagine-toi donc!

— T'as été chanceux...

— Non, convaincant. Mais y m'ont renvoyé chez mes parents avec un paquet de bêtises.»

C'est alors que j'ai posé la mauvaise question. Je m'en suis rendu compte en le disant mais il était déjà trop tard.

«Toi, qu'est-ce que tu faisais, à c't'âge-là?»

Mathieu a eu une espèce de sourire méchant, le premier que je lui voyais, qui a complètement transformé son visage.

«J'fumais mes premiers joints, j'dropais mes premières sunshines, j'passais mes journées effouèré à terre dans le corridor de l'école... j'prenais mes premiers cours de cafétéria... Tu devrais le savoir, t'étais déjà professeur, à l'époque...»

Le terrain était glissant, mais inévitable.

«C'est vrai... J'ai tendance à oublier que tu fais partie de la génération sacrifiée»

Mathieu a presque sursauté.

«Tu dis ça comme si tu t'en dissociais complètement...

— J'm'en dissocie pas, Mathieu, mais chus pas responsable à moi tout seul des problèmes de ta génération...»

Il s'est levé brusquement, s'est approché du bassin, a touché la surface de l'eau avec le bout de son pied.

«Faut vraiment que je t'aime pour pas t'envoyer chier quand tu dis des affaires de même... J'pensais à tout ça, à Provincetown, la différence d'âge, ton métier... J'm'étais pourtant juré de jamais pus m'approcher d'un gars de ta génération de ma sainte vie! Surtout pas un professeur! J'vous en veux assez d'avoir fait de moi un ignorant!

— D'abord t'es pas un ignorant...

— Oui! Si tu savais à quel point je travaille, actuellement, pour me bâtir un semblant d'éducation! Sais-tu ce que c'est que de rattraper dix ans de niaisage? Chus sorti de l'école pour me marier, Jean-Marc, j'savais à peine lire, pis pas écrire pantoute! J'le sais que c'est de ma faute autant que de votre faute à vous autres mais vous avez même pas pris la peine de nous pousser dans le cul pour nous intéresser à quoi que ce soit! Prends-lé pas personnel; t'es peut-être un professeur exemplaire, mais j'veux pas le savoir... T'es coupable collectivement si tu l'es pas individuellement! Si mes professeurs avaient pris la peine de me dire qu'y'existait une culture, quequ'part, j'aurais peut-être eu le goût de la connaître! On n'était pas curieux, pis on n'avait pas le sens de l'émerveillement parce qu'on avait une gang de flancs mous comme professeurs qui aimaient mieux discuter qu'enseigner pis qui voulaient absolument se faire accepter de nous autres plutôt que de nous transmettre quoi que ce soit! J'ai passé dix ans de ma vie dans un bunker sans fenêtre, Jean-Marc, comment voulais-tu que j'aie le sens de l'émerveillement! »

Il s'est arrêté tout d'un coup, s'est tourné vers moi. Il avait l'air franchement désolé.

« J'ai ben mal choisi mon moment pour te faire cette scène-là, hein? Mais tu t'en vas enseigner, dans deux ou trois heures pis, j'sais pas pourquoi, mais ça me fait chier! J'aurais voulu que tu sois tout, sauf professeur de français! J'étais tellement nul, en français, si tu savais! »

Une voiture de police passait sur la rue Bloomfield; nous nous sommes éloignés vers l'avenue Outremont un peu comme des voleurs. Toujours l'atavisme.

Mathieu m'a regardé en essayant de sourire mais ce n'était pas très réussi.

« J'aimerais ça savoir des tas d'affaires, Jean-Marc! »

Curieusement, je n'ai même pas essayé de trouver quelque chose à lui répondre. Nous sommes rentrés un peu tristes, nous n'avons pas dormi et nous avons décidé tous les deux de ne pas aller travailler.

Mathieu s'est installé chez moi morceau par morceau. J'ai commencé par trouver quelques-uns de ses sous-vêtements dans mon lavage, puis une paire de jeans, puis des chemises, des bas, des T-shirts. Je lavais tout ça, le pliais, le rangeais, le plaçais sur cette même tablette de l'armoire canadienne qui a toujours servi à ranger les affaires d'Yves, de Luc, des autres qui n'avaient été que de passage ou qui s'étaient attardés plus ou moins longtemps dans ma vie. Cette tablette est d'ailleurs devenue, à un certain moment, une espèce de caverne au trésor; on y trouvait de tout, dans toutes les grandeurs, de toutes les couleurs, pour tous les goûts. J'y puisais moi-même quelquefois — je me souviens en particulier d'une superbe ceinture de cuir noir avec une boucle d'argent que j'ai portée très longtemps mais que son propriétaire, que je n'avais pas revu depuis des années, m'a confisquée, un soir, chez *Bud's* — ou alors je faisais cadeau de quelques-uns des plus beaux fleurons à ceux à qui ils allaient particulièrement bien.

Au début d'octobre, Mathieu a commencé à faire ses lavages lui-même, puis les miens. Il se levait avant moi, les samedis matins où il ne travaillait pas, et fourrait tout le linge sale dans la lessiveuse pendant qu'il préparait le petit déjeuner. J'étais réveillé par la bonne odeur du café et le bruit infernal de ma vieille Inglis que je traîne depuis plus de dix ans. Je ne lui disais pas, évidemment, que ça m'énervait d'entendre tout ce bruit si tôt le matin; il était trop fier de lui quand j'arrivais dans la cuisine, ébouriffé et bâillant, pour que je le gronde.

Un samedi matin où, justement, la grosse Inglis faisait trembler les murs de la cuisine pendant que je tartinais une toast avec le quart du contenu d'un pot de Nutella, le

141

téléphone a sonné. C'était notre mère à tous qui se plaignait de ne plus me voir et qui nous invitait tous les deux à un repas de famille pour le soir même. Je me dis que ce serait là une occasion d'officialiser en quelque sorte mes relations avec Mathieu aux yeux de mes amies — le reste de la famille ne l'avait pas revu depuis le Festival des films du monde et devait penser qu'il avait disparu dans la brume depuis un bon bout de temps, comme ses nombreux prédécesseurs — et j'acceptai.

Mathieu n'avait pas l'air enthousiaste mais il ne dit rien et se replongea le nez dans *Le Devoir*. J'ai eu envie de lui demander s'il préférait que nous restions seuls, ce soir-là, ou que nous sortions voir une pièce ou un film, mais, égoïstement, je me suis dit que j'avais envie de voir ma gang et me suis versé une deuxième tasse de café sans rien dire.

Lorsqu'elle vint nous ouvrir la porte, je vis tout de suite que Mélène était d'une humeur massacrante. Elle, toujours si excitée les soirs de souper de famille, arborait ce soir-là cet air de beu qui l'enlaidit tant quand elle vient d'avoir une chicane avec Jeanne ou que quelque chose de particulièrement déplaisant la tracasse. Petit baiser effleurant à peine la joue, pas de sourire du tout, le front plissé comme sous l'effet d'une sinusite, elle n'était vraiment pas elle-même. Je lui ai tendu les deux bouteilles de Brouilly que nous avions achetées l'après-midi même, Mathieu et moi, en lui faisant remarquer le plus gentiment possible qu'elle n'avait pas l'air dans son assiette.

« J'ai des petites nouvelles pour vous autres... Le duo infernal s'est imposé, pis elles sont arrivées avant tout le monde pour rien manquer... »

Effectivement, Johanne, le cigarillo déjà planté bien droit dans la bouche et Marguerite, toute souriante mais l'oeil aux aguets pour capter toute tension, aussi insignifiante soit-elle, et même en inventer, au besoin, nous atten-

142

daient déjà au salon, un verre de scotch à la main, le premier d'une longue série parce qu'elles boivent toutes les deux comme des trous. Elles étaient assises au même endroit que la dernière fois que je les avais vues, avaient le même air fendant imprimé sur leurs visages de parvenues nouvellement écloses; elles tachaient le salon de mes amies et je leur en ai voulu.

J'ai fait les présentations en espérant que Mathieu ne les prendrait pas en grippe trop rapidement.

Johanne a secoué son cigarillo au-dessus du cendrier qu'elle tenait sur ses genoux, sans tendre la main à mon chum. Marguerite, elle, lui a offert une main molle et un sourire d'une telle condescendance que j'ai failli hurler.

«Ah! c'est donc ça, le jeune homme qu'on voit monter et descendre chez vous à tout bout de champ... T'aurais dû nous prévenir que t'avais un nouveau chum, Jean-Marc, j'ai failli appeler la police, une fois, parce que t'étais pas là pis que je l'entendais marcher... Tu comprends, y'a tellement de voleurs, dans ce milieu-là...»

Il y eut quelques secondes de silence que nos deux copropriétaires ont dû trouver savoureuses mais que je n'ai pas réussi à combler tant j'étais sidéré. Mélène a toussoté dans son poing, c'est un signe entre nous qu'il faut que quelque chose se passe, pendant que Mathieu, debout devant elles, se raidissait à vue d'oeil.

Johanne a envoyé sa tête par en arrière avant d'expulser un long jet de fumée nauséabonde vers le plafond.

«J'ai l'impression que c'est en bas de Sherbrooke que t'avais rendez-vous avec lui...»

J'avoue que j'ai été trou de cul. J'ai fait semblant que je la trouvais bien bonne; j'ai ri en prenant Mathieu par l'épaule pour l'attirer vers le grand sofa sur lequel j'avais dormi quelques jours plus tôt et j'ai demandé une bière à Mélène qui a disparu avec une rapidité qui ne lui est pas coutumière.

Nous restions donc seuls tous les quatre — Jeanne devait avoir la bedaine sur le poêle depuis le matin, comme elle aime le souligner quand elle apparaît enfin avec ses amuse-gueules si compliqués à préparer et qui disparaissent toujours trop vite à son goût — et je n'avais pas du tout envie d'engager la conversation, alors le silence s'est prolongé. Mathieu s'est allumé une cigarette en évitant absolument de les regarder; il faisait comme si elles n'avaient pas été là. Johanne et Marguerite se regardaient avec un air entendu, genre: c'est bien ce qu'on pensait, y'a pas l'air plus brillant de près que de loin; un autre qu'on va voir disparaître dans pas longtemps pis dont on se souviendra même pas du nom au bout de deux semaines...

Après quelques bouffées, Mathieu s'est tourné vers moi et m'a demandé, sur un ton tout à fait détaché, comme si nous avions été seuls dans la pièce:

« C'est qui, ces deux agrès-là? »

Elles sont devenues littéralement vertes. Elles ont figé au beau milieu de leur transmission de pensée, n'ont pas tout à fait réussi à refréner leur haut-le-coeur; Johanne a même failli s'étouffer (ç'aurait été trop beau!).

Sans réfléchir aux suites possibles, j'ai décidé de jouer le jeu de Mathieu et lui ai répondu sur le même ton:

« C'est rien, laisse faire, Outremont les a rendues tellement snob qu'elles pensent que tout ce qui vient de l'est de l'avenue du Parc est dangereux. Mais fais-toi s'en pas, y'en a une qui vient de la rue Valois, pis l'autre de la très excitante ville de Sorel. »

Je n'avais jamais étalé ainsi mon antipathie devant elles (je suis un petit être pacifique et je déteste les chicanes, alors j'endure souvent très longtemps des situations qui me déplaisent) et ça me fit un bien énorme. Mathieu m'a souri, non pas pour m'encourager à continuer mais pour me remercier d'avoir pris position.

En ce qui nous concernait, l'incident était clos; nous n'étions pas là pour nous crêper le chignon et j'avais hâte que le reste du groupe arrive pour mettre un peu de vie dans ce party qui commençait si mal. Johanne, elle, cependant, ne voulait pas que ça finisse comme ça. Elle a mal écrasé son cigarillo qui s'est mis à fumer dans le cendrier, puis elle a regardé pour la première fois dans notre direc-

144

tion.

« Ça fait longtemps qu'on voulait te dire ça, Jean-Marc... On est copropriétaires, nous autres, ici, pis c'est plus facile de défoncer chez nous que chez vous parce qu'on reste au rez-de-chaussée, alors on aimerait ça que t'arrêtes d'emmener n'importe qui chez vous... On s'est pas acheté une maison pour être inquiètes des gens que nos voisins fréquentent! »

Mathieu fut debout avant même que je m'en rende compte. Il est allé se planter devant elles — elles se sont d'ailleurs tassées sur leur fauteuil comme si elles avaient eu peur de se faire frapper — et leur a dit, en articulant bien chaque mot:

« Même si j'étais le plus pauvre des voleurs j'irais pas voler chez vous parce que vous êtes trop snob! Si votre appartement vous ressemble, j'espère que j'aurai jamais à y mettre les pieds, j'aurais trop peur d'attraper votre maladie! »

En sortant du salon, il a croisé Mélène qui revenait avec nos bières. Il a claqué la porte; on l'a entendu descendre les marches quatre à quatre. Mélène est restée bouche bée dans la porte. Je me suis excusé en passant près d'elle et je suis descendu rejoindre Mathieu sans même regarder Johanne et Marguerite qui devaient à la fois sacrer et jubiler.

« J'ai pas le goût de fréquenter ce monde-là, Jean-Marc! J'ai pas le goût de les avoir comme voisines!

— Mais tu peux quand même pas me laisser à cause de mes voisines!

— J'ai pas dit que je voulais te laisser! Chus bien avec toi comme je l'ai jamais été avec personne dans ma vie... Mais... réfléchis, un peu... Tu risques quasiment rien, toi, dans c't'histoire-là... Ta vie continue exactement comme avant, excepté que t'as une personne nouvelle dans ta maison... Mais as-tu réalisé que moi chus celui qui *change* de vie? C'est moi qui suis en train de déménager, Jean-Marc, c'est moi qui m'installe ailleurs petit à petit, qui rencontre du nouveau monde qui a pas nécessairement une envie

145

folle de faire ma connaissance, qui appelle de moins en moins mes amis, pis qui me fais insulter par les tiens... »

Je le tenais très serré contre moi; j'avais peur qu'il s'envole. Il parlait dans mon épaule; un mélange de rage et de peine, une voix saccadée, cassée, comme quand on a trop pleuré; mais il n'avait pas encore pleuré. Sa bouche mouillait ma chemise, à la hauteur de ma clavicule droite.

« Ça fait dix fois que j'te dis que ces filles-là sont pas mes amies, Mathieu. Chus sûr qu'elles ont même pas été invitées... On les voit presque jamais... »

Il s'est éloigné, s'est planté devant la fenêtre en secouant la tête, exaspéré. C'était déjà la nuit. Les bleus qui me prennent immanquablement quand les jours commencent à raccourcir trop vite m'étreignirent le coeur tout d'un coup. Tout ça avait trop l'air d'une explication de fin d'histoire d'amour; j'avais peur. Mon aventure avec Mathieu avait commencé un peu trop lentement et voilà que ce qui semblait être un dénouement se produisait avec une rapidité tout à fait ridicule. Je sentais que nous étions très près d'une rupture et, au lieu d'avoir envie de lutter pour préserver ce qui était le premier bonheur auquel je me laissais aller depuis des années, j'avais juste envie d'abandonner. Était-ce la nuit qui était tombée trop vite et sans que je la voie venir, était-ce cette fatalité héritée de ma mère et qui colore tout ce qui m'arrive de teintes mélancoliques, j'avais vraiment juste envie de me laisser aller à l'engourdissement qui me guettait, peut-être à cause de ce tableau, justement, la silhouette de Mathieu devant la fenêtre du salon, triste composition en noir et gris, un peu floue, d'ailleurs, parce que j'avais les yeux humides, et tellement inquiétante dans sa tranquille tristesse. Tout était immobile, en dedans comme en dehors, et je me sentais impuissant.

J'ai allumé une lampe pour chasser cette léthargie qui m'empêchait de retenir Mathieu avec des arguments précis et définitifs. Nous discutions depuis de longues minutes et je crois bien que je n'avais pas dit une seule chose intelligente. Cet incident banal, deux invitées indésirables qui se pointent au mauvais moment, n'allait quand même pas tout foutre par terre! Je n'ai rien trouvé de mieux à dire qu'un piteux: «Pis j't'empêche pas de fréquenter tes amis!», que j'ai trouvé d'une impardonnable idiotie en le formulant.

Mathieu a ricané.

«Tu le sais même pas si j'en ai, des amis. Tu me l'as jamais demandé! Des fois, j'me dis que tu dois penser que chus venu au monde quand chus rentré dans ton champ de vision! J'avais une vie, avant de te connaître, tu sais, pis chus en train de l'abandonner pour m'intégrer à la tienne! J'te dis pas que j'veux pas le faire, mais je veux que tu saches que c'est difficile! C'est difficile de se faire traiter de parasite par du monde que tu rencontres pour la pre-mière fois, même quand y'a pas de témoins! »

Il a soupiré, est revenu vers le fauteuil, s'est allumé une cigarette.

«On tourne en rond, là, j'radote. J'ai déjà tout dit ça cinquante fois, pis on le sait par coeur... »

J'ai glissé ma main dans son cou, là où il aime tant que je le caresse.

«Tu radotes pis je trouve rien à répondre. C'est pas ce qu'on pourrait appeler une dialectique très constructive... »

Il a souri et j'ai entr'aperçu une lueur d'espoir. Ce n'était pas le sourire cynique avec lequel il avait reçu cha-cun de mes arguments depuis le début de notre discus-sion, non, c'était un vrai petit sourire d'amusement, une trêve sur laquelle il fallait se jeter avant qu'elle ne dispa-raisse. Mais quoi dire?

«C'est pas que tes amis m'intéressent pas, Mathieu, c'est moi qui ai peur de pas être intéressant! C'est vrai! J'aime mieux pas les rencontrer plutôt que de risquer de te décevoir...

— Pendant ce temps-là, c'est moi qui suis obligé de changer de vie! »

La trêve était terminée. Le cercle vicieux repartait avec ses grincements trop familiers. Je me suis lancé à l'eau, sans réfléchir.

«Ces filles-là sont mes seules amies, Mathieu, les seuls

êtres humains dans ma vie, à part toi, qui ont vraiment de l'importance... Y faut surtout pas me demander de choisir. »

J'ai vu la fin de tout arriver à grands pas; j'ai vu Mathieu se lever en m'envoyant chier, quitter ma vie sans se retourner une seule fois, sans m'envoyer la main, sans aucun regret; j'ai vu un mur.

Puis la sonnette de la porte a coupé ma vision en deux.

Je n'ai pas bougé. Je regardais le profil de Mathieu qui, pendant que je contemplais l'apocalypse, s'était mis à trembler. Il y avait tellement longtemps que je n'avais pas vu quelqu'un pleurer à cause de moi que j'ai d'abord pensé qu'il riait.

La sonnette, encore.

Mathieu a porté sa main à son front.

« Va répondre, c'est sûrement une d'entre elles qui vient aux nouvelles... »

C'était Jeanne, deux assiettes de rôti de veau à la main.

« Vous allez me trouver quétaine, mais j'ai pensé que vous aviez peut-être faim... »

Nous avions éteint les lampes et nous étions installés sur le plancher du salon avec tous les coussins et tous les oreillers de la maison. Les assiettes sales traînaient près du calorifère; des miettes de pain nous piquaient tantôt la nuque, tantôt le ventre. Je voyais à ce que nos verres de vin soient toujours à demi pleins; je commençais à avoir la bouche molle et Mathieu fermait les yeux pendant de longues secondes avant de reprendre la discussion, plus vague qu'au début de la soirée parce que nos idées étaient moins claires, moins agressives, aussi, à cause de l'ambiance feutrée que nous avions réussi à créer: c'était l'heure des confidences murmurées sur un ton tellement bas qu'on avait l'impression que l'autre ne voulait pas tout à fait

148

qu'on l'entende, qu'il se racontait à lui-même; c'était un moment précieux, magique, que je savourais en tendant l'oreille pour bien saisir tout ce que disait Mathieu et en essayant d'être quand même le plus articulé possible quand c'était mon tour de parler.

Mathieu finit son verre et me fit comprendre qu'il ne voulait plus boire en posant sa main dessus.

«J'trouve ça imprudent de s'installer chez quelqu'un, comme ça, définitivement, après si peu de temps... T'as vu le drame qu'on a fait, ce soir, pour pas grand-chose? J'ai pas envie de vivre ça tous les jours... C'tait ben cute qu'a' nous apporte à manger après ce qui s'était passé, mais avoue que c'était pas très habile de sa part... Ces femmes-là font partie de ton quotidien, Jean-Marc, y faut que je m'y habitue! Vous vivez quasiment en commune! Ça me fait peur d'avoir à dealer avec ça chaque jour, Jean-Marc, cha-que jour!»

Moi aussi je commençais à être sérieusement paqueté. J'ai appuyé la joue sur un oreiller dont la fraîcheur m'étonna. Je me serais volontiers endormi là, au nez de Mathieu, et j'aurais dormi d'une traite jusqu'au lendemain. J'ai senti une main dans mes cheveux; j'ai souri. Lorsque j'ai ouvert les yeux, le visage de Mathieu était tout près du mien.

«Veux-tu que je couronne ton sundae d'une belle cerise, Jean-Marc? As-tu pensé à mon fils?»

Je n'avais pas pensé à son fils mais j'ai fait comme si et j'ai bluffé même si la seule pensée d'avoir à endurer un enfant dans la maison me faisait frémir:

«Emmène-le! Présente-nous! On verra bien c'qui va arriver!»

MATHIEU

«Tu sales toujours autant... »

Mathieu leva les yeux de son assiette, prêt à répliquer. Louise souriait, ce petit sourire qu'il avait tant aimé, dont on n'était jamais sûr s'il était d'amusement ou de moquerie mais qui transformait toujours le visage de la jeune femme d'un seul coup, d'une façon étonnante, comme on rougit.

Il racla un peu le fond de son assiette avec sa cuiller parce qu'il savait que ça énervait Louise, et sourit à son tour.

«Oui, pis en plus j'ai pus personne pour me le rappeler à tout bout de champ...

— Une autre grande qualité de ton fameux Jean-Marc... Y te laisse manger ta saumure sans rien te dire? »

Ils rirent. Ça ne leur était pas arrivé depuis... Mathieu essaya de se rappeler la dernière fois où il avait ri avec son ancienne femme. Il revit des batailles d'oreillers, des fous rires sous les couvertures, mais c'était au tout début de leur mariage; il se rappela un certain dimanche après-midi de tempête de neige où ils s'étaient jetés à corps perdu dans une séance de chatouillage qui avait failli mal tourner parce que Mathieu n'avait pas su où s'arrêter et que Louise n'avait pas envie que ça aille plus loin, mais ce n'était pas ça non plus; puis un tout petit fait lui revint en mémoire et une bouffée d'émotion lui monta à la tête: il se vit penché sur le berceau de Sébastien avec Louise; leur pâmoison devant la beauté de leur fils, son sommeil si confiant malgré les petits soubresauts qui le secouaient de temps à autre, son corps encore trop petit pour la grosseur de sa tête, son petit derrière qu'il essayait toujours de relever à grands coups de jambes quand il était couché sur le ventre... puis ce premier pet, sonore, net, franc, d'un être humain qui n'a pas encore été gâté par les hypocrisies de la vie en société et qui se laisse aller avec un touchant abandon sous le nez de ses parents. Les yeux remplis de larmes tant ils riaient, ils avaient enlevé la couche de leur enfant et lui avaient religieusement embrassé les fesses, ce qui l'avait d'ailleurs réveillé et fait hurler de rage.

Louise avait lu l'émotion de Mathieu sur son visage et l'avait laissé rêvasser sans l'interrompre, comme elle avait dû apprendre à le faire quand elle l'avait connu. Il avait les yeux dans le vide, la cuiller à soupe à mi-chemin entre l'assiette et sa bouche. Elle avait envie de l'embrasser. Ils n'avaient jamais fait la paix officiellement; c'était peut-être le temps maintenant qu'il avait l'air d'aller bien. Enfin.

Mais le rêve de Mathieu était fini. Il continuait de manger sa soupe comme si de rien n'était.

«Veux-tu d'autre chose? Y'a un reste de veau dans le frigidaire.

— Non, merci. C'tait bon. »

Le silence s'installa entre eux comme chaque fois qu'ils avaient eu quelque chose de délicat à se dire. Louise, amusée, le laissa flotter quelques instants, surtout que c'était lui qui avait à lui parler — elle l'avait senti dès qu'il était entré — puis se pencha vers Mathieu, cet éternel adolescent, si beau, si touchant, qu'elle avait aimé à se rendre folle et haï à s'en rendre malade.

«Y me semble que ça fait longtemps que je t'ai pas vu de bonne humeur comme ça... T'avais l'air enragé noir depuis tellement longtemps! J'ai hâte de rencontrer le grand homme qui réussit le grand tour de force de te faire sourire!

— J'vas finir par te le présenter... Par vous le présenter... Au fait, comment y va, Gaston? »

Louise prit l'assiette de soupe vide, la déposa dans

154

l'évier et répondit sans se retourner.

«Gaston aussi réussit à me faire sourire.»

Mathieu revit cette même cuisine, peinte d'une couleur différente mais avec les mêmes meubles aux mêmes endroits, les mêmes rideaux festonnés et le même bruit un peu trop fort de frigidaire; mais il vit aussi les assiettes qui volaient d'un bout à l'autre de la pièce pour aller s'écraser sur un mur ou sur le poêle, les gestes saccadés de Louise quand elle était au bord de l'hystérie, leur chagrin de se haïr et de ne pouvoir faire autrement; il entendit les hurlements de Sébastien dont la seule défense devant ce qu'il sentait très bien mais était incapable de comprendre était de pleurer pour attirer l'attention sur lui. Tout ça était très loin mais tellement frais à sa mémoire qu'il eut pendant un court instant l'impression d'être au beau milieu d'une de ces scènes pénibles et eut un mouvement de recul.

Ils savaient tous les deux qu'il fallait faire diversion, que cette pièce était trop pleine de leur bonheur et de leur malheur passés pour qu'ils puissent y rester longtemps ensemble sans que ça devienne problématique.

Louise offrit un café que Mathieu s'empressa d'accepter.

«À quelle heure y'arrive, donc, le p'tit?»

La conversation pouvait enfin redevenir normale, Mathieu sentait que le danger de la nostalgie était passé, comme un orage qu'on a senti venir mais qui ne s'est pas décidé à vous crever sur la tête.

«Y devrait arriver d'une minute à l'autre. Y'adore ça, faire les courses avec Gaston, le samedi matin. Qu'est-ce que tu vas faire avec lui, aujourd'hui?

— J'vas l'emmener au cinéma, comme d'habitude... Ensuite on va se promener un peu... pis comme toujours on va finir ça au merveilleux *MacDonald* ... À moins que j'aille l'exhiber chez *Eaton* pour prouver ma virilité à mes petits camarades de travail.»

Louise rit en renversant la tête en arrière. Mathieu profita de ce moment de détente pour lancer le grand coup:

«J'aimerais ça que tu y prépares une petite valise... Un pyjama, quelques jouets... son jeu de blocs de bois qu'y'aime tant... Y va coucher chez nous, ce soir... »

Louise n'était pas sûre d'avoir bien compris et décida de faire la naïve.

«Chez ta mère? »

Mathieu connaissait assez Louise pour voir son jeu et il décida de tout mettre au clair tout de suite.

«Tu sais très bien que j'habite chez Jean-Marc, maintenant. Pis j'pense qu'y'est temps qu'y se rencontrent, tous les deux... »

Elle était revenue vers la table avec la cafetière. Elle versa très lentement le liquide épais — elle faisait l'un des cafés les plus forts de la ville de Montréal et en buvait une bonne dizaine de tasses par jour — et Mathieu pensa: ça y'est, elle gagne du temps, elle est surprise, elle sait pas quoi répondre, je risque de recevoir la cafetière en pleine face ou bien qu'elle s'exclame avec un enthousiasme exagéré que c'est la meilleure idée de ma vie... Il se sentit une fois de plus sur la corde raide et eut envie de fermer les yeux pour laisser les choses venir ou se produire sans lui.

«Lui, qu'est-ce qu'y dit de ça? »

Il admira son calme apparent, cette maîtrise de soi tout à fait nouvelle chez elle, ce demi-sourire, même, si beau, qui l'avait autrefois mis à l'envers et qu'elle réussissait à garder intact dans ce moment de grande émotion. Elle avait parcouru un très long chemin depuis deux ans.

«Y'a peur, mais y'est d'accord. Y dit qu'y'a un trac terrible parce qu'y'a jamais rencontré un enfant de quatre ans de sa vie... Je le sais qu'y fait ça pour moi, que les enfants doivent pas l'intéresser spécialement, mais qu'est-ce que tu veux, on peut pas ignorer Sébastien, y fait partie de ma vie... Mais... toi, es-tu d'accord?

— Ça me surprend, surtout, parce que t'as jamais présenté Sébastien à aucun de tes chums... Ça veut dire que c'est plus sérieux que je pensais entre vous deux... Pis j'sais pas ce que Gaston va en penser... »

C'est donc Mathieu qui perdit le contrôle le premier.

Il repoussa la tasse qui faillit se renverser sur la table de réfectoire parfaitement astiquée à la cire d'abeille.

« Ça le regarde pas, Gaston, c'est pas lui le père! »

Louise lui répondit sur le même ton. Tout son beau faux calme avait disparu en une seconde et sa voix avait monté d'une octave, s'effritant dans un désagréable aigu qu'elle contrôlait mal.

« C'est peut-être pas lui le père mais c'est nous autres qui l'élèvent! »

Le danger était revenu. Pas celui de la nostalgie, cette fois, mais celui, si présent à leur mémoire, de se faire du mal, profondément, avec une sorte de joie mauvaise parente de la mauvaise foi. Ils le virent en même temps, exactement au même moment; ils purent le lire dans les yeux de l'autre avec une netteté qui leur fit peur. Ils baissèrent les yeux sur leurs tasses de café. Court silence, plein d'électricité et qu'un seul geste ou une seule parole mal interprétés pouvait changer en cataclysme.

Après deux ou trois profondes respirations, Louise parla sans lever les yeux. Sa voix était redevenue à peu près normale.

« Chus très contente de ce qui t'arrive, Mathieu, mais y faut que tu réalises de ton côté que moi aussi j'ai trouvé quelqu'un qui compte dans ma vie... Gaston est pas juste un figurant qui s'adonne de temps en temps à être ici quand tu viens chercher Sébastien un samedi sur quatre... J'partage ma vie avec lui, j'partage tout dans ma vie avec lui... Sébastien comme le reste, même si ça te plaît pas... Tu vois Sébastien une fois par mois parce que tu travailles trois samedis sur quatre, mais Gaston le voit tous les jours, lui sert de père et l'aime comme son propre enfant. Sébastien est autant son enfant que le tien, dans un sens, Mathieu; c'est dur à prendre pour toi mais habitue-toi tout de suite... Si on décide que Sébastien va passer la fin de semaine avec toi et Jean-Marc, on peut pas garder Gaston en dehors de ça, un point c'est tout. »

Le coup était si fort que Mathieu ne trouvait rien à répondre. Il avait l'impression qu'on venait de l'assommer et qu'il lui faudrait plusieurs heures avant de recouvrer ses facultés. Il n'avait jamais pensé à Gaston comme à un rival, il avait même eu tendance à le mépriser un tout petit peu, à le trouver nono avec sa passion pour les sports et ses petits airs de macho révisé par la lecture imposée de revues féministes mal digérées. C'était vrai qu'il avait cru que Gaston se désintégrait dans les airs quand il n'était plus dans son champ de vision, qu'il était une quantité négligeable, un figurant comme l'avait dit Louise, mais voilà qu'il devenait humain à part entière, tout à coup, et un être humain avec des droits sur son propre enfant, en plus! Il était tellement étonné qu'il décida de faire dévier la conversation. Il penserait à tout ça plus tard, pour le moment son horreur était trop grande.

« Mais toi, toi, Louise, tu m'as pas dit ce que t'en pensais...

— Je le sais pas. J'ai pas eu le temps d'y réfléchir, tu m'arrives avec ça, tout d'un coup... T'aurais pu me le dire hier, au téléphone, t'sais... C'est probablement correct, si tout le monde est d'accord... Mais oublie pas qu'y faut demander à Sébastien si ça y tente, ça le concerne, lui aussi... »

Mathieu se sentait vidé. Il avait envie de s'enfuir, encore une fois, l'éternelle fuite, sans même embrasser Sébastien, et d'aller se coucher, se cacher, plutôt, pour ne plus se relever. Jamais. Ils restèrent assez longtemps sans parler, Louise buvant sa tasse de café, Mathieu jouant avec sa cuiller.

« C'est dur à prendre, tout ça... »

Il avait parlé presque sans s'en rendre compte, comme on parle quand on est tout seul mais qu'on aimerait que quelqu'un nous entende.

« C'est dur pour tout le monde, Mathieu. Même pour Sébastien, probablement. »

Il posa sa main sur celle de Louise.

« J'sais pas si viendra un moment où on pourra se parler sans que nos vieilles bebites remontent à la surface...

— Non, j'pense pas. On s'est fait trop de bien pis on

158

s'est fait trop de mal pour couler dans l'indifférence amicale...

— Mais chus content de m'apercevoir qu'on peut enfin se parler sans se crier par la tête... »

Louise s'efforça de sourire; ce n'était pas très réussi mais très touchant.

« *Tu* peux me parler sans me crier par la tête, nuance! »

La clef dans la serrure, la voix de Sébastien — «Penses-tu que papa est arrivé?» —, celle de Gaston — «Chus sûr que oui!».

Louise et Mathieu se regardèrent si intensément qu'ils en furent bouleversés.

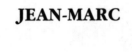

JEAN-MARC

Pendant que Mélène s'épuisait à tasser un coussin mou dans une taie d'oreiller trop petite, j'essayais moi-même de glisser sur le matelas du hide-a-bed qui se trouvait dans mon bureau un drap trop grand qui faisait des plis.

« Ç'aura jamais l'air d'un lit d'enfant, ça...

— Le principal, c'est qu'y'ait une place pour coucher, Jean-Marc. C'est un enfant de quatre ans, j'pense pas qu'y'ait déjà un sens de l'esthétique très poussé!

— J'veux bien croire, mais de là à l'installer dans le bureau d'un professeur de français ancien fumeur de pipe qui a jamais réussi à tuer l'odeur de tabac qui s'est incrustée dans ses livres et ses meubles, même après de nombreux ménages et un déménagement... C't'enfant-là va étouffer, ici... »

Nous avions minutieusement fait le tour de l'appartement, Mathieu et moi, la veille, étudiant toutes les possibilités de nicher son fils dans un endroit où il se sentirait relativement à l'aise: le sofa du salon ne s'ouvre pas; celui de la salle à manger, une vieille affaire dont je refuse toujours de me séparer parce que c'est le premier meuble que j'ai acheté dans ma vie — quinze dollars chez un antiquaire — et que j'ai installé dans la fenêtre encastrée, est trop cabossé pour coucher quelqu'un dedans; notre chambre est trop petite pour y ajouter un lit pliant... J'ai même offert à Mathieu de dormir avec Sébastien dans notre lit pendant que je camperais dans mon bureau mais il a refusé.

163

Il disait qu'il voulait que Sébastien s'habitue tout de suite à nous voir dormir ensemble, qu'il ne voulait rien lui cacher, qu'il était essentiel qu'il me perçoive dès le départ comme étant très important dans la vie de son père.

Nous avons replié le hide-a-bed, Mélène et moi, en sacrant un peu parce que le mécanisme fonctionne mal (je m'y suis déjà pris le pouce de la main droite et j'en garde encore une vilaine cicatrice).

«Y doit être trop petit, à quatre ans, pour dormir dans un grand lit comme celui-là... J'tez un drap pis une couverture dessus, ça va faire pareil, pis y va probablement moins se sentir perdu...

— Non, j'pense que c'est mieux qu'y'ait un vrai lit... J'vais même acheter quelques bebelles pour mettre sur les murs pour quand y va revenir... C'est un décor vraiment sévère pour lui...

— Jean-Marc, c't'enfant-là va dormir ici une nuit de temps en temps, change pas ton bureau en garderie! T'es pas obligé toi non plus de t'imposer de vivre dans un décor de Mickey Mouse à cause de lui!

— Pauvre Mélène, t'es ben ancienne! J'ai l'impression que ça fait longtemps que tu décores pus une chambre d'enfant avec des Mickey Mouse! C'est des Goldorak, pis des Transformers, pis de He-Man, qu'y nous faudrait... Dans les grands magasins y vendent des choses que tu peux installer rapidement... J'sais pas, moi, des cadres, des posters...

— Te vois-tu refaire la décoration de ton bureau chaque fois qu'y va venir vous voir? Accroche le He-Man, décroche le He-Man, installe la veilleuse en forme de bunny rabbit... Tu vas le faire au début, oui, mais au bout de quelques semaines tu vas te tanner, pis Sébastien va finir dans la pièce telle qu'elle est maintenant... »

Elle s'était installée à ma table de travail, devant les copies que j'avais commencé à corriger le matin même. Des compositions d'une rare bêtise, faites à toute vitesse le dimanche soir ou le lundi matin, où la pauvreté du style rivalisait avec le quelconque des idées et d'où toute tentative d'invention était bannie, comme si écrire quelques pages sur un sujet donné assassinait automatiquement toute possibilité ou toute envie de créer. Je n'avais pas encore réussi après presque deux mois à motiver mes étudiants et ça me déprimait au plus haut point.

«Où est-ce que tu vas t'installer, pour corriger tes copies? Surtout que tu fais ça le matin, d'habitude...»

Je ne sais pas au juste pourquoi j'ai mal réagi, mais j'ai eu envie de mettre Mélène à la porte, tout d'un coup. Je la trouvais vieille fille et surtout de mauvaise foi.

«Écoute, Mélène, charrie pas! J'avais pas de bureau dans mon ancien appartement et je corrigeais quand même mes copies! J'm'installerai dans la salle à manger, sur mon vieux sofa cabossé, ça va me rappeler des souvenirs de l'époque où j'étais débutant et où je croyais encore à l'utilité de ma profession...»

Mélène s'est levée, comme quand on décide brusquement que c'est le temps de s'en aller.

«Bon ben, j'vas aller commencer à préparer le souper... J'devais vous inviter, mais j'sais pas si dans les circonstances actuelles...»

Comme elle passait devant moi j'ai pris sa main.

«C't'enfant-là me fait assez peur! Qu'est-ce que tu dis à un enfant de quatre ans? Qu'est-ce que tu fais avec un enfant de quatre ans? J'ai jamais approché un enfant de quatre ans de ma vie parce que ça m'intéressait pas!»

Mélène a souri. Je me suis dit ça y est, elle va m'aider, tout n'est pas perdu... Mais sa réponse, tout amusée qu'elle fût, m'a rejeté dans le gouffre d'inquiétude où je m'abîmais depuis la veille.

«Qu'est-ce que tu penses, moi non plus j'en ai jamais connu d'enfant de quatre ans! J'me rappelle même pas d'en avoir été un! Tu y parleras de *Passe-Partout* !»

L'été des Indiens était tardif mais violent. Il avait fait très froid ces dernières semaines et tout le monde était convaincu que l'automne s'était installé pour de bon, sans transition, puis, du jour au lendemain, une étonnante chaleur s'était abattue sur Montréal, une chaleur humide qui n'était pas sans rappeler celle du mois d'août, presque déplaisante même si elle était inespérée en cette fin d'octobre.

Mais on sentait que d'un moment à l'autre tout pouvait changer; une menace planait sur ces dernières belles journées: le vent pouvait se lever alors qu'on s'y attendrait le moins et déshabiller les arbres en quelques heures. Une pluie incessante de feuilles rouges, jaunes, orangées, qui virevolteraient avant de s'écraser sur le trottoir, un gros nuage, une ondée glaciale, et tout serait fini jusqu'en avril. Les feuilles bruniraient au sol en une nuit et les enfants, au matin, s'y enfonceraient jusqu'aux chevilles en les poussant du pied sur le chemin de l'école. Leur crissement les ravirait pendant cinq minutes, puis ils se rendraient compte de ce que ça veut dire et envahiraient les salles de cours en sacrant contre le maudit hiver.

Il y a des années, comme ça, où les feuilles n'ont pas le temps de sécher sur les branches. En fin d'après-midi, Montréal flambe dans un délire de couleurs violentes et le lendemain matin tout est brun, mort, sec, comme un feu qu'on a laissé mourir. La tristesse vous tombe dessus au saut du lit et vous vous dites pour la millième fois quel pays de cul, quelle absurdité, qu'est-ce que je fous ici, enterré pendant six mois de l'année dans la neige sale, la sloche, le sel, le froid, les maisons surchauffées, les rhumes de cerveau, les bronchites, maudite marde! J'ai calculé depuis peu que nos arbres ne portent des feuilles que cinq mois par année et l'absurdité de la chose m'a jeté par terre. Pas étonnant que nous soyons un peuple défaitiste!

Tout ça pour dire que j'avais profité d'une de ces belles dernières après-midis pour m'installer sur mon balcon en attendant Mathieu et Sébastien. J'avais apporté mes copies avec moi mais j'étais incapable de me concentrer. La douceur du temps, la beauté du soleil qui jouait sur les feuilles de l'érable devant la maison en même temps que ma grande nervosité à l'apparition dans ma vie de ce bout d'humain, faisaient que j'étais à la fois exalté et déprimé, si la chose est possible. Une grande partie de moi jouissait du spectacle effarant de la nature dans ses derniers soubresauts d'énergie et l'autre voyait avec terreur s'approcher le moment où j'aurais à me pencher sur un visage d'enfant que je n'avais pas choisi de connaître et qui risquait de bouleverser mes petites habitudes de vieux garçon.

Je les ai vus venir, main dans la main, Mathieu le cou étiré pour voir si j'étais sur le balcon, Sébastien, si petit, mon Dieu, si petit, trottinant à son côté. Dans sa main libre Mathieu tenait une minuscule valise bleu pâle. J'ignore pourquoi — ou plutôt je le sais, j'étais probablement trop mal à l'aise pour vraiment regarder Sébastien — j'ai fixé mon attention sur cette valise. J'ai deviné le pyjama de flanellette, l'ourson en peluche, peut-être un ou deux puzzles, douze morceaux représentant des animaux joyeux, un autre jouet favori, des vêtements de rechange. J'ai eu envie de pleurer. De peur.

Je les ai regardés monter l'escalier extérieur. J'espérais que mon sourire ne fasse pas trop forcé. Sébastien, beau à couper le souffle, m'a jeté un bonjour dénué de toute gêne et a ajouté, les yeux grands de convoitise:

«C'tu vrai que j'vas avoir une chambre à moi tout seul, ici aussi?»

Il a eu l'air de trouver sa «chambre» très sympathique et s'est aussitôt jeté sur l'énorme toutou qui trônait sur la chaise devant ma table de travail.

«Hon! Y'est ben beau! C'est quoi, son nom?»

C'était un chien à la mine réjouie qu'on pouvait faire parler en glissant la main dans sa tête. Je l'avais trouvé chez *Toutalamin*, rue Laurier. Il m'avait coûté une fortune mais je m'étais dit qu'il valait peut-être mieux que Sébastien trouve en arrivant dans sa chambre une chose qui le frapperait et qui lui ferait accepter le reste. Ma psychologie enfantine était des plus rudimentaires et j'ai bien peur qu'elle le soit restée.

167

«Y'en n'a pas, encore. C'est toi qui vas y'en trouver un. »

Mathieu s'est penché vers moi, les sourcils froncés.

«C'est nouveau, c'te toutou-là...

— J'viens d'aller l'acheter... »

Sébastien avait déjà le chien dans ses bras.

«J'vas l'appeler... j'vas l'appeler... »

Son père s'est penché sur lui, les a pris tous les deux dans ses bras.

«T'es pas obligé d'y trouver un nom tout de suite, tu sais. »

Sébastien paraissait franchement étonné.

«Non? Pourquoi?

— C'est important un nom. Quand tu vas l'avoir trouvé, y vas être obligé de le garder pour toujours... Penses-y comme il faut. »

J'ai pris mon courage à deux mains et je me suis approché d'eux. Sébastien sentait bon le savon de bébé. Il m'a tendu le toutou avec un sans-gêne étonnant.

«Comment ça marche? »

J'ai glissé ma main dans la tête du chien et j'ai pris une voix que j'espérais comique.

«Bonjour, Sébastien, comment ça va? Comme ça, tu veux me trouver un nom? Veux-tu qu'on cherche ensemble? J'haïrais pas ça, me trouver un nom moi-même... »

Sébastien était dans le ravissement total.

«Y parle! Y parle! »

Mais moi j'avais déjà mal à la gorge.

Je m'étais trompé. Son puzzle avait vingt-quatre morceaux. C'était son premier de cette importance et il en était fier. Jusque-là, m'avait-il expliqué avec un sérieux imperturbable, il n'avait possédé que des puzzles de bébé un peu trop faciles à faire; aussi avait-il demandé à sa mère, la semaine précédente, de lui en acheter un vraiment difficile.

«Au commencement, j'avais de la misère, mais là chus pas mal bon... Tu veux-tu l'essayer avec moi? Y faut que t'essayes de trouver les morceaux qui vont ensemble.»

Je n'avais pas fait de puzzle depuis au moins trente ans. Je me souvenais du Big Ben 1000 morceaux que nous avions à la maison quand j'étais petit — le seul que mes parents aient jamais possédé et qu'ils faisaient régulièrement chaque automne quand arrivait le mauvais temps — et qui représentait une scène d'automne que ma mère trouvait particulièrement difficile: un chien noir tacheté de blanc qui tenait une perdrix dans sa gueule au milieu d'une forêt en délire. Que j'avais haï ces morceaux de carton qui traînaient sur la table de la salle à manger toute une longue semaine et qu'on devait pousser et mettre en tas à chaque repas pour ne pas en retrouver jusque dans nos assiettes... Je revoyais mon père et ma mère penchés sur la table, sacrant parce que les morceaux se ressemblaient trop et que les mêmes couleurs se retrouvaient partout. Quel cauchemar pour un enfant qui n'a pas le droit de se joindre aux adultes même s'il est convaincu qu'il pourrait les aider.

Sébastien s'est arrêté au beau milieu du puzzle.

«Tu joues pas? T'es pas capable?»

Son père, de mon bureau où il installait ses affaires, lui a crié:

«Sébastien, laisse Jean-Marc tranquille, là, y'est pas obligé de jouer avec toi, c'est pas un enfant!»

J'ai protesté pour la forme mais, effectivement, je n'avais plus du tout envie de jouer avec Sébastien, je l'avoue.

La première heure avait été charmante. Grâce au toutou auquel Sébastien répondait sans se faire prier, nous avions fait connaissance. Nous avions ensuite visité l'appartement tous les trois, Mathieu et moi lui expliquant bien où se trouvaient les choses dangereuses auxquelles il ne devait pas toucher et celles dont il pouvait se servir quand il le voulait. Il m'avait raconté la garderie — «Éric Boucher me lance du sable!», comme si j'avais très bien connu ce petit monstre —, il m'avait mimé une ou deux chansons que j'avais trouvées très cute et décrit dans leurs moindres détails ses jeux avec ses petits amis de sa rue. Je connaissais ses goûts, ses inimitiés, les maladies qu'il avait eues et la couleur de son anorak d'hiver neuf. J'étais déjà épuisé. Il avait tellement bien occupé cette heure que j'avais l'impression qu'il était arrivé depuis trois jours. J'avais besoin de prendre une douche parce que j'avais peur qu'il se mette à s'ennuyer et que ça m'énervait.

Je me suis levé (nous étions bien sûr étendus sur le plancher de la salle à manger) en lui disant que j'allais revenir après ma douche. Il a semblé très étonné.

« Tu l'as pas pris à matin? »

J'ai prétendu que non parce que je ne savais pas quoi lui répondre et je suis allé me réfugier dans la salle de bains. L'eau chaude me faisait du bien mais je me disais y reste deux grosses heures avant *Passe-Partout*, qu'est-ce qu'on va faire avec lui, y va se faire chier avec deux adultes, faut l'occuper... une promenade? les parcs sont-tu encore ouverts? la cachette? la maison est trop petite... le cinéma? y'est trop tard... Je pense que je serais resté sous la douche jusqu'au soir si Mathieu n'était pas venu frapper à la porte de la salle de bains.

Il s'est installé sur le couvercle de la cuvette pendant que je faisais ma toilette. Il m'a dit des choses que je savais déjà: que je n'étais pas obligé de m'occuper de Sébastien comme je l'avais fait depuis son arrivée, que c'était son rôle à lui, que, de toute façon, un enfant doit apprendre à se débrouiller tout seul quand il arrive dans un endroit qu'il ne connaît pas, que si on s'occupe de lui ça va le gâter, etc.

Je lui ai répondu que tout ça était bien beau en théorie mais impossible à mettre en pratique: ce n'était pas seulement le confort de Sébastien que je recherchais en l'occupant comme je l'avais fait, mais aussi ma propre tranquillité d'esprit. J'avais tellement peur qu'il se fasse chier que j'étais prêt à tout pour qu'il ne s'ennuie pas.

« C't'enfant-là s'en vient passer une journée et demie avec nous, Mathieu, on n'est pas pour le laisser dans un coin, enterré en dessous d'une pile de jouets!

— Toujours les extrêmes, hein, mon Jean-Marc... Entre l'abandonner pendant deux jours dans un coin et l'épuiser à force de le tenir occupé, y doit bien exister un équilibre! »

Trois petits coups à la porte, un museau dans l'entrebâillement.

« T'as-tu fini, Jean-Mak? »

Mathieu, et j'ai senti que ça allait être comme ça pendant deux jours, a froncé les sourcils et s'est penché sur son fils.

« Laisse Jean-Marc tranquille, là, Sébastien, y'est occupé.

— J'veux qu'y vienne jouer avec moi... J'ai fini mon puzzle pis le toutou veut pas me parler. »

J'ai fait encore quelques minutes de toutou mais la voix a fini par me manquer alors nous avons sorti pinceaux et gouache et nous nous sommes lancés dans une grande murale représentant Sébastien, papa, Jean-Marc et le toutou. Mathieu s'est joint à nous et nous avons pu la terminer pour le début de *Passe-Partout*.

Pendant que le père et le fils entonnaient le thème de l'émission — *Passe-Montagne aime les papillons, les souliers neufs et les beaux vestons...* — je me suis glissé dans la cuisine pour préparer le repas.

Depuis quelques années, depuis que je vis seul, en fait, je suis devenu un spécialiste du wok. Parce que c'est rapide, simple, léger. Mais le problème est que je suis le seul dans mon entourage à apprécier ce genre de cuisine d'inspiration chinoise. Non, c'est faux, disons que je suis le seul à apprécier ma propre version de cette cuisine, mes amis trouvant mes plats d'une rare insipidité et, parfois,

171

d'une laideur repoussante. Je dois avouer que ce que j'en fais est rarement esthétique: soit que j'ai le corn starch trop généreux, soit que je me fourvoie dans la quantité de sauce soya... enfin bref, j'arrive trop souvent avec une bouillie informe dont j'apprécie malgré tout le goût parce que je sais ce que j'y ai mis mais dont la seule vue fait frémir mes invités. Mathieu, lui, est plus discret. Ou plus prudent. Il mange habituellement sans rien dire. Il lui arrive même de prétendre que c'est bon, en tout cas pour la santé, et d'en redemander. Il déteste faire la cuisine alors j'ai l'impression qu'il est prêt à tout pour éviter de se retrouver devant le poêle.

J'ai pourtant suivi à la lettre les recettes prétendument infaillibles d'un livre qu'on m'avait conseillé et qui m'avait coûté les yeux de la tête. Les résultats furent grotesques. Il faut croire que je n'ai pas la touche...

Je me suis donc retrouvé devant mes légumes à couper et mes crevettes à décortiquer. Pourquoi des crevettes pour un enfant de quatre ans? Quand même pas pour l'impressionner! Je m'étais posé la question, chez Lemercier, alors que j'hésitais entre ça et du boeuf haché pour faire un pâté chinois, puis je m'étais dit pourquoi pas si moi j'ai envie de faire des crevettes... Mais le doute me reprit alors que je retirais les intestins mous de ces vilaines bibites. «C'est peut-être le genre d'enfant qui ne veut manger que la nourriture de sa mère... J'aurais dû demander à Mathieu de demander à Louise si Sébastien aime les crevettes... Un bon pâté chinois, c'était si simple, pourtant... » Au fur et à mesure que mon plat avançait j'étais convaincu que Sébastien ferait la grimace en le voyant et refuserait catégoriquement d'y mettre la fourchette. Au fait, se servait-il d'une fourchette ou d'une cuiller? Allais-je l'insulter si j'arrivais avec une simple cuiller alors qu'il avait la permission de se servir d'une fourchette comme les grands?

J'étais de plus en plus nerveux et je me trouvais de plus en plus ridicule. Franchement! Tout ça pour un enfant de quatre ans qui mange parce qu'il a faim et non par goût...

Tout de suite après *Passe-Partout*, il était donc six heures trente, Sébastien est venu me retrouver à la cuisine.

«J'ai faim pis ça sent rien, encore!»

J'ai eu mon premier geste d'impatience, que j'ai d'ailleurs immédiatement regretté. Je l'ai pris par les épaules, je lui ai fait faire un demi-tour sur lui-même et l'ai renvoyé à son père en haussant la voix, genre la cuisine c'est mon domaine, j'aime pas me faire déranger pendant que je prépare un repas, va voir papa, y va te conter une histoire...

Évidemment, j'ai voulu aller trop vite parce que l'enfant avait faim et je me suis retrouvé avec le plat le plus laid de toute ma carrière: c'était d'un blanc rosé à faire frissonner de dégoût et ça ressemblait un peu à de la colle qu'on aurait versée sur des légumes et des crevettes et qui aurait figé trop vite.

J'ai ajouté un peu de soya pour donner de la couleur et c'est devenu beige.

Je suis arrivé dans la salle à manger pas triomphant du tout mais essayant tout de même de faire bonne figure: «Vous allez voir ce que vous allez voir!». Sébastien et Mathieu m'attendaient déjà, impatients; Sébastien avait même une grosse cuiller à la main et frappait dans son assiette en chantonnant le sempiternel thème de *Passe-Partout* mais dans son vocabulaire d'enfant, ce qui donnait à peu près: «Passe-Montagnais mais les papillons...» pendant que son père le tançait doucement, genre on frappe pas dans son assiette avec sa cuiller, on chante pas à table, t'es pus un tit-bébé, t'es un grand garçon, maintenant...

Aussitôt qu'il m'a vu entrer dans la pièce, Sébastien a lâché sa cuiller pour brandir son couteau:

«J'ai pas besoin de ça... chus trop petit. C'est toi qui vas couper ma viande...»

J'ai posé le plat sur la table; Sébastien y a mis le nez sans façon.

«C'est quoi, ça?»

Mathieu a humé en exagérant de beaucoup son appréciation (ses années de théâtre pour enfants l'ont habitué à agir étrangement avec son fils).

173

«Hmmmmmmmm... C'est beau, hein? Pis ça sent bon!»

Sébastien a imité son père sans toutefois lancer de hmmmm admiratif.

«C'est quoi?»

«C'est toutes des choses que t'aimes...

J'espérais ne pas avoir trop tort et je lui ai versé une portion pas trop importante. Ça fumait et Sébastien a eu un mouvement de recul. Son père a soufflé sur son assiette vide comme un clown — je déteste les clowns — mimant un enfant qui souffle sur son assiette.

«Fais comme moi, mon bébé, a' va refroidir plus vite.»

Après la cérémonie du soufflage, Sébastien a enfin plongé sa cuiller dans le tas de grumeaux beigeasses qui tachait le fond de son assiette. Et j'ai posé la question fatidique.

«C'est bon?»

Sébastien n'a pas répondu. Il avait pris un air absent en mâchant, un peu comme un chat qui fait son besoin comme si le sort du monde en dépendait. J'ai regardé Mathieu avec le mot panique propablement imprimé dans le front.

«Qu'est-ce qu'on fait si y'aime pas ça?»

Mathieu a eu un mouvement d'impatience.

«Laisses-y le temps de goûter!»

Il est revenu vers son fils, toujours avec son air de clown rassurant.

«Mâche comme faut, mon bébé...»

Sébastien a posé sa cuiller au beau milieu de son assiette; un peu de sauce a éclaboussé la salière.

«Chus pas un bébé! Arrête de m'appeler comme ça!»

Il a croisé les bras et serré les dents, ce qui lui a donné un petit air prognathe des plus désagréables.

«J'ai pus faim!»

Pas moyen de le faire manger. Son père a tout essayé, les cajoleries, les menaces, le clown triste, le clown joyeux, le clown boudeur, rien n'y fit: il était évident que Sébastien se servait de sa situation d'enfant insulté parce qu'on l'a appelé bébé pour ne pas toucher à une nourriture qui

174

lui soulevait le coeur. J'étais désolé, surtout que le plat s'avérait en fin de compte tout à fait délicieux (je l'ai déjà dit, rien ne m'empêche de manger et j'en ai dévoré deux énormes portions tout en surveillant la scène qui montait en mayonnaise de minute en minute pour aboutir alors que je terminais mon assiette en une crise de larmes aiguë et très dramatique).

Ça a duré une grande demi-heure pendant laquelle j'aurais cependant voulu me trouver ailleurs. Ce fut une guerre complète menée tambour battant, un microcosme des fléaux les plus violents qui frappent sans crier gare et disparaissent comme ils sont venus: ils se sont réconciliés trois fois, se sont rechicanés pour des détails ridicules, se sont embrassés un nombre incalculable de fois, ne sont passés aux coups qu'une seule fois — une petite tape sur la main de Sébastien a déclenché un torrent de hurlements stridents qui me soulevaient le poil du cou — et ont évidemment fini dans les bras l'un de l'autre, se jurant amour éternel, ciel bleu sans nuage et autres serments qu'ils étaient prêts à violer immédiatement si l'un d'eux avait le malheur de proférer une seule parole déplaisante.

Deux minutes après la fin du drame c'était comme s'il n'avait jamais eu lieu. Le clown joyeux était revenu et l'enfant ravi. Moi, j'étais sidéré. J'avais vécu tout ça au premier degré, convaincu qu'ils se haïssaient vraiment dans les moments les plus heavy, ému par leurs réconciliations mouillées, rebouleversé quand la chicane repognait. J'étais en nage quand Mathieu est allé faire un sandwich au jambon pour son fils qui reprenait benoîtement le thème de *Passe-Partout* comme si rien ne s'était passé. Sébastien a dévoré son sandwich avec un air ravi pendant que je réchauffais mes crevettes pour son père.

Le dessert — un gâteau italien acheté chez *Italissimo*, en face, accompagné d'un tartuffo — a heureusement fait l'unanimité et le repas s'est achevé dans l'harmonie. Sébastien a dit un gentil merci, c'était délicieux, puis est allé s'écraser devant la télévision pendant que Mathieu et moi faisions le ménage en silence.

175

Un silence d'ailleurs très pesant que nous n'avons osé briser ni l'un ni l'autre.

Étonnamment, Sébastien ne s'est pas fait prier pour se coucher. Il a laissé son père le déshabiller en jouant le bébé qui n'est pas capable tout seul — j'entendais la voix amusée de son père: «Arrête de faire ton mou comme ça, j'arrive pas à t'enlever tes culottes!» — et est venu m'embrasser, triomphant dans un vieux chandail de son père, une paire de bas qui lui montaient jusqu'aux genoux et une de mes vestes, la vert prusse que je ne porte plus depuis longtemps, en guise de robe de chambre. Il était vraiment très drôle et le savait. Il a fait quelques pitreries autour de mon fauteuil avant de disparaître dans mon bureau en criant qu'il voulait une histoire avant de s'endormir.

J'ai entendu la voix de Mathieu qui lisait une histoire de nounours, de miel, d'abeilles et de piqûres qui donnent des bosses partout. Sébastien a beaucoup ri, s'est beaucoup récrié — «Sont pas gentilles, les abeilles!», «Cours, le nounours, cours!» — et s'est probablement endormi au beau milieu du punch final parce qu'il n'a rien dit quand le nounours a promis de ne plus voler le miel des abeilles...

Mathieu est venu me rejoindre, tendu, nerveux.

Nous entendions à travers le plafond les rires de nos amies, là-haut, qui venaient de se mettre à table. Un brouhaha, des chaises qu'on déplace, un cri — Michèle, probablement, qui se pâme toujours sur la disposition de la table, même quand on n'a pas fait de frais. Je n'ai pas pu retenir le geste de lever la tête vers le plafond. Mathieu a posé une main sur mon genou.

«Vas-y, si tu veux. J'vais garder Sébastien.

— Non, non, chus très bien, ici...

— J'veux pas que tu t'empêches de faire quoi que ce soit à cause de lui, Jean-Marc... J'voulais que tu le connaisses, mais j'veux pas te l'imposer...

— J'te dis que chus très bien... On va rester tranquilles, tous les deux, on va regarder la télévision... On va même regarder la télévision française, si tu veux, pour rire d'eux autres comme t'aimes tant...

Et c'est ce que nous avons fait. Nous sommes restés sidérés devant la bêtise des Charlot; nous nous sommes moqués du journal télévisé vieux de deux semaines dont le lecteur, trop maquillé, avait l'air embaumé; nous avons poussé les hauts cris devant le début *d'un autre* film paysan où la vie quotidienne nous était décrite dans ses moindres détails (ils ont épluché des patates pendant toute une séquence de neuf minutes bien comptées, en échangeant des propos oiseux avec un accent à faire frémir) et dont la trame — encore une autoroute qui allait dévaster une jolie contrée — était d'un ennui mortel.

C'est Mathieu qui m'avait initié à ce vice auquel je prenais de plus en plus de plaisir. La chaîne québécoise de télévision française, née d'un flagrant manque de besoin et d'un honteux autocolonialisme, perdue au milieu des girlies, des fusillades, des quizz américains, des apitoiements, des ratés, des faux départs, des contritions de notre propre télévision, fait figure de nounou gâteuse qui se chauffe auprès du feu et dont il fait plaisir de se moquer gentiment. Ou méchamment. Ce soir-là, ce fut méchamment et nous avons beaucoup ri.

Avant de connaître Mathieu je m'attardais plutôt à la télévision communautaire qui faisait ma joie avec ses cours de macramé ou de crochet donnés par des madames bien intentionnées mais tordantes de ridicule. Mon chum, cependant, m'avait peu à peu initié au plaisir pernicieux des *Jeux de vingt heures* où le manque de rythme ne le cède qu'au vide des questions posées, ou au train d'enfer de *Des lettres et des chiffres*, qui réussit l'exploit de faire paraître quinze minutes comme si elles étaient une souffrance de deux heures.

Puis, vers minuit, ce fut l'inévitable film d'horreur du samedi soir. Nous nous sommes serrés l'un contre l'autre, nous avons mis de côté notre intelligence, notre sensibilité

177

et notre sens critique et nous avons frémi quand la fille est descendue à la cave chercher le vieux coffre que lui avait légué sa vieille tante, et quand le gars a ouvert la trappe de la fournaise qui abritait les petits monstres méchants qui couraient partout dans la maison la nuit et qui assassinaient un à un tous ses habitants, et quand, à la fin, les petits monstres méchants ont envahi la ville tranquille, au matin, après avoir dévoré toute la maisonnée. Un grand moment de cinéma.

Nous n'avons pas reparlé de Sébastien. Pour ma part, je ne voulais même pas penser que j'allais le retrouver, au matin, si beau mais si présent, si accaparant, surtout. J'avais l'habitude des dimanches matins douillets; j'avais comme l'impression que celui du lendemain serait bien différent.

Avant d'aller se coucher, Mathieu est passé dans mon bureau pour embrasser son fils. J'ai failli le suivre. Mais une pudeur, ou plutôt une espèce d'autocensure m'en a empêché. J'avais envie d'aller l'embrasser mais j'avais l'impression désagréable de ne pas le mériter.

J'étais dans un demi-sommeil, la lumière du jour avait commencé à me chatouiller les paupières et une presque douloureuse envie de pisser me tenait plié en deux dans le lit lorsque j'ai senti une présence: une respiration bruyante (probablement des sinus bloqués pendant la nuit et un nez mal mouché au réveil) tout près de mon visage, un mouvement, aussi, qui n'était pas de la lumière mais quelqu'un qui bougeait avec impatience. Mathieu ne bougeait jamais comme ça, le matin, au lit, ça ne pouvait donc pas être lui... J'avoue que j'avais complètement oublié la présence de Sébastien et que j'ai sursauté en ouvrant les yeux. Deux yeux bruns, un nez retroussé et un grand sourire flottaient à quelques centimètres de mon visage. Ce n'était pas Mathieu mais cela lui ressemblait étrangement, comme le visage de Mathieu redevenu enfant.

«Allô!

— Bonjour, Sébastien... »

J'ai refermé les yeux. Je n'avais pas du tout envie d'être réveillé par un enfant. Surtout qu'il était 6h22. Je me suis dit si je ne bouge pas, si je fais semblant de dormir, il va repartir, il va aller se recoucher, au pis aller il va aller réveiller son père...

Un index sur mon épaule. Une fois, deux fois, trois...

«Viens jouer!»

Les yeux cernés — je m'étais regardé dans le miroir de la salle de bains et j'avais eu peur —, l'air sûrement ahuri, je me suis retrouvé à six heures trente du matin sur le plancher du salon, à faire un puzzle de vingt-quatre morceaux représentant des lapins, des écureuils et quelque chose ressemblant à une marmotte, qui dansaient une ronde autour d'un feu de camp. L'absurdité de cette image ne m'avait pourtant pas frappé, la veille, mais là, penché sur le plancher, la tête lourde de sommeil, je trouvais ces animaux au comportement trop humain d'une laideur totale et quelque peu inquiétants. Les lapins avaient l'air presque méchants, les écureuils ressemblaient à des rats à la queue frisée et la chose qui pouvait être une marmotte, avait, je l'aurais juré, le vice inscrit dans la face. Et c'était là l'image des animaux qu'on imposait aux enfants...

J'ai pris un morceau de puzzle qui contenait la tête de la chose-marmotte vicieuse, justement, et j'ai demandé à Sébastien:

«Le trouves-tu beau, ton puzzle?»

La réponse ne s'est pas fait attendre.

«Ah! oui... C'est mon plus beau!

— Pourquoi tu dis que c'est ton plus beau?

— Parce que c'est le plus gros!»

Sébastien avait insisté pour étendre sur sa toast un morceau de fromage en tranche qui luisait comme du plastique dans la lumière blafarde du petit matin. Je m'étais fait un café pas trop fort parce que j'avais l'intention d'aller

179

me recoucher et j'essayais pendant que Sébastien dégustait sa beurrée de poison de trouver un subterfuge qui me permettrait à la fois d'aller rejoindre Mathieu dans le lit et de tenir occupé un enfant de quatre ans qui commençait sa journée...

Je me suis retrouvé au lit avec Sébastien et le maudit toutou.

J'avais beau prétendre que le toutou avait une extinction de voix, qu'il était épuisé de sa performance de la veille et qu'il avait une très grande envie de dormir, rien n'y fit: Sébastien, tout guilleret, voulait jouer, *exigeait* de jouer; pas question de faire «le bébé qui fait semblant de dormir» ou «le gentil petit garçon qui joue tout seul comme un grand garçon pendant que papa et Jean-Marc dorment tranquillement le dimanche matin...». L'heure était au fun, c'était du définitif, et rien ne le ferait changer d'idée.

Juste au moment où j'allais lui sauter à la gorge, Mathieu s'est réveillé, a chicané son fils de m'avoir dérangé si tôt le matin et s'est levé en emportant vers la cuisine un Sébastien hurlant comme un perdu et se débattant comme un diable dans un bénitier.

Je n'ai pas redormi, Sébastien a fait la baboune tout le reste de la matinée et Mathieu a eu l'air malheureux. Pauvre lui. Il faisait la navette entre mon bureau où s'était réfugié son fils et la chambre où je relisais pour me calmer quelques pages de Maupassant, de celles où, un dimanche après-midi qu'il fait chaud, des petits-bourgeois parisiens vont louer des barques quelque part au bord de la Marne...

«Votre première rencontre est un flop. Je le savais. C'était trop tôt. On aurait dû attendre.

— Mathieu, arrête de tourner autour du lit, tu me donnes le vertige.

— Qu'est-ce qu'on va faire? Chus quand même pas pour le cacher, c't'enfant-là! J'le verrai en dehors de la maison... Je l'emmènerai chez ma mère... c'est ça, j'irai passer des fins de semaine chez ma mère avec Sébastien... ça va les rapprocher...»

180

Je me suis levé, j'ai pris Mathieu dans mes bras.

«Laisse-nous le temps, Mathieu... À tous les trois... Sébastien va apprendre à pus me réveiller à 6h22, moi à pas me sentir obligé de faire le singe pour l'occuper et toi à moins t'en faire pour rien... »

Je n'en croyais pas un mot. J'en étais exactement au même point que Mathieu mais je ne voulais pas le lui avouer pour ne pas l'effrayer: cette première rencontre était bel et bien un flop. Mais pas à cause de Sébastien, à cause de moi. J'étais un vieux garçon de bientôt quarante ans aux habitudes bien ancrées et je refusais que mes fins de semaines soient... agrémentées, disons, de la présence d'une troisième personne, turbulente, irresponsable, dépendante, qui se glisserait entre Mathieu et moi, qui deviendrait le centre d'intérêt et dont, surtout, nous aurions la responsabilité. En un mot, j'étais jaloux d'un enfant de quatre ans et j'étais furieux.

Le reste de la journée ou, plutôt, les quelques heures que Sébastien passa encore à la maison lors de cette première visite, frisèrent de très près le ridicule. J'avais l'impression que Mathieu me cachait Sébastien, qu'il essayait qu'on ne se rencontre pas dans la maison pourtant pas très grande: j'entrais dans la cuisine où Sébastien dévorait un sandwich au jambon (il était à peine onze heures mais sa toast de six heures et demie était bien loin) et oups, tout disparaissait en quelques secondes, enfant, vaisselle, père, et je me retrouvais tout seul; même chose dans le salon lorsque je suis revenu de chez *Dumont* avec mon gros *New York Times* du dimanche sous le bras: les cahiers à colorier, les crayons de couleurs, les pinceaux, la gouache se sont volatilisés et il n'est resté dans l'air qu'une odeur de peinture à l'eau. J'ai fini par penser que j'avais la peste. Tout ce qui me manquait c'était une cloche autour du cou pour qu'on sache bien toujours où j'étais dans la maison et pour pouvoir fuir quand j'approcherais...

181

Évidemment, Sébastien a fini par demander son toutou. Mathieu s'est dévoué, je dirais même s'est démené, pour animer cette grosse chose molle qui avait tant fait rire son fils la veille, mais la voix n'était pas la même et Sébastien me réclamait à hauts cris. Mathieu lui disait pour la dixième fois que j'étais occupé — j'étais plongé dans la section des sports, moi qui n'y jette absolument jamais un coup d'oeil — et qu'il fallait me laisser tranquille. Une autre escalade vers les hauteurs d'une crise s'amorçait et je n'avait pas envie d'en traverser une fois de plus les trois grandes périodes immuables: l'exposition, le développement et la conclusion — les règles du discours ont-elles été copiées sur celles de l'engueulade? — alors je me suis levé, j'ai traversé la maison et je suis allé m'appuyer contre le chambranle de la porte de mon bureau.

Mathieu avait l'air misérable.

«On va s'en aller bientôt, Jean-Marc. Y fait beau, on va marcher, un peu, avant de prendre l'autobus...»

Je me suis penché sur Sébastien, j'ai pris la voix du toutou.

«En fin de compte, j'pense que j'vas m'appeler Sans-Allure. Qu'est-ce que t'en penses?»

Sa petite valise à la main, raide, sérieux comme un pape, Sébastien me faisait ses adieux. Il avait un peu pleuré parce qu'il voulait emporter Sans-Allure avec lui mais nous avions fini par lui faire comprendre que le toutou habitait avec nous, qu'il l'attendrait, et surtout que sa voix — ultime argument — ne pouvait pas le suivre. Après d'innombrables caresses et des embrassades à n'en plus finir, Sébastien avait fini par installer Sans-Allure dans ma chaise de travail en lui disant de bien travailler. Ça nous avait étonnés, Mathieu et moi, mais Sébastien m'avait jeté un regard qui en disait long. Il avait non seulement compris d'où venait la voix, mais aussi que cette pièce était mon bureau, que j'y travaillais et que, donc, une partie de Sans-Allure y travaillait aussi!

« Tu vas revenir nous voir? »

Je n'étais pas tout à fait sûr d'être sincère, mais que dire d'autre à un enfant de quatre ans qui s'en va?

« Ben oui. »

Pour lui, c'était l'évidence même et je fus surpris de voir qu'il n'avait pas l'air de s'être ennuyé.

J'ai serré Mathieu, visiblement en piteux état, dans mes bras et je l'ai embrassé.

« À tout à l'heure... Inquiète-toi pas avec ça... »

Sébastien s'est juché sur le bout des pieds.

« Moi aussi, j'en veux, un bec... »

Le beau temps s'étirait encore, mais plus immobile que la veille. Il avait beaucoup venté durant la nuit, l'érable s'était démené dans un concert de craquements de branches et de froissements de feuilles et je m'étais dit ça y est, demain matin il ne restera plus rien de l'été, ça va être la déprime. Mais les feuilles avaient tenu bon et la rue Bloomfield faisait encore miroiter ses ors et ses rouges lorsque j'ai repris ma place sur le balcon après le départ de Sébastien et de Mathieu.

Il ne me restait que quelques heures pour corriger mes copies mais je n'arrivais pas à me concentrer. J'avais envie de tout remettre au lendemain matin, comme un étudiant paresseux. En me levant plus tôt, j'aurais peut-être le temps... ou alors en me couchant plus tôt, la tête enfouie dans l'oreiller... Au moindre mouvement dans la rue, une voiture qui passait, un voisin qui descendait son escalier, une famille qui arrivait de bruncher sur la rue Bernard, je levais les yeux, je m'accrochais au fil ténu de l'anecdote, inspectant comment les gens étaient habillés, leur démarche, leur comportement selon qu'ils étaient solitaires ou en troupeau, leur façon de réagir quand ils se rendaient compte que je les observais. Enfin, tout pour éviter de penser aux vingt-quatre heures qui venaient de s'écouler. Bizarrement, le travail n'arrivait pas à circonscrire le flot de mes pensées: des bribes de conversation, des éclats de voix, des petits riens du week-end traversaient sans cesse mon esprit, l'emmenant très loin du thème imposé de la composition française et des règles de grammaire, alors qu'un chien errant ou un chat guettant les cabrioles d'un écureuil suffisait à me faire partir dans une espèce de coma dans lequel ma force de concentration devenait étonnante pour des détails absolument insignifiants et que je n'aurais jamais remarqués autrement.

Le coeur me restait bien un peu décroché, comme si le fil de mes pensées avait suivi par exprès un chemin parallèle à mes vraies préoccupations pour m'empêcher de souffrir, mais ça m'était égal, j'aimais bien cette sensation entre le malaise et une espèce de bien-être benoît. Je savais pertinemment qu'un énorme problème se posait dans ma vie et mon esprit s'arrangeait pour faire dérailler mes idées. Probablement pour gagner du temps. D'habitude, ce genre d'idées moroses m'amusent mais là je m'y complaisais. Ça m'a inquiété.

En fait, j'avais besoin de Mélène, de son rire, de sa chaleur. Et surtout de ses moqueries tonifiantes. Mais c'est Luc qui est arrivé. Et Luc est tout sauf tonifiant.

C'est peut-être le plus beau gars que j'ai eu dans ma vie, une « bête » comme on dit dans le milieu pour désigner quelqu'un qui sue la sexualité. Mais c'est malheureusement tout ce qu'il sue et on en a vite fait le tour. C'est faux, je suis méchant, il a des tas de qualités, mais je n'avais pas envie de le voir et lorsque je l'ai aperçu entre deux barreaux du balcon, sexy, sûr de lui, arrogant même, dans sa beauté, j'ai eu envie d'entrer me cacher tellement ces qualités n'étaient pas apparentes.

Pantalon de cuir moulant, veste de jean savamment délavée, chemise échancrée sur la virile touffe de poils frisés, il avait l'air d'une caricature de lui-même mais je savais très bien qu'il était parfaitement sérieux — « deadly serious», comme disent les Anglais —, jusqu'au moindre détail de son accoutrement, jusqu'à l'absence de bas dans le running shoe qui risque, sait-on jamais, d'affrioler un quelconque quidam dans le fond d'un autobus, pourvu que le pied soit tenu dans la bonne position et la jambe repliée de la bonne façon. Luc est un chasseur et ses victimes ne se comptent plus. Quand il descend d'un autobus où lorsqu'il sort d'un wagon de métro, des coeurs battent plus fort, des érections sont tant bien que mal dissimulées, des sueurs s'essuient discrètement. C'est vrai. Il le sait et en profite honteusement. Il se comporte en public comme la dernière des guidounes et en jouit sans retenue. Prendre l'autobus avec lui ou se promener sur la rue est une expérience unique: il drague absolument tous les gays qu'il croise et tous, même les plus fidèles parmi les couples les plus unis, tombent dans le piège et en sont absolument fous pendant dix grosses secondes. Mais je me rends compte que je le décris comme un monstre alors que c'est au demeurant un gars adorable. Quand on réussit à rester tout seul avec lui plus qu'un quart d'heure. Et qu'il n'y a pas d'homosexuel à plus de deux milles à la ronde...

Et j'ai été sept ans avec lui.

Il a secoué ses boucles frisées en rejetant la tête par en arrière et j'ai eu envie de lui dire bon, arrête, y'a personne d'autre que moi qui te regarde, tes appas ne me font plus d'effet depuis des années, lâche, un peu... Mais son rire était forcé et je l'ai regardé plus attentivement. Mon Dieu, Luc avait des rides autour des yeux! Et une pâleur sur son visage habituellement hâlé et pétant de santé, une fatigue mal contrôlée qui se traduisait par un affaissement des traits, un amollissement du profil, me disaient que quelque chose le tracassait. Il n'était pas venu me voir, comme il le prétendait, pour me parler de ce qu'on disait de moi dans le merveilleux milieu gay qui fréquentait le *Paradise*, mais pour autre chose qui le concernait lui et qu'il tardait à exprimer, comme s'il en avait eu peur. Pour le moment, il continuait ses railleries au sujet de mon «mariage».

185 ·

«C'est un échange intéressant: tu profites de sa jeunesse, y profite de ton argent...

— C'est dommage que tu deviennes si méchant, en vieillissant, Luc...»

Je savais que le mot «vieillissant» le ferait frémir. Il a tourné la tête dans ma direction très brusquement; toute fausseté, toute affectation avaient disparu de son visage. Il a ressemblé à Sébastien malheureux pendant quelques secondes.

«C'est dommage que tu deviennes si naïf, en vieillissant, Jean-Marc!»

C'était une bien petite flèche pour quelqu'un qui avait toujours eu la réplique dévastatrice. Décidément, c'était pas la forme, comme disent nos cousins de l'autre bord...

«Luc, c'est ma vie, et j'ai envie de la vivre moi-même, si tu me permets, okay? Tu vas quand même pas le traiter de profiteur toi aussi... Y travaille, y gagne relativement bien sa vie, ce qui était pas du tout ton cas quand on était ensemble...

— Y te paye-tu un loyer? Y paye-tu le téléphone? Y paye-tu quequ'chose? Si j'étais diplomate j'essaierais de tout te dire ça d'une façon plus détournée mais tu me connais, j'ai l'habitude de garrocher c'que j'pense à ceux à qui ça s'adresse... J'ai une tante qui était grand-mère à ton âge, Jean-Marc, veux-tu avoir l'air d'un grand-père de trente-neuf ans?»

J'ai mis ma main sur mon coeur comme dans les mauvais mélodrames.

«Touché. Ça fait mal, bravo.

— Le monde commence à jaser, Jean-Marc...»

Ça y est, on était de retour dans le «monde»...

«Le monde! Quel monde? Le subtil monde des bars? La généreuse et combien attentive crowd du «happy hour»? Ou alors tes amis acteurs qui ont ri de moi pendant tout le temps qu'on a été ensemble parce qu'y te pardonnaient pas ta mésalliance? Quoique, eux autres, y doivent avoir oublié jusqu'à mon existence...

— Mathieu a l'air d'un enfant à côté de toi, Jean-Marc,

comment veux-tu que le monde jase pas? C'est vrai que t'as l'air de te promener avec ton plus vieux, tu sais...

— T'as vraiment pas choisi la bonne journée pour me dire ça... Ou alors tu l'as très bien choisie, justement... Ah! pis continuez donc à rire de moi dans mon dos, ça va occuper vos entractes pis moi ça me fait rien...

— C'est pas vrai que ça te fait rien, j'te connais...

— Okay, ça me fait quequ'chose! C'est justement mon problème, ces temps-ci! T'aurais dû me voir, hier, avec le fils de mon plus vieux... *L'art d'être grand-père* dans toute sa beauté! J'ai mimé le wowal, j'ai écouté *Passe-Partout*, j'ai construit une station de pompier en minibrix, j'ai fait vingt-quatre fois un puzzle de vingt-quatre morceaux, j'ai mouché un nez qui coulait, pis? Ça te dérange-tu tant que ça? Ça change-tu quequ'chose à ton quotidien? Ça pertube-tu ton vécu? »

Je m'étais presque levé de ma chaise. Luc, si peu habitué à me voir fâché, me regardait avec des yeux ronds. J'ai fini ma bière d'un seul coup, j'ai failli m'étouffer, j'ai toussé. J'étais rouge de rage et d'humiliation.

Luc a posé une main sur mon bras, délicatement. Ça m'a un peu calmé.

« J'peux rien faire pour te faire changer d'idée, hein?

— Ah! non, ça... J'laisserai certainement pas échapper la première belle chose qui me soit arrivée depuis des années juste parce qu'on parle dans mon dos dans les coulisses du théâtre du Quat'Sous et au fond des bars gays du village! »

Luc se gratta l'entrejambe, ostensiblement, en écartant bien les genoux. J'ai aussitôt tourné la tête vers le trottoir. Un très beau gars passait devant la maison, les yeux levés sur l'entrejambe de mon ancien chum. J'ai laissé échapper un soupir d'exaspération.

« Si t'es venu me voir juste pour me parler de ça, Luc, dis-toi bien que t'es pas le premier et que de toute façon chus assez « vieux » pour régler mes problèmes moi-même, merci... »

J'ai regardé le gars s'éloigner dans la rue Bloomfield. Il

s'est retourné trois fois, a failli se buter contre un arbre. Alors j'ai attaqué.

«Si t'es pas déjà parti à sa poursuite, le nez à la hauteur de son cul, comme les chiens, c'est que t'as un grave problème... Vas-y, j't'écoute...»

Alors Luc a tout dit. Ça a été assez long, décousu et débridé, ça sortait tout croche, ça frôlait parfois le délire verbal pour ensuite se réduire à un murmure difficile à saisir, mais c'était en même temps d'une grande clarté parce qu'un même thème revenait sans cesse, comme une litanie: Luc, qui n'avait jamais eu peur de rien, était terrorisé. La panique se lisait dans chacun de ses gestes mal contrôlés, dans ces rides nouvelles qui venaient de me sauter aux yeux, dans sa voix qui se cassait sur certains mots, dans cette façon qu'il avait, nouvelle elle aussi, de se tasser sur sa chaise entre deux phrases pour reprendre son souffle.

Il était convaincu d'avoir le SIDA, pas moins, et si je ne l'avais pas connu si crâneur, si fanfaron, si baveux, pendant toutes ces années, j'aurais ri tellement certains de ses arguments étaient faibles. Mais sa terreur était telle que je l'écoutais bouche bée, sans l'interrompre, même au milieu des suppositions les plus extravagantes. D'après ce que je comprenais, il n'avait aucun symptôme du SIDA, il ne ressentait aucune fatigue, n'avait pas de lésions sur les jambes, il ne se sentait même pas malade du tout, il était seulement convaincu de l'avoir à cause de la vie qu'il avait menée! Je m'attendais d'une minute à l'autre à ce qu'il me dise qu'il était puni par où il avait péché ou que le bon Dieu lui-même avait décidé de le châtier: la bonne vieille punition bien méritée planait sur tout ce qu'il disait, lui qui avait toujours craché sur le destin en disant à qui voulait l'entendre: «J'ai rien qu'une vie à vivre, pis j'veux la vivre en dessous de la ceinture!»

Des statistiques lues dans les journaux ou dans des revues spécialisées se mêlaient au nombre de gars qu'il avait passés par année depuis vingt ans, des bosquets du Mont-Royal aux toilettes de *La Baie*, en passant par les meatracks des années soixante-dix, les salles obscures de cinémas pornos et les arrière-cours de la rue Tupper; des mines de partenaires sûrement «atteints» lui revenaient en mémoire après des semaines ou même des mois, quelques «rencontres» dont on lui avait dit qu'il était possible qu'elles en soient victimes et dont la seule pensée le faisait frémir; un ou deux amis avec qui il avait couché il y avait très longtemps, vraiment très longtemps, mais qui sait..., et qui avaient «disparu» ces derniers temps...

«Tu comprends, j'peux pas pas l'avoir... Ça se peut pas... Sur le nombre de gars que j'ai rencontrés depuis mon adolescence, c'est impossible qu'y'en ait pas eu un seul qui avait pas été en contact avec quelqu'un qui l'avait...

— As-tu fait analyser ton sang?

— Oui. Y'ont rien trouvé mais ça veut rien dire. Des fois, y voient rien pendant des années...»

J'avais presque l'impression qu'il voulait l'avoir. Il aurait peut-être même été soulagé d'apprendre officiellement qu'il en était atteint. Mais, chose curieuse, au lieu de calmer ses appétits sexuels, ce qui était pourtant le cas des gays d'Amérique du Nord qui, disait-on, étaient en train de changer de vie par peur d'attraper le virus, sa peur à lui exarcerbait ses envies et, m'avoua-t-il avec un air pitoyable, il n'avait jamais tant baisé que depuis que cette affreuse idée lui trottait dans la tête. Il était actuellement plongé dans une frénésie sexuelle qui l'inquiétait autant que la maladie qu'il croyait avoir, parce qu'alors il était peut-être lui-même en train de la propager!

«C'est difficile à expliquer... J'devrais avoir peur de contaminer les autres... j'ai peur de les contaminer, aussi, mais en même temps j'ai un besoin... monstrueux, j'pense que c'est le mot, monstrueux, de baiser avant que ce soit pus possible... avant les symptômes... les vrais, ceux qu'on peux pas nier... Cinq minutes avant de partir draguer j'me convaincs que je l'ai pas pis aussitôt que j'ai fini j'me dis que si je l'avais pas j'viens de l'attraper pis que si je l'avais j'viens de le donner! Pis je recommence! C'est insupportable, Jean-Marc! J'connais des gars qui ont franchement peur de baiser, leur problème est résolu: y se sont condamnés à être frustrés pendant un bout de temps, mais moi... J'me couche, des fois, le soir, épuisé mais quand même insatisfait, pis j'me trouve tellement ridicule! Ça devient évident que je l'ai pas... J'en suis absolument convaincu, c'est clair comme de l'eau de roche, ça crève les yeux: si je l'avais, je serais déjà malade depuis longtemps, je serais enfermé quequ'part dans un hôpital, ou alors je serais en train de mourir «dignement» dans mon lit, entouré d'amis très chers, enfin ceux qui auraient pas trop mal au coeur de moi, alors pourquoi m'inquiéter? Pis sais-tu c'que je fais? J'me relève, j'me relève, Jean-Marc, pour aller risquer une dernière fois de l'attraper! »

Le récit des frasques sexuelles de Luc m'a toujours laissé un peu estomaqué. Depuis que nous ne sommes plus ensemble, on dirait qu'il m'a choisi comme confesseur, en tout cas comme confident, pour garder une partie de mon attention, pour rester présent dans ma vie, comme s'il refusait de me voir disparaître complètement. Nous ne nous fréquentons plus du tout mais régulièrement je le vois arriver avec ses derniers potins et, surtout, ses derniers exploits, excité comme une puce de m'apprendre qui couche avec qui dans le milieu artistique et sérieux comme un pape dans la description de ses conquêtes les plus récentes. J'ai droit à tout: la rondeur des culs, leur expérience, leur spécialité. Il m'arrive de rougir devant certains téléromans tellement j'ai l'impression de connaître les habitudes sexuelles de quelques-uns des jeunes acteurs qui s'y produisent.

La plupart du temps il me déprime parce qu'il me rappelle une époque de ma vie dont je ne garde aucun bon souvenir — j'ai été le cocu le plus naïf de Montréal pendant de trop longues années pour ne pas en ressentir encore l'humiliation — mais cet après-midi-là, dans la touffeur d'un octobre trop chaud, j'ai eu pitié de lui et je lui en ai voulu. La pitié est le pire des sentiments, je le sais, mais Luc était vraiment pitoyable avec ses convictions contradictoires et ses peurs à la fois atroces et légitimes. Je le comprenais très bien d'avoir peur du SIDA parce qu'il baise à gauche et à droite depuis toujours et que ses fréquents voyages à New York sont toujours des plus «hot», comme les miens autrefois, mais je n'avais pas envie de le consoler parce qu'il réagissait encore devant un problème comme un adolescent têtu.

Je l'ai vu vieillir devant moi pendant son récit, son visage perdait son beau hâle et devenait gris, son dos se courbait et ses mains, souvent, étaient prises d'un tremblement; ça non plus je ne le lui ai pas pardonné.

Je n'ai rien fait pour lui. Je l'ai laissé dans son trou. Mais je n'étais pas sûr qu'il était vraiment venu chercher de l'aide, de toute façon: peut-être voulait-il seulement agiter son malheur sous mon nez comme il lui arrive si souvent de le faire avec ses bonnes fortunes. Je le connais assez pour savoir qu'il ne faut jamais interpréter ce qu'il dit au premier degré. Il avait vraiment peur, c'est sûr, mais je croyais deviner une sorte de malsaine délectation sous cette première couche de peur et je l'aurais battu. Il jouait peut-être encore avec le destin. Et le pire c'est qu'il avait des chances de gagner parce que c'est le gars le plus chanceux que je connaisse!

Mais je ne pouvais pas non plus être sûr que son cynisme allait jusque-là, alors je ne savais plus sur quel pied danser. C'est d'ailleurs presque toujours le problème avec lui: il désarçonne tellement qu'on finit par ne plus savoir comment le prendre.

J'allais le laisser partir sans avoir rien fait pour lui — j'avais bien lâché quelques paroles d'encouragement, tout à fait inutiles, d'ailleurs, et quelques vacheries pour essayer de le dérider, mais rien de vraiment sérieux parce que je ne savais pas ce qu'il voulait de moi, en fin de compte — lorsque j'ai vu Mathieu qui remontait la rue Bloomfield. Ai-je besoin d'ajouter que je n'avais pas du tout le goût de les présenter l'un à l'autre? Je me suis calé dans le fond de ma chaise. J'avais envie de lancer mes copies dans les airs, comme des confetti, en criant advienne que pourra...

Luc est très civilisé et n'aurait jamais attaqué Mathieu de front mais je n'avais pas non plus l'intention de le regarder essayer de séduire mon chum sous mes yeux tout en riant de lui intérieurement. Mais une autre surprise m'attendait — c'était vraiment une fin de semaine à marquer d'une pierre blanche.

Ils se connaissaient.

Je n'ai pas eu besoin de les présenter, il ont sursauté à peu près en même temps en se reconnaissant et Mathieu est devenu tout rouge. Luc, lui, a eu ce petit sourire que je connais bien et qui n'augure rien de bon.

«J'aurais dû penser que c'était toi quand j'ai appris que tu t'appelais Mathieu. Y'a pas beaucoup de Mathieu de ton âge, à Montréal... »

Mathieu lui a tendu la main. Ce ne fut pas très chaleureux. Mathieu s'est appuyé contre la rambarde du balcon.

«J'aurais dû penser que c'était toi quand Jean-Marc m'a dit que t'étais acteur, que tu t'appelais Luc et que tu jouais dans une continuité, à la télévision. Ton personnage de bègue revient-tu cette année? »

Une petite pointe de mépris s'était glissée dans la remarque de Mathieu et Luc l'a reçue en plein coeur. Son personnage de bègue amusait tout le Québec depuis deux ans et l'avait rendu immensément populaire mais l'émission dans laquelle il jouait était une merde immonde et il le savait très bien.

Il s'est raclé la gorge, s'est levé à demi de sa chaise, genre bon, ben j'pense que j'vas y aller, mais Mathieu l'a retenu.

«J'ai quequ'chose qui t'appartient, depuis des mois, mais j'avais pas ton numéro de téléphone... »

Il est entré dans la maison.

J'ai laissé échapper une des répliques les plus niaiseuses de ma vie:

«Comme ça, vous vous connaissez... »

Luc s'est rassis en souriant.

«Oui...

— Avez-vous...

— Certainement. Mais juste une fois. J'ai trouvé que c'était une ben mauvaise botte... »

192

Pour un gars démoli par la peur, il savait où frapper.

«Tu disais ça de moi, Luc, quand tu m'en voulais, et j'me considère pas du tout comme une mauvaise botte...»

Il a franchement ri. Ça prenait donc ça, une situation un peu équivoque, pour lui rendre sa bonne humeur. Je me suis penché vers lui.

«C'est arrivé quand, votre petite aventure?...

— Wof, au commencement de l'été... peut-être au mois de mai...

— Ça veut dire que si t'as vraiment le SIDA...»

Il s'est tapé sur la cuisse.

«Si tu vois des petites taches rouges apparaître sur la plante de tes pieds, tu sauras qui remercier...»

Et voilà, la dérision refaisait son apparition, Luc était de retour. Il avait rajeuni en deux minutes, ses couleurs lui étaient revenues, seules demeuraient les rides qui, elles, étaient définitives.

Mathieu est ressorti de la maison avec le chandail qu'il portait le soir où nous nous étions rencontrés.

Luc s'est levé de sa chaise.

«Ah! c'est toi qui l'avais...

— Ben oui... Y m'a porté chance, je le portais quand j'ai rencontré Jean-Marc... J'espère que tu l'as pas trop cherché...

— Les premiers jours, oui, mais j'savais pus au juste à qui je l'avais laissé...

— Oui, je sais, tu t'étais vanté que j'étais la troisième conquête de ta fin de semaine et j'étais parti plutôt rapidement, avant même qu'on ait baisé...»

Luc a un peu pâli, mais très peu. J'aurais embrassé Mathieu. Luc déteste rien tant que de se faire surprendre à mentir.

Et j'avoue que j'étais un peu soulagé qu'il ne pense pas vraiment que Mathieu était une mauvaise botte.

193

Luc est resté encore une petite demi-heure, soit pour prolonger le malaise qui s'était installé sur le balcon depuis l'arrivée de Mathieu (il en est capable) soit, ce qui est pire, pour ne pas laisser à Mathieu l'illusion qu'il le faisait fuir. J'ai donc fait les frais de la conversation. Ça a achevé de m'épuiser. J'avais l'air d'un vrai fou, assis entre eux deux, à leur parler chacun à son tour, surtout qu'ils ne répondaient que par monosyllabes, comme s'ils avaient boudé. Nous étions là, en rang d'oignons, les pieds posés sur la rambarde, et ma tête se tournait vers l'un ou vers l'autre comme une girouette.

Enfantin.

Luc a fini pas se lever en se grattant l'entrejambe. Les adieux furent plutôt froids; je crois même que Luc et Mathieu ne se sont pas regardés dans les yeux. Luc n'a pas dit son fameux «on s'appelle et on déjeune», qui nous faisait tant rire à l'époque où nous vivions ensemble et que nous avions gardé comme formule de complicité. Il est parti vers d'autres aventures sans se retourner, exagérant le tangage de sa démarche, sûr de son effet, insolent même de dos.

Nous avons mangé une salade de crevettes presque en silence. Je crois que nous n'étions pas encore prêts à parler du week-end qui s'achevait.

Et j'avoue que pour ma part l'enfant et le SIDA c'était beaucoup pour la même fin de semaine!

Mais nous avons fait l'amour d'une façon particulièrement douce, ce soir-là. Ce ne fut pas l'ultime extase, les grandes orgues ni le sprint final multicolore, mais une cérémonie mineure pleine d'attentions, d'émotion, de retenue. Nous nous sommes avoué notre désarroi à travers des caresses presque pudiques et des baisers à peine fiévreux. Je me sentais très adolescent; j'aurais voulu étirer ce moment-là jusqu'à la fin des temps, comme les premières fois qu'on fait l'amour; j'aurais voulu que le monde devienne un lit plein de douceur aux draps frais et aux ébats reposants plutôt qu'épuisants.

Je n'ai évidemment pas dormi de la nuit, ou très peu, et ce sont mes élèves qui en ont subi les conséquences. Je crois même que j'ai été odieux avec eux pour la première fois de ma vie: plutôt que de leur avouer que je n'avais pas travaillé de la fin de semaine, que je n'avais donc pas lu leurs compositions, je leur ai fait une espèce de sortie contre les étudiants sans coeur qui se foutent non seulement des matières qu'on leur enseigne mais surtout de leurs professeurs qu'ils prennent pour des imbéciles en produisant n'importe quoi comme travaux. Mais j'ai peut-être visé juste parce qu'ils n'ont pas réagi.

J'ai lancé le paquet de feuillets dans les airs en leur disant de tout recommencer pour le lendemain. Là, j'ai eu des réactions. Et ça a très mal fini. J'avais dorénavant une trentaine d'élèves contre moi et nous n'étions qu'en octobre!

«Ce qui m'enrage le plus, c'est que j'ai l'impression d'avoir perdu mon temps, pis j'm'en veux de penser comme ça!»

Mélène n'avait pas ri. Au contaire, elle m'avait écouté avec le plus grand sérieux, se retenant même pour ne pas éclater de rage au récit de la visite de Luc qu'elle n'avait jamais pu sentir, et se contentant de sourire de mes mésaventures avec Sébastien. Je lui avais tout dit: le puzzle, le wowal, le repas manqué, mon angoisse devant un enfant de quatre ans qu'il faut occuper pendant des heures, les grands yeux innocents en quête de tendresse ou d'approbation et, surtout, cette impression de perdre mon temps parce que je n'avais jamais rien voulu du tout et que les enfants ne m'avaient jamais intéressé.

Elle et Jeanne n'avaient pas aperçu Sébastien parce qu'elles avaient passé la fin de semaine chez des amies lesbiennes radicales des Cantons de l'est avec qui elles ne s'entendaient pas très bien mais qu'elles continuaient à fréquenter de loin en loin « for old time's sake ».

Elles étaient revenues déprimées, tard le dimanche soir, comme après chacun de ces voyages qu'elles s'imposaient deux ou trois fois l'an. Au début, quelques années plus tôt, elles s'étaient amusées de ce refus systématique de l'homme que prônaient leurs amies, les roches garrochées au facteur, les bêtises criées aux policiers qui avaient osé se présenter pendant une beuverie particulièrement bruyante, le langage féminisé à l'excès (« La soleil est belle à matine », ou bien « T'as de belles yelles bleues », etc.), l'exclusion des chats en faveur des chattes, la chasse à tout ce qui était masculin par haine pure et totale du mâle, mais à la longue, alors que cette lubie avait dégénéré en quelque chose qui ressemblait à une folie obsessionnelle, mes deux amies avaient débarqué complètement et s'étaient éloignées de plus en plus de ce groupe de femmes qui se coupaient du monde pour s'enfermer dans un ghetto sans issue, une désolante pauvreté intellectuelle et physique voulue. Mélène avait connu quelques-unes de ces femmes très jeunes, les aimait beaucoup et souffrait de les voir ainsi se « gaspiller », comme elle le disait, dans des enfantillages impardonnables plutôt que de s'attaquer aux choses essentielles.

Elle n'avait pas eu le temps de me raconter son voyage, je l'avais prise d'assaut aussitôt arrivé chez elle à l'heure du lunch.

Pour une fois je mangeais ce qu'elle me servait sans trop m'en apercevoir. J'étais bien loin de penser à mon junk food et elle en profitait pour me nourrir « santé ».

Elle me resservit d'une soupe épaisse qui goûtait un peu trop vert et qui raclait la gorge.

« Pourquoi t'en parles pas à Mathieu, plutôt que de m'en parler à moi? »

Niaiseuse! Il me semblait que c'était évident!

J'ai soufflé sur mon assiette.

« C'est trop délicat... pour le moment. Son fils, y le voit dans sa soupe, c'est normal... Tout ce que je souhaite c'est de finir par être fou de c't'enfant-là un jour... Mais j'en doute. Et j'ai peur. Y'a trop de choses compliquées dans cette relation-là, Mélène, on dirait que rien n'est jamais simple, sauf quand on est tous les deux tout seuls! »

À ce moment-là je pense que c'est elle qui me trouvait niaiseux. Avec raison. Mais, comme ses amies des Cantons de l'est, j'aurais eu envie, moi aussi, de m'enfermer dans un ghetto avec Mathieu. Plus de Cegep de mon côté, plus d'enfant du sien. Élémentaire et parfaitement ridicule.

J'ai repoussé l'assiette de soupe verte.

« J'vais essayer d'y parler. Mais ça va être dur parce que chus pas sûr qu'y'a envie de parler lui non plus.

— Veux-tu que j'y parle, moi? »

C'est exactement ça que j'étais venu chercher, je le savais, maintenant. Et je me serais battu.

MATHIEU

La salle d'attente était remplie de jeunes hommes pomponnés, fleurant fort et bon les parfums à la mode, faussement décontractés, un peu trop bien habillés pour cette heure matinale et, surtout, aux aguets de tout ce qui se passait autour du bureau de Francine Beaupré, la secrétaire, qui, elle, régnait au milieu de tout ça comme un crieur de numéros dans une partie de bingo. Il faut dire qu'être secrétaire d'une agence de casting, ça donne de l'importance: on lui souriait là comme on ne lui souriait probablement jamais dans la vie, on lui faisait un brin de cour, même les gays les plus maniérés, on la complimentait sur ses vêtements, sa coiffure, son vernis à ongle, son rouge à lèvres, son maquillage, on lui apportait de petits cadeaux (des tous petits pour ne pas avoir l'air de l'acheter, évidemment), on frémissait quand son intercom sonnait sur son bureau ultramoderne en verre fumé gris, on lui faisait des mines d'espoir quand on entrait dans le studio et des mines triomphantes ou déconfites quand on en ressortait selon que ça avait «bien été» ou non.

Francine Beaupré n'avait aucune espèce de pouvoir sur le choix définitif des candidats pour les tournages de films ou de commerciaux, mais c'est elle qui leur téléphonait, c'est elle qui connaissait le plus le catalogue de photos et de cv de l'agence, qui «conseillait» souvent un nom plutôt qu'un autre à ses patrons, selon ses humeurs — et la «gentillesse» de celui qui le portait... Il fallait donc la

201

ménager, la cultiver, l'arroser, sans que ça paraisse trop, cependant, sans qu'on puisse dire: un tel achète les secrétaires d'agences. Tout se faisait donc dans une espèce de fausse bonhomie, comme si rien de ce qui se passait dans ce bureau n'avait d'importance alors que chaque candidat présent était prêt à écraser tous les autres pour figurer dans un commercial de savon, de liqueur douce ou, parce que c'était très payant, de bière.

Et quand on décrochait quelque chose il fallait évidemment la «remercier». Elle sortait donc beaucoup. On la voyait souvent au bras de fort beaux jeunes hommes, toujours différents, toujours déférents, aux premières de pièces attendues ou de chanteurs français qui essayaient de ranimer ici une carrière qui s'éteignait là-bas, à des concerts rock et même à l'Opéra de Montréal qu'elle détestait mais dont elle aimait beaucoup le public sophistiqué et surtout riche et influent. Elle répétait aux premières montréalaises ce qu'on faisait dans son bureau: elle flattait qui il fallait, comme il le fallait, tout en faisant semblant de rien.

Ses préférés la portaient aux nues, ceux qu'elle négligeait d'appeler la vouaient aux gémonies.

Mathieu, pour sa part, la trouvait tout à fait ridicule.

Il avait d'ailleurs été étonné qu'elle l'appelle: il n'y avait jamais eu d'atomes crochus entre eux, et elle ne lui pardonnait pas cet air blasé qu'il arborait chaque fois qu'il se présentait à l'agence. Incapable de flatter qui que ce soit, Mathieu adoptait donc, lorsqu'il passait une audition, un comportement qu'il croyait simplement business mais que les secrétaires d'agences, habituées à tout autre chose, interprétaient comme de l'arrogance ou de l'indifférence à leur égard.

Il n'était donc pas tombé dans les bras de Francine en franchissant la porte, ne lui avait pas fait la bise, ne l'avait pas complimentée, ne lui avait pas demandé le nom du produit qu'il aurait à défendre, combien de gars avaient été appelés et «si elle croyait qu'il avait des chances». Il avait donné son nom après un bonjour poli et était allé s'asseoir à l'autre bout de la salle d'attente, près d'un garçon qu'il retrouvait à toutes les auditions et qui n'était pas trop insupportable.

C'est là qu'il avait appris qu'une bière bien connue cherchait de nouvelles têtes pour chanter à gorge déployée dans un commercial super-macho qui se passait à une partie de chasse, un slogan incroyablement con mais qui allait probablement devenir une expression à la mode pour quelques mois: «Tire-toé s'en donc une!»

Découragé, il avait regardé autour de lui. Effectivement, les gars qui l'entouraient étaient tous baraqués et apparemment fort sportifs; à côté d'eux, il faisait figure de Prince Charmant fluet pour conte de fées de maternelle.

Francine Beaupré l'avait-elle appelé pour rire de lui? Ou était-ce tout simplement une erreur? Il avait failli se lever, prendre son imperméable et sortir, puis s'était ravisé. Il boirait le vin jusqu'à la lie. Et, de toute façon, il n'avait rien à perdre. Un contact est toujours un contact. Si le metteur en scène n'avait pas besoin de lui pour de la bière, il pourrait peut-être penser un jour à lui pour autre chose...

Il s'était donc réfugié dans ses pensées, plutôt moroses depuis quelques jours, en attendant d'être appelé.

Il avait été dévasté par le week-end avec Sébastien et Jean-Marc. Il avait l'impression d'être responsable de l'échec de cette rencontre et s'en voulait de ne pas avoir réussi à les rendre sympathiques l'un à l'autre. Non, ce n'était pas tout à fait exact. Sébastien avait beaucoup aimé Jean-Marc. Il l'avait trouvé «gentil» et «comique», il avait même dit qu'il avait hâte de le revoir. Mais Jean-Marc?

Comment faire? Comment arriver à parachuter dans les bras d'un vieux garçon de presque quarante ans habitué à ses petites manies et à sa tranquillité, un enfant turbulent, envahissant, qui se sentait chez lui partout et qui ne demandait encore rien d'autre à la vie que de s'amuser le plus souvent possible et le plus fort possible? Comment lier ces deux pôles de sa vie, ses deux raisons de vivre, sans les imposer l'une à l'autre? Garder Sébastien loin de

Jean-Marc? Mais pour combien de temps encore?

Il avait pensé retourner vivre chez sa mère, tout laisser tomber, se laisser lui-même glisser dans la demi-dépression qu'il avait connue après avoir quitté Louise, choisir de toucher le fond tout seul en espérant avoir la force de ressurgir avant qu'il ne soit trop tard, mais tout ça était enfantin, il le savait. Il avait tendance à tout dramatiser, à se complaire dans des problèmes qui étaient souvent loin d'être insolubles, mais il savait que cette période de dépression était habituellement assez courte et qu'il fallait attendre qu'elle soit passée pour agir. Il aurait voulu avoir l'énergie pour combattre, il n'avait que la force de subir. En attendant, il était malheureux comme les pierres et cette audition qu'il se préparait à passer n'allait rien arranger, il en était convaincu.

On lui avait prêté une chemise carreautée, un fusil de chasse et une bouteille de bière au bouchon dévissable. Arrange-toi avec ça...

Derrière la caméra, à part le réalisateur et la script, se trouvaient quatre messieurs en complet veston, les clients de Toronto, qui avaient froncé les sourcils en le voyant entrer dans le studio. Il avait eu envie de leur dire ben oui, je le sais, chus trop feluette pour vous autres, mais c'est pas de ma faute, c'est eux autres qui m'ont téléphoné... Mais le metteur en scène avait été assez gentil avec lui alors qu'il aurait pu lui dire qu'il n'avait pas de temps à perdre — il lui avait expliqué que la brasserie en question voulait rajeunir son image et cherchait de jeunes et sympathiques nouvelles têtes —, la script lui avait souri avec beaucoup de chaleur, alors il avait décidé de se jeter à l'eau. On sait jamais.

La chemise était beaucoup trop grande et le fusil très pesant. Pour la troisième fois Mathieu posa la bouteille de bière sur la table le plus fort qu'il pouvait — «comme un homme» lui avait dit la script, au premier essai, en lui faisant un clin d'oeil complice —, prit le fusil dans ses bras et s'époumonna: «Tire-toé-s'en donc une!»

Un des trois clients de Toronto leva les yeux au ciel en prononçant un «My God!» d'exaspération.

Mathieu laissa tomber le fusil sur la table.

«Moi non plus, j'ai pas de temps à perdre. J'ai une tête jeune et sympathique mais je sais que c'est pas la bonne. Excusez-moi...»

La chemise à carreaux alla rejoindre la bière et le fusil sur la table.

«Photographiez donc ça, ça va faire une belle nature morte!»

Avant de sortir de l'agence, il apostropha Francine Beaupré qui faisait la cute devant un nouveau candidat, une espèce de lutteur aux yeux porcins mais aux muscles saillants sous sa chemise trop serrée et trop légère pour cette fin d'octobre:

«Vous me rappellerez quand vous aurez un commercial de lait!»

L'automne était arrivé pendant la nuit. Tout d'un coup. Plus d'été des Indiens, plus de douceur dans l'atmosphère, plus de couleurs aux arbres. Le vent avait emporté les feuilles, le ciel s'était couvert, la pluie, un orage d'automne qui sentait déjà novembre et les premiers gels, était venu tout mouiller, tout noyer. Montréal avait la tête basse.

En remontant la rue Bloomfield, Mathieu pensait à la beauté d'Outremont, la veille encore, à l'émotion qu'il ressentait quand il descendait de l'autobus pour rentrer chez Jean-Marc, lui qui avait été élevé dans une rue sans arbres, dans un quatier sans arbres. Du jour au lendemain, tout était devenu laid, comme si Outremont avait été en transition entre le délire du bouquet final de l'été et l'attente de la première tempête de neige.

Tout ça allait très bien avec son état d'âme et il y prenait un malin plaisir, comme à Provincetown quelques semaines plus tôt.

Mélène venait vers lui avec un énorme sac de provisions dans les bras. Il s'offrit à l'aider. Elle refusa gentiment, prétextant que c'était là son seul exercice de la journée. Ils montèrent l'escalier en même temps.

«Tu travailles pas, aujourd'hui?»

Il s'étaient arrêtés sur le palier qui séparait le balcon de Jean-Marc de la porte de Mélène.

«J'ai fini plus tôt parce que j'avais une audition...

— Pis, comment ça a été? À ton air, j'ai l'impression que t'as pas fait un triomphe...

— C'est mon quatrième flop de suite... Y cherchent juste des gros beus, que c'est que tu veux que je fasse...»

Mélène fit passer son paquet d'un bras sur l'autre.

«Viens-tu prendre un café? Tu me conteras tout ça...

— J'voulais justement aller te voir... Jean-Marc a dû te parler du week-end qu'on vient de passer... J'ai tellement l'impression qu'y s'est fait chier!»

JEAN-MARC

Le téléphone.

Je suis en pleine sauce béchamel, une des choses que je déteste le plus faire au monde mais que Mathieu adore — oui, j'en suis encore, après deux mois, aux petits plats, aux chandelles et à la musique soigneusement choisie, et pourquoi pas. Tant pis, ils rappelleront. Quatre coups. Cinq. Six. Ce doit être important...

« Allô? »

Une toute petite voix, lointaine et faible.

« Allô? Jean-Mak? C'est moi! »

Je sens la sueur me monter au front. Déjà que je n'aime pas beaucoup parler au téléphone...

« Bonjour, Sébastien, comment ça va? »

Une respiration, quelques borborygmes, un rire, des mots incompréhensibles. Puis le silence.

« Recommence ce que tu viens de me dire, là, Sébastien, pis parle plus lentement, j'ai pas compris. »

Même scénario. Je ne comprends pas un mot.

Panique.

« Sébastien... papa est pas encore arrivé du travail... rappelle plus tard... Ou plutôt non, j'vas y dire de t'appeler, okay? Beaux becs. »

Je raccroche comme un sans coeur, retourne à ma béchamel.

Dix secondes plus tard, le téléphone ressonne.

Est-ce que c'est sa mère qui compose ou si elle lui a

209

déjà montré comment faire?

Pissous, je décide de ne pas répondre.

J'étais convaincu d'avoir rassuré Mathieu après sa conversation avec Mélène. Du moins jusqu'à la prochaine visite de son fils, dans trois semaines. Non, Sébastien ne m'avait pas tombé sur les nerfs, oui je m'habituerais à sa présence, oui j'acceptais qu'il revienne. Avec plaisir, oui. Nous avions tous les deux évité de creuser plus loin, lui par peur de découvrir une vérité qu'il n'était pas prêt à affronter, moi pour me protéger d'une confession qui pourrait le blesser.

C'était vrai que j'acceptais de revoir Sébastien. C'était un sacrifice que j'avais décidé de faire, me disant que deux jours par mois ce n'était quand même pas la fin du monde. Mais je voyais avec horreur, je l'avoue, venir cette fin de semaine où je me retrouverais probablement à quatre pattes dans le salon à refaire le maudit puzzle de vingt-quatre morceaux.

En attendant, la vie continuait, plutôt mieux, d'ailleurs: Mélène, Jeanne et Mathieu devenaient de bons amis, ce dont je me réjouissais; les folles d'en bas nous laissaient en paix; les soupers de famille du samedi soir frôlaient souvent le délire tellement nous nous amusions; j'étais moins chiant avec mes étudiants.

Tout ça malgré un automne particulièrement vicieux.

Je retrouvais Mathieu tous les soirs avec une joie qui m'étonnait, parfois. Il m'arrivait, dans des moments tout à fait insignifiants, de l'aimer tellement que j'aurais eu envie de sauter dessus pour le remercier! D'exister. Et surtout d'être là. Ce sont des choses qui sont difficiles à avouer parce qu'on les trouve quétaines mais qui sont exaltantes à éprouver.

N'eût été cette idée de revoir Sébastien dans trois, deux, une semaine qui me trottait dans la tête, j'aurais été parfaitement heureux. J'en faisais presque une maladie. Cet enfant n'était pourtant pas un monstre, Seigneur Dieu!

Mais je tremblais chaque fois que j'y pensais. J'échafaudais même des plans pour être absent lors de sa prochaine visite!

Il continuait à nous téléphoner régulièrement. Je ne comprenais toujours pas ce qu'il me disait dans l'appareil et j'avais fini par ne plus répondre au téléphone entre cinq heures trente et sept heures du soir. Mathieu s'en était rendu compte et s'en amusait. Quand le téléphone sonnait à l'heure du souper, il faisait semblant de ne pas l'entendre et je finissais par perdre patience.

« Mathieu! Tu sais que c'est lui pis que ça me rend fou d'y parler au téléphone!

— Voyons donc! Y me demande chaque fois si t'es là pis chus obligé d'y mentir... Fais comme moi... J'comprends pas plus que toi mais j'dis «oui» pis «non» pis y'est très content! Parle-lui de la maternelle sans écouter ses réponses, dis-lui que tu l'embrasses bien fort pis qu'y'est l'heure d'aller se coucher, parle-lui de n'importe quoi, tout ce qu'y veut c'est entendre ta voix... »

C'est effectivement ce qu'il faisait, parfois pendant un grand quart d'heure; il s'assoyait sur le comptoir de la cuisine, le récepteur calé au creux de l'épaule et, tout en faisant autre chose — il se limait les ongles ou il parcourait un journal —, il émettait quelques grognements, il riait, il faisait le surpris au récit d'une aventure à laquelle il ne comprenait à peu près rien, le fâché si Louise lui avait appris un mauvais coup de son fils, l'intéressé alors qu'il écoutait à peine et tout ça finissait par une grande séance de becs mouillés tout à fait sincères: c'était à qui embrasserait l'autre le dernier et ça pouvait durer très longtemps. Ils jouaient tous les deux à celui qui ne voulait pas raccrocher le premier et ça semblait beaucoup les amuser.

J'ai essayé une couple de fois pour faire plaisir à Mathieu. Le flop total. La panique me prenait au bout de deux minutes, je devenais littéralement couvert de sueur, je bafouillais, j'étais plus incohérent que l'enfant de quatre ans qui faisait ce qu'il pouvait, à l'autre bout de la ligne, pour se faire comprendre. Un dialogue de dyslexiques.

211

Mais c'était vrai que Sébastien était content de me parler et ça a fini par me toucher. Même si j'écourtais de plus en plus nos « échanges ».

La semaine avant sa seconde visite, malgré de très sérieux efforts, je suis redevenu irritable.

Novembre déversait ses grandes eaux depuis plus de deux semaines. Montréal était salie — on ne peut plus dire « lavée » par la pluie depuis trop longtemps —, polie, usée, exténuée. Les feuilles avaient été balayées, les arbres faisaient pitié dans leur dénuement, les rues étaient vides en attendant la première petite neigette qui mettrait un peu de gaîté dans ce décor sinistre, en tout cas pour quelques heures, avant qu'elle ne se change en boue collante qui ferait sacrer les Montréalais. Tout attendait, mouillé, que quelque chose se passe.

Les jours raccourcissaient dangereusement. Je voyais avec anxiété venir le moment où il ferait déjà noir à la sortie des cours. Il n'y a rien de plus déprimant, je crois, que de sortir d'une journée de cours et de se retrouver dans ce début de nuit si laid de la fin novembre ou du début décembre, juste avant que la neige, quand par chance il en tombe, ne colore tout de bleu. On a vraiment l'impression d'avoir perdu toute une journée parce qu'il ne faisait déjà pas trop clair quand on est entré, le matin. On sort de l'éclairage blafard du Cegep pour tomber dans la lumière sale des rues et on se demande pourquoi on vit. Je ne sais pas pourquoi mais je déteste être obligé d'allumer les lumières de mon appartement quand je rentre du travail. J'ai l'impression qu'il est minuit et j'ai envie de me coucher...

Toujours est-il que novembre est le mois de l'année que je supporte le moins. Et ce novembre-là était particulièrement insupportable. Pour tout le monde.

La veille de la seconde visite de Sébastien, j'étais d'une humeur massacrante. Malgré la bonne volonté de mes étudiants qui, le sentant, avaient été étonnamment attentifs. Je suis rentré à la maison enragé, j'ai téléphoné au *Laurier Bar-B-Q* parce que je n'avais pas envie de popoter, je me suis installé au salon avec le *Journal de Montréal* pour essayer d'en rire, mais même ça n'est pas arrivé à me dérider. Et Mathieu qui ne finissait de travailler qu'à neuf heures!

J'étais fébrile, j'avais envie de me ronger les ongles, ce qui ne m'était pas arrivé depuis des années et, chose plus grave, je me serais volontiers paqueté, moi qui ne bois presque plus. Ah! oui, je serais avec plaisir parti en baloune... Un bon vieux week-end de beuverie adolescente avec vomissements, farces grasses, chansons cochonnes et tutti quanti. Une autre forme de fuite, évidemment.

Qu'allait-on faire de Sébastien sous la pluie pendant deux jours?

Cauchemar!

J'ai avalé poulet, frites grasses, sauce, pain, moka, Pepsi, sans trop m'en apercevoir, trop vite... et j'ai eu mal au coeur. C'était déjà ça de pris. Je voyais la fin de semaine qui s'annonçait à peu près dans les mêmes teintes: malaise après malaise, brûlures d'estomac après nausée, la vraie panique elle-même en personne.

Mathieu est arrivé tout souriant vers les dix heures moins quart.

«J'ai trouvé une solution à tes problèmes. Du moins pour cette fois-ci. J'emmène Sébastien chez ma mère, demain. Y se sont pas vus depuis des mois. On va même coucher là! »

MATHIEU

Sébastien dormait sur le sofa du salon. Rose lui tenait le pied gauche qui dépassait de la courtepointe, le pouce posé sur la plante, mais à peine, pour ne pas le chatouiller, le reste de la main enveloppant le pied comme une couverture, justement: les orteils de Sébastien dépassaient de la main de sa grand-mère comme sa tête de la courtepointe.

Mathieu se rappelait très bien cette manie qu'avait sa mère de réchauffer les pieds. Elle l'avait fait avec lui tant de fois quand il était enfant, sur ce même sofa, pendant les *Beaux Dimanches* ou les téléromans qui «commençaient trop tard». Il s'étendait près d'elle sous une courtepointe semblable, peut-être la même, qui leur venait de sa mère à elle, grande artiste gaspésienne qui avait saigné le canton de toutes ses guenilles pour produire ces couvertures étoilées qui avaient fait sa réputation et sous lesquelles on se sentait tellement en sécurité; il faisait semblant de s'endormir pendant *Septième Nord* ou *De neuf à cinq* et s'arrangeait pour étirer un pied vers elle...

Ce pouce sur la plante de ses pieds, cette douceur, cette tendresse accumulée sur une toute petite surface... La plante des pieds lui démangeait. Il aurait voulu redevenir l'enfant si facilement consolable qu'il avait été, pouvoir s'étendre près de Sébastien et dormir, lui aussi, en sachant qu'une main bienveillante, légère, imprimerait sur un des endroits les plus sensibles de son corps — il était très chatouilleux — un signe magique de complicité qui l'apaiserait.

Il venait de faire beaucoup de peine à sa mère, il le savait, et c'est lui qui avait envie d'être consolé!

Rose abandonna le petit pied de Sébastien pour se moucher.

Mathieu n'avait pas envie de continuer la conversation sur le même sujet mais il fallait bien conclure: on ne laisse pas une scène aussi importante en suspens, il faut l'assumer jusqu'au bout ou ne pas la provoquer du tout. (Il l'avait déjà retardée de tant d'années!)

«Tu vas quand même pas me dire que tu t'en doutais pas un peu, maman... »

Silence. Elle faisait celle qui n'arrive pas à parler parce que son émotion est trop grande.

«Maman... tu le savais... pis depuis longtemps! »

Rose le regarda en face pour la première fois depuis une bonne demi-heure. Pendant tout le temps de sa confession elle avait regardé dormir Sébastien, ou avait nerveusement trituré le bas de sa jupe en suivant du regard les fleurs du tapis.

«T'étais marié... pis t'avais un enfant...

— J't'ai tout expliqué ça... j'veux pas recommencer...

— J'ai compris, chus pas une épaisse! J'ai pas besoin que tu le répètes, ça fait assez mal de même! »

Elle reprit le pied de Sébastien, mais un peu trop brusquement; l'enfant bougea dans son sommeil, geignit.

«Que c'est qu'y va dire, lui, quand y va être assez grand pour comprendre?

— C'est pas de lui qu'y'est question, là, mais de toi. Lui, j'm'en occupe. J'vas l'élever de façon à ce que ces choses-là soient pas importantes... C'que je veux savoir, c'est comment toi tu réagis!

— Mais je le sais pas, Mathieu! Donne-moi le temps! Y'a une demi-heure on riait comme des fous de tes aventures dans les agences de publicité pis tout d'un coup bang, tu m'apprends ça, pis tu veux tu-suite savoir c'que j'en pense! Chus même pas sûre de te croire!

— Ben oui, tu me crois... Tu le savais depuis longtemps.

— Arrête de dire ça, c’est fatiquant! »

Son bon vieux caractère remontait à la surface; elle redevenait la Rose des grands jours, celle qui finissait toujours par se redresser au milieu des cataclysmes, qui prenait le taureau par les cornes avec une énergie qu’on ne lui aurait pas soupçonnée l’instant d’avant pour se battre jusqu’au bout sans jamais abandonner. Il aurait bien voulu être comme elle...

«Okay, j’m’en doutais... Quand tu revenais tard, le samedi soir, ou, plutôt, de bonne heure, le dimanche matin, après que t’ayes laissé Louise, c’est jamais le parfum de femme que tu sentais, bon, okay... Mais *j’voulais pas le voir*, es-tu capable de comprendre ça? Ça faisait assez peur à ton père, quand t’étais petit, parce qu’y te trouvait pas assez «mâle» que ça me tentait pas de m’avouer qu’y’avait eu raison! J’ai décidé depuis longtemps que c’t’homme-là avait eu tort sur toute, Mathieu, sur toute, que j’veux pas qu’y’ait eu raison sur quoi que ce soit! »

Elle poussa un soupir d’exaspération, but une gorgée de café froid.

«Excuse-moi, mes problèmes avec ton père ont tellement rien à voir avec c’que tu viens de m’avouer... Mais c’est vrai que c’est une des raisons qui m’ont empêchée de voir tout ça avant: j’voulais pas qu’y’ait vu quequ’chose avant moi...

— C’est pas juste pour ça, j’te connais...

— Ben non c’est pas juste pour ça... Y’a une raison d’orgueil, naturellement... Me vois-tu aller avouer ça à Georgette? Ça fait des années que son fils y’a dit, lui, qu’y’était comme ça, pis j’ai pas arrêté de la plaindre depuis tout ce temps-là pis de te vanter, avec tes succès auprès des filles pis ton beau gros garçon! »

Mathieu se rendit compte qu’il n’avait plus de cigarettes. Une panique de plus.

«Maman, arrête de juste penser à toi, pis pense à moi, un peu! Si j’te disais que j’te dis ça parce que chus bien pour la première fois de ma vie pis que j’veux que tu le

219

saches... »

Elle se pencha vers lui brusquement, comme pour le toucher, mais s'arrêta à mi-chemin de son geste. Son ton se fit plus doux.

« T'étais pas bien, avant?

— Non, pas vraiment. Là, je le suis, même si Sébastien peut devenir un problème... »

— Y veut pas voir Sébastien?

— Ben non, maman, change pas la conversation encore une fois! Écoute... J'te regarde dans les yeux, là, pis j'te dis que je l'aime... J'veux pas juste que tu le comprennes, j'veux que tu l'acceptes... »

Visiblement remuée, elle se leva et sortit du salon.

Mathieu crut que tout était fini. Même ici il ne trouverait ni réponse ni consolation. Il vint s'agenouiller sur le tapis, à côté de Sébastien, et posa son front près de la tête de son fils.

Rose revint presque aussitôt avec un paquet de cigarettes de la sorte que fumait Mathieu.

« Tu finis par en manquer chaque fois que tu viens ici... Je les avais mises au frigidaire pour qu'y sèchent pas. »

Elle reprit sa position, la main posée sur le pied de son petit-fils, mais son dos s'était un peu voûté.

« Continue. Conte-moi tout en détail, c'te fois-là. C'est la première fois que tu me dis que t'aimes quelqu'un, faut que j'écoute jusqu'au bout. Après... Après, j'vas y penser, là j'peux pas. »

Mathieu était resté assis sur le tapis près du sofa où dormait Sébastien. Son deuxième récit avait été beaucoup plus détaillé que le premier. Cette fois, il ne s'était pas contenté de survoler le sujet, il avait ajouté les détails, l'émotion, aux descriptions qu'il faisait de quelque chose qui ressemblait beaucoup, il s'en rendait compte en le racontant, à du bonheur. Cette fois sa mère ne l'avait pas quitté du regard. Il se sentait scruté, jugé, jaugé; elle plissait un peu les yeux dans les moments délicats ou lorsqu'elle ne saisissait pas tout de suite un détail mais son esprit restait très présent; il se rendit très vite compte que la façon qu'il avait de raconter sa rencontre avec Jean-Marc était aussi importante pour elle que la chose elle-même: elle le jugeait sur la sincérité de son récit.

Ça aussi c'était une de ses spécialités: elle pouvait détecter instantanément un mensonge, il l'avait assez expérimenté quand il était enfant pour s'en rappeler avec une grande précision. Quand elle disait: «Dis-moé ça en pleine face, pour voir!», il fallait se méfier parce que la moindre parcelle de mauvaise foi, le moindre recoin de mensonge ou même de demi-vérité serait traqué, dénoncé, écrasé. Ce n'était pas la première fois qu'elle lui demandait de recommencer une confession, après s'être contentée, la première fois, d'écouter en baissant les yeux. Elle commençait par accuser le coup sans rien laisser voir de ce qu'elle ressentait puis demandait qu'on recommence en vous dévisageant sans vous laisser une seule seconde de répit.

Il comprit, parce qu'il mettait toute son âme dans la relation de ce qui lui était arrivé depuis quelques mois, que la partie était gagnée et décida d'épargner à sa mère les problèmes avec Sébastien en espérant qu'elle ne se rende pas compte qu'il lui cachait quelque chose. Pourquoi l'affoler avec une situation dont il ne voyait pas lui-même toutes les implications et toutes les conséquences?

Il avait fumé six ou sept cigarettes et sa gorge brûlait.

«J'boirais bien quelque chose, mais y'est trop tard pour du café pis j'sais que t'as pas de bière...

— Comment ça, j'ai pas de bière! Va voir dans le frigidaire... »

Lorsqu'il revint au salon avec une Heineken bien froide, c'est elle qui paraissait nerveuse.

«Moi aussi j'ai quequ'chose à t'avouer...«

«Pis en plus y'est marié! Maman, là, vraiment, j'te reconnais pus!

— T'es bien mal placé pour me faire la morale, mon p'tit gars!

— J'te fais pas la morale, j'te dis que tu m'étonnes! Attaque pas avant que je commence à parler!»

Rose avait fait sa propre confession en s'agrippant presque au pied de Sébastien. Elle avait guetté les réactions de Mathieu en parlant, s'interrompant quand il sursautait — c'était la première fois qu'il entendait ouvertement parler de la vie sexuelle de sa mère et ne pouvait pas s'empêcher de laisser transparaître son étonnement —, butant sur les mots difficiles, ceux dont le trop-plein de signification explosait entre eux comme une petite bombe, hésitant entre laisser flotter un doute ou laisser entendre clairement que sa liaison n'était pas platonique... Elle avait fini par tout dire, elle aussi, mais elle n'était pas trop sûre de se sentir soulagée.

Depuis la mort du père de Mathieu, quinze ans plus tôt, il n'avait jamais été question des hommes entre eux. Rose avait eu plusieurs «chums» que Mathieu avait détestés et persécutés de coups de pieds bien placés et de crises de nerfs répétées jusqu'à ce qu'ils s'en aillent, écoeurés de cet enfant gâté qui n'acceptait pas qu'on approche de sa mère, mais ils ne s'en étaient jamais parlé ouvertement. Marié très jeune, Mathieu avait choisi d'oublier les frasques de sa mère, une femme pourtant en santé, encore très belle et très désirable, autour de laquelle les hommes avaient toujours tourné, même du vivant de son père. Et voilà qu'il l'imaginait en déshabillé affriolant, le samedi matin, guettant la sonnerie du téléphone, puis la sonnette de la porte...

«Ça dure depuis combien de temps, c't'histoire-là?

— Depuis avant que tu partes d'ici... On s'arrangeait pour se voir ailleurs... à cause de sa femme... pis de toi... À c't'heure, c'est plus... commode.»

Elle était rouge comme une tomate. Elle prenait de grandes respirations, s'épongeait le front avec des kleenex, s'éventait de la main.

«Quelle soirée! J'vas m'en rappeler longtemps!»

Mathieu était choqué et blessé en même temps. Choqué de son propre égoïsme, de ne pas s'être rendu compte plus tôt, parce qu'il avait toujours considéré la chose impensable, que sa mère pouvait avoir une vie sexuelle active, et blessé de son manque de confiance à elle qui ne lui avait jamais rien dit.

«Pourquoi tu me l'as pas dit? J'aurais pu disparaître, le samedi matin, vous laisser la place, chus pas un enfant, chus capable de comprendre ces affaires-là...

— Pis toi, pourquoi tu me l'as pas dit avant? Hein? C'est la même chose, Mathieu! Ça s'appelle de la pudeur mal placée! Si tu m'avais pas tout dit ça, aujourd'hui, j't'aurais peut-être jamais parlé de Paul, moi non plus... Même si j'avais une avance sur toi...

— Comment ça, une avance...»

Elle se pencha vers lui, lui passa la main dans les cheveux, d'un petit geste brusque, presque une tape, comme quand il était petit et qu'elle allait marquer un point dans une discussion.

«Moi, au moins, j'm'en doutais, de ton secret...»

Il eut franchement honte.

«Es-tu heureuse, même si y'est marié pis que t'es pognée à jouer le rôle de la méchante maîtresse?

— Oui. Tout à fait. Ça fait mon affaire parce je l'ai pas sur le dos à l'année longue comme avec ton père pis que... tu dois ben le savoir que c'est excitant, des fois, la clandestinité...

— On est heureux tous les deux pis on se le disait pas...

— Y'a des bonheurs qui sont plus difficiles à prendre que d'autres...

— Ou à avouer...

— Ou à avouer.»

«C'est qui, lui, là? Tu m'as même pas dit son nom au complet! Que c'est qu'y fait dans la vie?

— Pis le tien? Hein?»

«Comment ça se fait que vous pouvez vous voir le samedi matin? Sa femme se doute de rien?

— 'Est tellement épaisse... À' pense qu'y va faire des exercices dans un centre sportif... Y fait des exercices, mais pas ceux qu'a' pense...

— Maman, franchement!»

«Y'est-tu fin avec Sébastien, au moins?

— Y'essaye... mais y l'a vu juste une fois.»

Ce fut très long, passionnant et passionné, plein de larmes et de fous rires; ça ressemblait à la fois à un pyjama party et à une séance de cri primal; c'était douloureux et soulageant, exaltant mais inquiétant, aussi, parce que c'était fragile: un mot mal placé ou mal interprété aurait suffi à tout détruire. Mais les mots furent ceux qu'il fallait et la nuit passa sans qu'ils s'en aperçoivent.

Ils se couchèrent au petit matin, épuisés, Mathieu se serrant contre le corps chaud de son fils et s'endormant sur-le-champ, Rose, bouleversée de ce qu'elle avait avoué et de ce qu'elle avait appris, incapable de s'endormir, hypnotisée de sommeil mais les yeux grand ouverts sur le dimanche gris et froid qui s'annonçait.

Sébastien se fit petit et discret le plus longtemps possible; il alla même jusqu'à préparer son petit déjeuner tout seul — un bol de céréales, un verre de jus —, mais vers dix heures, n'y tenant plus, il alla sauter sur le sofa du salon où gisait son père, en chantant le thème de *Passe-Partout.*

La levée du corps fut longue et difficile. Mathieu avait l'impression d'avoir trop fumé, trop bu. Un vrai lendemain de veille, avec mal de tête, nausée et tout... Mais Sébastien, reposé et frais comme un nouveau-né, réclamait l'attention à laquelle il croyait avoir droit, un crayon de couleur à la main et le sourire aux lèvres.

Rose se leva vers midi, les yeux cernés mais une lueur nouvelle au fond des prunelles. Ils ne parlèrent pas de la nuit qu'ils venaient de traverser — une certaine pudeur était revenue — mais ils sentaient chacun de leur côté que la complicité qui venait de naître entre eux allait être durable, solide, sinon toujours exprimée à haute voix. Il ne fallait pas provoquer ces moments privilégiés, il fallait les laisser venir maintenant qu'ils les savaient possibles.

La journée se passa donc entre un film ennuyant à la télévision, des jeux plus ou moins amusants avec Sébastien, la lecture des journaux de la fin de semaine, un long bain à deux qui remplit l'appartement de cris et la salle de bains d'eau savonneuse: Mathieu lava les cheveux de Sébastien; Sébastien lava les cheveux de Mathieu.

Rose promena là-dessus un regard satisfait et ému. Après tout le bonheur de Mathieu ne valait-il pas mieux que ses préjugés à elle? Mais un arrière-goût, un rien d'amertume gâchait un peu sa journée: entre comprendre et accepter, il y avait un pas qu'elle n'avait pas encore franchi et qui serait probablement le plus difficile. Quand Mathieu et Sébastien furent sur le point de partir, vers cinq heures, elle prit Mathieu à part et lui dit:

«Demande-moi pas de le rencontrer tu-suite... Donne-moi le temps.»

Il la serra très fort dans ses bras, la berçant même un peu, comme un grand enfant.

«Fais-moi signe quand tu seras prête... Prends tout le temps qu'y te faut... Pis si c'est jamais, j'te le reprocherai pas.

— Ça sera pas jamais, mais j'sais pas combien de temps ça va prendre... »

Sébastien réclamait sa part de caresses, le taxi arrivait, ils se séparèrent rapidement.

JEAN-MARC

Eh bien oui, je l'avoue, je me suis ennuyé!

Le samedi, tout alla très bien; j'ai écouté beaucoup de musique — mon nouveau casque d'écoute est extraordinaire —, j'ai traîné dans la maison en faisant semblant de faire du ménage alors que je ne faisais que déplacer de la poussière, j'ai fait les courses chez Lemercier, j'ai acheté une dizaine de revues à la librairie, quelques locales, mais surtout des étrangères, comme tout bon Outremontais — je viens de découvrir *L'Événement du jeudi*, qui me passionne —, j'ai même travaillé un brin et en y trouvant un certain plaisir, puis je suis monté manger chez Mélène et Jeanne qui étaient seules, ce soir-là, et qui m'ont fait les farces habituelles sur le veuvage suspect du samedi soir. Je les ai rassurées en leur disant que Mathieu et Sébastien étaient chez «la belle-mère». Somme toute, une journée tranquille, assez agréable, où je retrouvais le plaisir d'expédier tout seul les petites niaiseries que je m'étais habitué à faire à deux depuis quelques mois.

Je me suis même permis une incartade: je suis sorti, tard le samedi soir, pour tâter le pouls des bars. Je n'avais pas l'intention de tromper Mathieu mais je n'avais pas non plus envie de finir la soirée devant l'appareil de télévision. Horreur et dépression. Malgré la pluie verglaçante qu'on annonçait, ils portaient toujours le petit T-shirt serré que je leur avais vu au mois d'août et tenaient toujours vissé dans leur poing le verre de bière tiède. Ça sentait fort le parfum cher et les poppers mélangés, la musique vous bousculait au point de vous jeter par terre, l'éclairage ultramoderne et super-sophistiqué vous étourdissait en moins de trois minutes et pourtant c'était triste et vide comme la face cachée de la lune... J'ai eu beau me traiter de néo-petit-bourgeois, d'intolérant, de sénile précoce, je n'ai pas pu tenir plus d'une demi-heure. Je n'ai pas eu le coeur d'aller au *Paradise*, j'avais peur de croiser Luc et «les autres», ceux qui parlaient dans mon dos depuis le mois d'août... Pas moyen non plus de faire la Catherine à cause du froid et des trottoirs glissants.

J'ai marché jusqu'à l'hôtel *Méridien* où j'ai attendu le 129 un bon vingt minutes. Je ne voulais pas prendre de taxi — il en passait pourtant trois ou quatre par minute — et j'ai gelé dans mon petit coupe-vent en daim léger dans lequel je me trouve bien beau mais qui ne convenait absolument pas aux éléments déchaînés qui sévissaient autour de moi. Au coin d'Avenue du Parc et de Bernard, aucun autobus en vue. J'ai dû marcher jusque chez moi.

Je suis rentré rue Bloomfield en éternuant.

Je suis tellement prévisible que ça me déprime, parfois.

Je me suis couché découragé parce que j'avais peur d'avoir attrapé ma première grippe de la saison, parce que Mathieu n'était pas là — le lit était tellement grand, tout à coup! — et que (oui, c'est absurde et pourtant ça ne m'étonne pas de moi-même) je n'aurais pas détesté l'idée de me faire réveiller le lendemain matin par une petite voix stridente qui m'aurait demandé de venir jouer à quelque chose qui ne m'intéresse absolument pas!

Après avoir freaké pendant des semaines à la pensée de revoir cet enfant-là, voilà que je m'en ennuyais! (M'en ennuyer, c'est beaucoup dire, mais disons que j'aurais assez aimé le savoir couché dans mon bureau, son toutou trop gros serré contre lui.)

J'ai fessé à grands coups de poing dans mon oreiller tellement je me trouvais débile.

Le dimanche fut franchement pénible, long, difficile à traverser. Je sentais que je couvais quelque chose, j'avais mal aux os, j'avais de la difficulté à respirer, mais la grippe, ou le rhume, ou la bronchite, ne se déclarait pas et ça m'énervait. J'ai failli à plusieurs reprises téléphoner chez la mère de Mathieu pour dire à mon chum de s'amener avec son fils, mais je me suis retenu en me disant on verra dans trois semaines, d'un coup qu'y te tombe encore sur les nerfs, d'un coup que t'as pas vraiment envie de le revoir, que c'est juste parce que tu te fais chier un dimanche de novembre, ou que t'as juste envie de te faire catiner parce que tu sens que tu vas être malade...

Je suis monté jouer aux cartes chez Mélène. J'avais l'air bête, j'ai triché, j'ai perdu, j'ai sacré.

J'ai mangé tout seul un infect tv-dinner, probablement pour souffrir un peu plus, et je me suis effouèré devant la télévision pour subir un téléthéâtre original d'une grande prétention et d'une grande platitude.

Quand Mathieu est revenu, j'avais les sinus bloqués, je faisais de la fièvre, je mouchais, je toussais... et lui aussi!

Quelle belle semaine nous avons passée! Malades comme des chiens mais nous amusant comme des enfants: presque toujours au lit, du moins les deux premiers jours, nous mangions n'importe quoi — surtout des soupes Chicken Noodle de Campbell qui me rappellent mon enfance et qui *goûtent* la grippe tellement ma mère m'en a fait manger quand je l'attrapais —, nous regardions n'importe quoi à la télévision — des soaps américains le jour, des téléromans québécois le soir, de vieux films à n'importe quelle heure; nous nous pâmions même devant l'incroyable misogynie de Benny Hill, la confondante vulgarité de Joan Rivers et le réjouissant amateurisme de *La chance aux chansons*, à la télévision française —, nous dormions à des heures impossibles, souvent après avoir trop mangé, comme des chiots foudroyés après leur tétée. Nous étions tout à fait heureux d'être malades en même temps et nous en

231

profitions, comme de vacances inattendues, non planifiées, improvisées. Au diable *Eaton* et le Cegep et vive la chambre à coucher!

Nous quittions en effet rarement la chambre qui avait fini par sentir le Vicks, le baume de tigre, et l'huile d'eucalyptus. Nos pyjamas — j'en avais trouvé deux dans le fond d'un tiroir — étaient froissés, le lit dans un état lamentable et nous-mêmes, à force de suer, de rire, de dormir n'importe comment, poqués comme après un lost week-end à l'américaine. Je n'osais plus me regarder dans le miroir quand j'allais à la salle de bains: j'avais l'impression d'être la version alcoolique de moi-même! Et Mathieu, si beau pourtant, si coquet, se laissait aussi aller avec une négligence qui m'étonnait un peu mais qui me faisait aussi beaucoup rire: le cheveu gras et hirsute, la barbe longue, il avait l'air d'avoir passé un mois dans un camp de bûcherons. Je l'appelais «mon Canadien errant» ou «ma cabane au Canada» et nous trouvions ça drôle, c'est dire à quelle hauteur volait notre humour!

Le jeudi, alors que nous regardions un sombre drame dont nous avions manqué le titre, vers deux heures du matin, je dis à Mathieu, comme ça, sans réfléchir, que je ne m'étais pas senti aussi niaiseux depuis ma mononucléose, pendant l'Expo '67. Mathieu a un peu sursauté.

«T'étais jeune pour attraper la mononucléose!

— Ben non. J'avais vingt ans!»

Mathieu s'est soulevé sur un coude.

«T'es pas né en '50?

— Pas du tout! Chus né en '45, comme tout le monde!»

Mathieu s'est dressé dans le lit comme si un ressort l'avait pincé.

«Le soir où on s'est rencontré, tu m'as dit que t'avais trente-cinq ans! T'en as trente-neuf!»

Je me suis rappelé notre première conversation, en août, alors que j'avais effectivement menti à Mathieu sur mon âge — Mathieu qui, d'ailleurs, m'avait dit que je ne faisais même pas mes trente-cinq ans! — et je suis parti à rire comme un fou, plié en deux dans le lit, fessant à deux poings dans le matelas...

« Tu vis avec un vieux depuis deux mois et tu le savais pas! »

Il a commencé par ne pas trouver ça drôle du tout.

« J'haïs les mensonges, Jean-Marc, j'haïs ça savoir qu'on m'a menti pendant des mois!

— J't'ai menti une fois, Mathieu, un soir où on se connaissait même pas, et parce que j'avais peur que tu me trouves trop vieux... J'ai oublié ça, après, c'est tout... Si j'y avais pensé, j'aurais rectifié les choses, j't'aurais volontiers avoué mon grand âge...

— Aie, on n'a pus juste dix ans de différence, on en a quasiment quinze!

— Mathieu, voyons, qu'est-ce que ça change!

— Ça change que quand j'vas avoir quarante ans, tu vas en avoir *cinquante-cinq*! »

C'était la première fois que l'un de nous deux parlait de l'avenir; Mathieu a rougi tout d'un coup, jusqu'à la racine des cheveux.

Je l'ai pris dans mes bras.

« Ben oui, et quand j'vas avoir soixante-cinq ans, tu vas en avoir cinquante, tu vas être un acteur célèbre, et tu vas me faire vivre... Quand tu vas prendre ta retraite, j'vais être tellement vieux, tellement perclus de rhumatisme et tellement atteint d'Alzeimer que tu vas lâchement m'abandonner pour un plus jeune... un vert jeune homme dans la soixantaine... »

Il a enfin souri. Mais il a embarqué dans mon jeu avec une voix que je ne lui connaissais pas et à travers laquelle transparaissait une très grande panique:

« Quand j'vais avoir quatre-vingt-cinq ans, on va fêter ton centenaire au « chez-nous des professeurs de français »... J'vais y aller avec mon jeune chum de soixante-dix ans pis tu vas me faire une crise de jalousie! Une belle chicane de p'tits vieux! »

Il s'est recouché. Il ne souriait plus.

« J'aime pas parler de ça, même en farce. J'ai tellement

peur de vieillir!»

La nuit s'est achevée doucement, en confidences chuchotées. Mes peurs, ses peurs, mes hantises, les siennes. Mathieu a fini par dire:

«Deux séances de confidences la même semaine, c'est beaucoup...»

Et il m'a raconté la nuit qu'il avait passée avec sa mère.

Et j'ai réalisé que sa mère n'avait que cinq ans de plus que moi.

Et j'ai déprimé.

Puis je me suis dit fuck, la vie est trop courte, advienne que pourra, à Dieu vat, vogue la galère, qu'à cela ne tienne, au yable le reste... mais même intérieurement j'avais de la difficulté à sourire.

Le lendemain j'ai décidé de tout oublier ça et de reprendre ma petite grippe où je l'avais laissée la veille.

Mathieu n'a pas reparlé de mon âge, mais il a pris un long bain, une grande douche et il est ressorti de là poli comme un sou neuf, beau comme jamais, le cheveu bien placé, la peau glabre, l'oeil brillant. Il est venu s'installer dans le lit avec de petits gestes de dégoût.

«Ça a pas de bon sens de se laisser aller comme ça. Va te laver. On peut être malade, débile *et* propre! Pendant, que tu fais ta toilette, j'vais faire le ménage dans la chambre.»

C'était un mois de décembre plutôt joyeux. La neige était arrivée assez tôt, le froid n'était pas trop humide, mes élèves semblaient préparer leurs examens avec un certain sérieux. J'avais réussi, à force de patience, à me réconcilier avec eux et les cours étaient redevenus supportables. Les jours étaient plus courts, mais moins tristes qu'en novembre et je n'étais plus assailli de pensées morbides à la sortie du Cegep. Le soleil de fin d'après-midi, qui entrait par la fenêtre d'une de mes classes, était même assez réjouissant.

Mathieu travaillait beaucoup, chez *Eaton*, c'était la période de la grande folie de Noël et le magasin était ouvert tard presque tous les soirs.

J'espérais pouvoir passer une semaine dans les Laurentides, entre Noël et le jour de l'An, chez mon frère Gaby que je vois une fois par année, dans le temps des fêtes, justement, et avec qui je romps toujours au bout de quelques jours parce qu'on ne voit absolument rien de la même façon. Chaque année, vers le début de décembre, quand sa femme me rappelle pour m'inviter, je finis par accepter en sachant très bien que tout va recommencer comme l'année précédente: quelques jours de répit, Gaby très gentil qui me barouette d'un bord et de l'autre des Laurentides en conduisant comme un fou parce que c'est le temps des fêtes, qu'il a retrouvé son petit frère, que la vie est belle, qu'on va bien manger; puis Gaby qui boit trop au réveillon, comme un vrai mon oncle — premières engueulades parce que je lui fais des reproches —; puis Gaby, incontrôlable à partir du lendemain de Noël, qui me traite de maudite tapette, d'abord en riant, puis de plus en plus sérieusement, en prenant même ses deux fils à partie, genre dites-y donc que c'est un hostie de malade, qu'y'a rien comme une femme, que j'te voye pas approcher un de mes enfants, etc. Il n'a jamais pris mon homosexualité et tous nos problèmes partent toujours de là. On pourrait peut-être finir par trouver un terrain d'entente sur l'amour, la vie, la mort, l'injustice, ne serait-ce même que le statu quo, mais jamais sur ce sujet-là. Gaby me prenait pour un malade et c'était irrémédiable.

Mais j'allais y retourner encore cette année et je savais que j'y retournerais aussi l'année suivante. Peut-être à cause de Jeannine, de plus en plus défaite, qui se donne tant de mal pour rien chaque fois et que je suis toujours le seul à remercier, ses enfants, deux gros niaiseux de l'âge de Mathieu, prenant pour acquis et comme dû tout ce qu'elle fait pour eux. Ils arrivent avec leur femme, leurs enfants, saccagent tout, mangent comme des porcs, rotent — mais c'est peut-être leur façon de remercier — déballent leurs cadeaux et repartent sans un mot. Ou presque. Il m'arrive de penser que Gaby est peut-être un peu jaloux de la vie que je mène... Je fais probablement plus d'argent que lui et je n'ai aucune charge... Alors, il fesse...

En plus, j'avais décidé d'amener Mathieu avec moi, cette fois, pour voir comment réagirait mon frère et dans l'espoir que la présence de mon chum, le premier qu'il aurait à côtoyer «officiellement», l'empêcherait de faire un fou de lui. C'était risqué mais j'en avais parlé à Jeannine et à Mathieu qui étaient d'accord.

Toujours est-il que Noël approchait avec son lot de joies et de problèmes. Et Sébastien appelait de plus en plus souvent. Je commençais à m'habituer à son gazouillage mais je n'y comprenais toujours rien. C'est faux: quelques mots, qui revenaient souvent, étaient beaucoup plus clairs que d'autres, comme «cadeaux», par exemple, ou «Père Noël», ou «lego», ou «He-Man», qui sonnait étrangement comme «hymen» dans sa bouche. Maintenant que j'acceptais de l'écouter plus longtemps, il me parlait au téléphone comme si on s'était toujours connus alors qu'on ne s'était vus qu'une fois. Il était évidemment *beaucoup* question de Noël et ça m'amusait.

Vers le 10 décembre, un jeudi soir, Louise nous a appelés pour nous demander si nous pouvions garder Sébastien, le lendemain soir et toute la journée du samedi. Elle et Gaston voulaient faire leurs courses de Noël et Sébastien, qui leur avait fourni une liste des plus complètes, leur serait un embarrassement, comme aurait dit sa mère... Ils viendraient le chercher le samedi soir. Mathieu a commencé par dire qu'il travaillait — ce qui était vrai — et qu'il ne voulait pas laisser Sébastien seul avec moi parce que nous ne nous connaissions pas assez et qu'il avait peur que Sébastien soit trop tannant mais, sans réfléchir, je me suis offert à le garder, me disant que c'était l'occasion où jamais de tester mes capacités à «endurer» un enfant. Je l'ai aussitôt regretté mais, chose curieuse, quand Mathieu m'a demandé si j'étais sûr de pouvoir passer à travers la journée de samedi sans virer fou, j'ai dit oui. Quand il a raccroché, il me regardait avec un drôle d'air et il avait bien raison. J'aurais donné la moitié de ma vie pour me retrouver deux jours plus tard et en même temps j'avais hâte de voir comment les choses allaient se passer.

Évidemment, lorsqu'ils sont arrivés, vers sept heures, j'étais dans la baignoire. Une serviette autour de la taille, j'ai couru ouvrir en me disant ça y'est je vais rattraper la crève, l'eau chaude va me geler sur le corps, je vais encore tousser comme un perdu... Je laissais de longues flaques d'eau savonneuse sur le beau bois du corridor et j'étais convaincu que j'allais me casser la gueule en revenant vers la salle de bains.

Sébastien était tout souriant dans un irrésistible parka bleu ciel qui le faisait avoir l'air d'un petit ange aux ailes coupées.

« Gaston a un nouveau char! »

Quand elle a vu que je sortais du bain, Louise a poussé Sébastien dans le portique.

« Tu y parleras du char plus tard, Sébastien, tu vois bien qu'y'est tout mouillé... »

Elle a refermé la porte derrière elle.

« Salut, Jean-Marc. Tu peux retourner dans ton bain, j'vais m'occuper de déshabiller Sébastien... »

Mais l'enfant était déjà à l'autre bout de la maison.

« Non, c'est correct, j'allais sortir, de toute façon... »

Louise a crié: « Sébastien, tes bottes! », une petite voix lui a répondu: « J'les ai enlevées, mes bottes! »

En effet, deux petites bottes gisaient entre nous deux. Nous ne l'avions pas vu les enlever, il avait fait ça avec une rapidité fulgurante.

Louise a souri.

« Quand y veut, y se déshabille tellement vite... mais quand y veut pas... »

Un petit silence gêné. Louise n'osait pas trop me regarder et j'étais tout à fait embarrassé d'être à moitié nu

237

devant elle. Et gelé.

«Bon, ben, j'vas y aller, Gaston m'attend... Bonne fin de semaine... Bon courage, surtout... pis merci bien. Ça nous rend vraiment service...»

Une poignée de main un peu ratée mais chaleureuse. Un échange de sourires un tantinet figés.

Je ne l'ai pas entendue refermer la porte.

Et, heureusement, je n'ai pas vu le nouveau char de Gaston. Je n'y connais rien en voitures, ça ne m'intéresse pas, et je n'aurais pas su quoi dire. Je reste toujours un peu bête devant une voiture neuve qu'on veut me faire admirer. Tout ce que j'arrive à dire c'est qu'elle est bien belle et, chaque fois, j'ai l'impression d'insulter son propriétaire.

Je suis revenu vers la salle de bains en essayant d'éviter les flaques d'eau. Sébastien, tout habillé, m'attendait, assis sur la cuvette.

«J'peux-tu prendre mon bain avec toi?

— Tu l'as pas pris, aujourd'hui?

— Oui, mais ça me tente d'en prendre un autre...»

J'ai pris un ton qui se voulait «pour enfant» et je me suis rendu compte au bout de trois mots à quel point je sonnais faux.

«On prend pas deux bains de suite pour rien, Sébastien. Un bain, c'est fait pour se laver, pas juste pour s'amuser... de toute façon, j'ai fini.

— C'est pas vrai! Si t'arais fini, t'arais pas été dans le bain quand on est arrivés!»

Et voilà pour la démagogie.

J'avais tellement froid que je suis allé me réfugier dans l'eau chaude.

«Tu vois que t'as pas fini!

— Non, c'est vrai, j'ai pas fini. Mais va te déshabiller, pendant que j'me lave, pis j'vais aller te rejoindre dans ta chambre...»

Deux minutes plus tard il revenait dans la salle de bains flambant nu.

«Ça va être le fun, j'ai apporté mon canard en cayout-chouc...

— Sébastien, j'ai dit non...

— Pourquoi? Papa, y le prend, son bain, avec moi!

— Je le prendrais, moi aussi, si tu m'avais dit que tu l'as pas pris chez vous...

— J'me sus trompé, je l'ai pas pris... C'est hier, que je l'ai pris...

— Sébastien, conte-moi pas un mensonge par-dessus le marché!

— C'est pas un mensonge! »

Le menton commençait à lui trembler. Les larmes lui montaient aux yeux. Comment résister.

«Si tu m'avoues que c'est un mensonge, j'vais te donner la permission de monter dans le bain... »

Le sourire, instantanément.

«C'était pas un mensonge... c'était une farce! »

Nous sommes restés très longtemps à jouer avec le canard, à faire des danseuses avec les débarbouillettes, à faire fondre le savon en le faisant tourner très vite dans les mains. Quand l'eau n'était plus assez chaude, nous en faisions couler d'autre, quand elle était trop chaude, nous lancions de petits cris d'ébouillantés.

Nous sommes sortis de là fourbus, heureux, et la peau toute plissée. Sébastien s'est séché très sérieusement, en me disant à quel point c'était important, l'hiver, pour ne pas attraper le rhume. Il m'a montré comment ne pas oublier l'intérieur des jambes, la plante des pieds, les aisselles. Ensuite, toujours avec le même sérieux, il m'a montré son pénis en me disant qu'il venait d'apprendre comment ça s'appelait et qu'il ne fallait jamais employer le mot «graine», comme Éric Boucher, à la garderie, parce que c'était pas beau.

Il s'est glissé dans son pyjama couvert de lapins et, évidemment, il m'a demandé des nouvelles de Sans-Allure, en jetant des oeillades gourmandes vers le toutou.

Quand Mathieu est revenu du travail Sébastien dormait déjà mais j'avais la gorge endolorie.

« Sans-Allure, encore?

— Ben oui... Je pense que Sébastien est en train de développer une fixation sur ce toutou-là.

— Y faudrait y dire tout de suite que tu peux pas faire le toutou chaque fois qu'y te le demande...

— C'est déjà fait, mais y joue à celui qui comprend pas... Y fait comme si y savait pas que c'est moi qui prends la voix de Sans-Allure quand ça fait son affaire... »

Nous sommes allés le voir dormir, traversant une bonne partie de la maison sur la pointe des pieds alors que c'était parfaitement inutile. Il était à plat-ventre, le bras passé par dessus Sans-Allure, juste à la hauteur de la gorge du toutou qui semblait étouffer, la gueule ouverte sur son éternelle grimace souriante et la langue pendante.

Nous sommes restés cinq bonnes minutes à écouter la respiration de Sébastien, régulière, presque inaudible. Mathieu a passé son bras autour de ma taille.

« J'aime tellement cet enfant-là, Jean-Marc, que ça me fait mal. Je l'aime plus que tout au monde pis je le vois presque jamais... »

J'y ai vu non pas une menace, mais une sorte d'avertissement, comme si Mathieu avait voulu me prévenir d'un danger, au cas où moi-même je lui aurais demandé de faire un choix. C'était peut-être tout à fait faux, c'était même probablement faux, mais j'ai senti la possibilité d'une éventuelle rivalité et ça m'a peiné. J'étais quand même en train d'essayer de prouver ma bonne foi, alors pourquoi cette phrase? Mais, encore une fois, ce n'était sûrement qu'une simple déclaration d'amour née d'une véritable frustration que dans mon égocentrisme chronique j'interprétais autrement. Du moins je l'espérais.

Mathieu semblait préoccupé; il voulait savoir tout ce qui s'était passé pendant son absence, si Sébastien avait été poli, tannant, endurable, tuable; s'il s'était fait prier pour aller au lit, s'il s'était brossé les dents, s'il avait fait son pipi, parce qu'il lui arrivait encore, quand il l'oubliait, de faire pipi au lit, surtout dans les moments de nervosité. Je l'ai rassuré de mon mieux; je suis même allé jusqu'à lui demander s'il avait vraiment confiance en moi.

«Chus pas une gardienne de quatorze ans, Mathieu. J'ai peut-être jamais gardé d'enfant mais, à mon âge, y me semble que j'ai des chances de savoir à peu près quoi faire ou ne pas faire... Nous avons passé une très belle soirée, Sébastien s'est couché relativement tard parce que j'voulais pas passer pour un bourreau d'enfant en le couchant aussitôt arrivé, il s'est endormi après une dernière séance de Sans-Allure... Là, je sais, j'aurais peut-être pas dû parce que je savais que ça l'énerverait mais il me l'a demandé avec une telle gentillesse, tu le connais, tu sais comme il peut être ratoureux, que j'ai pas pu résister...»

Nous étions effouèrés dans le sofa du salon, devant l'inévitable film du vendredi soir. Mathieu s'est tourné vers moi, a posé une main sur ma bouche et m'a regardé droit dans les yeux.

«Es-tu sûr que t'as vraiment envie de tout faire ça, en fin de semaine? Que c'est pas juste pour me faire plaisir?»

J'ai vaguement entendu des rires, je crois avoir senti des odeurs de bacon qui frise dans la poêle et de toast qu'on a laissé brûler, j'ai suivi dans une demi-inconscience une comptine absurde où il était question de lapins bleus et de vaches qui sautent par-dessus la lune, je suis sûr d'avoir senti un baiser quelque part sur mon visage et une voix qui disait doucement: «Bonne journée quand même!» Et une autre, plus petite: «Moi aussi, j'en veux un bec!» Et j'ai prié pour ne pas me retrouver à quatre pattes devant le maudit puzzle.

Je me suis réveillé en sursaut à dix heures et demie. Sébastien était assis par terre à côté du lit, avec autour de lui un véritable bric-à-brac: des livres ouverts, un puzzle pas terminé (il avait posé onze des douze morceaux et laissait traîner l'autre, allez savoir pourquoi), des He-Man et des She-Ra, Sans-Allure lui-même, qui avait l'air d'un géant au milieu de ces figures minuscules, un jeu de *Lego* qu'il avait rapporté de chez lui...

Aussitôt qu'il a vu que j'avais les yeux ouverts, il s'est levé en souriant.

«Toi-si tu dors, le samedi? C'est papa qui m'a dit que c'est samedi. Gaston aussi, y dort, le samedi, pis y faut pas que je le réveille. J'ai joué en attendant; 'tait le fun mais j'avais hâte que tu te réveilles... »

Une hésitation de quelques secondes, puis, timidement: «Sans-Allure aussi, y'avait hâte... »

Chose curieuse, il n'a pas insisté pour que j'anime le toutou. Son père avait dû lui faire un mini-sermon. Sébastien m'a regardé manger mes toasts, m'a même «aidé» en trempant un biscuit dans mon café. Il a ensuite grimacé pour bien me faire comprendre que ce breuvage d'adulte était plutôt barbare et m'a demandé un de ces jus de fruits arbitrairement appelés «punch» et ·dont la seule couleur me donne mal au coeur. C'était rose-brun, ça sentait juste un peu trop fort la cerise et ça tachait.

Nous regardions la neige tomber. Ce n'était pas encore une tempête mais certaines bourrasques étaient assez fortes pour faire vibrer les carreaux des fenêtres. J'avais installé Sébastien sur le calorifère tiède. Il se tenait sur le bout des pieds, comme pour mieux voir. Il collait sa bouche à la vitre, faisait de la buée, l'effaçait, recommençait. Ses mains, qu'il n'avait pas essuyées en quittant la cuisine, laissaient sur la fenêtre de petites traces grasses assez dégoûtantes.

J'expliquais à Sébastien les flocons de neige, leur formation, leur vélocité, la beauté des cristaux, la répétition des motifs, quand il m'a dit, comme ça, tout simplement, au milieu de ma phrase:

«C'est pas mal plate, hein, quand papa est pas là? »

J'avoue que ma phrase est restée inachevée.

J'ai pris Sébastien dans mes bras, je l'ai déposé par terre. J'étais vraiment décontenancé.

«Pourquoi tu trouves ça plate? »

Il s'est assis sur le tapis, a pris Sans-Allure par une

patte.

«Quand papa est là, y joue avec moi...»

Il n'y avait aucun reproche dans sa voix; il faisait simplement une constatation un peu ennuyeuse. Je me suis accroupi à côté de lui.

«J'ai joué avec toi, moi aussi, tout à l'heure...

— Pas longtemps... Papa, y joue longtemps, avec moi...»

Je n'ai rien trouvé à lui répondre. Mais je me voyais mal me remettre à quatre pattes pour refaire le wowal ou courir partout dans la maison pour me cacher pendant que Sébastien compterait jusqu'à dix en sautant invariablement par-dessus le six et le huit...

Nous sommes restés silencieux quelques secondes. Impuissant, malheureux, je regardais Sébastien qui s'amusait à ouvrir et fermer la gueule de son toutou. C'est lui qui a brisé le silence. Il m'a regardé droit dans les yeux avec ses grands yeux bruns d'écureuil.

«Jean-Mak... Pourquoi papa reste ici?»

Je me suis dit bon, ça y est, la grande scène des explications s'en vient... Comment j'vais lui dire ça? Quels mots trouver? Comment les dire, surtout, pour ne pas l'affoler? Parler de l'amour entre deux hommes à un enfant de quatre ans, faut le faire! J'ai opté pour la simplicité en espérant que ses questions ne deviendraient pas de plus en plus gênantes. Ou précises.

«Parce que papa et moi on s'aime beaucoup, pis qu'on a décidé de rester ensemble...

— Papa y'aime pas maman?»

J'avais l'impression de marcher les yeux fermés dans une boutique de figurines de cristal.

«Ben oui, y l'aime beaucoup... Mais y'ont décidé tous les deux de pus vivre dans la même maison...

— Pourquoi?»

Ça y'est, le piège.

J'ai dû rester comme ça, les yeux ronds, pendant assez longtemps parce que Sébastien a reposé sa question.

«Pourquoi y restent pus dans la même maison?

243

— Parce que... y se sont un peu chicanés... C'tait pas très grave, mais y'ont décidé de déménager chacun de leur côté... Ça c'est avant, quand t'étais tout petit...

— Moi, je restais-tu avec eux autres?

— Oui...

— Ça devait être le fun, hein?»

J'ai sauté sur une porte de sortie que me permettait cette dernière réplique:

«Tu trouves pas ça le fun que papa reste avec moi pis que maman reste avec Gaston? Ça te fait beaucoup de parents...

— Oui, mais chus obligé de changer de maison... Pis y'a pas de maman ici... Pourquoi y'a pas de maman, ici?»

Je l'ai pris dans mes bras. Nous faisions un beau trio, Sans-Allure avec son éternel air d'amoureux comblé, Sébastien avec ses questions embarrassantes et moi qui avais peur de ne pas trouver les bons mots pour apaiser son inquiétude.

«Penses-tu qu'y faut absolument une maman, dans une maison?

— Ben oui! Des fois, j'aimerais ça que maman vienne ici avec moi...

— Maman, y faut qu'a' reste avec Gaston... Comprends-tu?»

Il a levé vers moi un regard plein de larmes qui m'a bouleversé.

«Non.»

J'ai serré Sébastien et le toutou contre moi.

C'était la seule réponse que je pouvais donner.

Il n'était pas question que nous mangions à la maison. J'avais promis à Sébastien de l'emmener au cinéma en le couchant, la veille, et il avait déjà commencé à en parler pendant que je prenais mon petit déjeuner, alors que la première séance n'était qu'à une heure.

Le moins qu'on puisse dire, c'est que je n'avais pas faim du tout lorsque nous sommes entrés au *Laurier Bar-B-*

Q, vers midi.

Sébastien a dévoré une partie de sa cuisse de poulet et toutes ses frites pendant que je sirotais un café en regardant autour de moi. Il n'y avait presque personne dans le restaurant. La semaine, à cette heure, on faisait la queue, les serveuses couraient d'un bord et de l'autre, les préposés au nettoyage des tables ne fournissaient pas, toute la ruche, à son maximum de rendement, bourdonnait, au bord de l'hystérie mais jamais dans le jus. Le *Laurier Bar-B-Q*, un des plus vieux et des plus célèbres de Montréal est le rendez-vous depuis toujours des preppies d'Outremont qui y installent de génération en génération leur quartier général de la fin de soirée — un moka chaud avec de la crème glacée est un must absolu: leurs parents en ont mangé, ils en mangent et leurs enfants en mangeront, c'est je crois, un très bel exemple d'hérédité — le *Laurier Bar-B-Q* est un des endroits, en ville, où on peut être servi le plus rapidement: si vous avez une heure pour manger, il vous restera toujours une grande demi-heure pour aller fureter dans les boutiques de la rue Laurier. Même si vous faites la queue, parce que tout se fait très vite: on vous place vite, on vous sert vite et, emporté par le mouvement, vous mangez vite.

Mais ce jour-là, quelques vieux couples seulement meublaient les banquettes de plastique, quelques célibataires, aussi, qui n'avaient pas envie de cuisiner un samedi midi et qui mangeaient plus lentement que durant la semaine, le nez plongé dans *La Presse* ou, c'était mieux vu, dans *Le Devoir*.

Sébastien voulait un dessert mais il était déjà passé midi et demi. J'ai donc refusé en lui promettant toutefois du pop corn, au cinéma. Non, il voulait un dessert. La serveuse attendait, à côté de la table, le sourire aux lèvres — que votre p'tit garçon est donc cute, mon pt'it monsieur —, et semblait plutôt pencher du côté de l'enfant à qui elle décrivait les tartes, les gâteaux et le fameux moka chaud avec de la crème glacée... J'ai un peu haussé le ton en y glissant une toute petite pointe de menace: nous

245

serions en retard au cinéma, il manquerait la naissance de Bambi, ne le verrait pas essayer de se tenir debout sur la glace... Bambi ne l'intéressait plus, il voulait un moka avec de la crème glacée. J'ai encore haussé le ton et ce fut la crise. Les cris, les larmes — de grosses larmes, généreuses et pesantes, qui lui baignaient littéralement le visage —, les coups de pieds sous la table...

J'étais pétrifié. La serveuse ne riait plus, la pauvre; elle s'était même un peu éloignée de la table, comme si elle avait eu peur que Sébastien la frappe. Elle avait l'air de ne pas avoir plus d'expérience avec les enfants que moi... J'ai payé en vitesse et je suis sorti du restaurant presque en courant, Sébastien toujours hurlant dans les bras. J'ai hélé un taxi. (Il n'était pas question que nous retournions à la maison, je voulais rester dans un endroit public pour pouvoir appeler au secours si jamais je ne savais vraiment plus quoi faire pour le calmer.) Le chauffeur de taxi a commencé par me prendre pour un bourreau d'enfant, je crois, ou un ravisseur, mais il s'est un peu calmé quand je lui ai donné l'adresse du cinéma *Champlain*. Sébastien, épuisé par sa crise, s'est endormi en chemin. Des larmes lui tachaient encore les joues. J'ai essuyé son visage avec un kleenex.

J'ai été obligé de le réveiller en entrant dans le cinéma.

Bambi a été un grand moment dans sa vie. Il a suivi la vie du chevreuil avec une telle intensité que je n'ai pas du tout regardé le film; je l'ai regardé, lui, réagir au film. Il a ri (le lapin Thumper faisait sa joie), il a été ému (la rencontre des deux mouffettes lui a soutiré quelques soupirs de vieille fille qui m'ont assez étonné), il a eu peur (le feu de forêt, les coups de fusil), il a presque pleuré (la mort de la mère de Bambi, scène d'ailleurs très cruelle pour un dessin animé et qui m'avait moi-même traumatisé quand j'étais enfant). Il a applaudi à la fin du film, puis a exigé un deuxième pop corn que je n'ai pas osé lui refuser.

En prenant son contenant de pop corn — j'avais demandé le plus petit mais il était énorme —, Sébastien m'a demandé, comme si de rien n'était:

«Pourquoi est morte, la mère de Bambi?»
Seigneur!

Nous marchions lentement vers le métro Papineau. La neige avait déjà commencé à fondre et nous pataugions dans une désagréable gadoue glacée. J'avais les pieds mouillés. Mais rien au monde, pas même une double pleurésie, ne m'aurait ramené à la maison, devant le casse-tête de vingt-quatre morceaux et le sourire ahuri de Sans-Allure.

«As-tu le goût de faire un tour de métro, Sébastien?»

Il avait la bouche pleine de pop corn. Un peu de faux beurre lui faisait une drôle de moustache.

«Oh! oui, un grand...»

Il se sentait là-dedans comme dans un manège de parc d'amusement. Tout l'excitait: payer (franchement!), descendre les escaliers mécaniques, guetter la rame de métro dans ce qu'il appelait «le trou noir», monter dans un wagon et, ce qu'il trouvait plus excitant que tout, bien sûr, filer à vive allure dans le tunnel où on ne voyait pourtant que des fils électriques et quelques petites lumières jaunâtres. Il s'était agenouillé sur moi, avait collé son nez à la vitre et lançait des cris d'étonnement chaque fois que nous débouchions dans une nouvelle station. À Lionel-Groulx, il a voulu sortir.

«Chus déjà venu, ici. C'est le fun! C'est grand!»

Nous avons plusieurs fois fait le tour de la station. Il courait devant moi en faisant le cow-boy ou He-Man, je ne sais trop, mais toujours est-il qu'il faisait beaucoup de bruit, au grand plaisir des passants, d'ailleurs, qui le trouvaient donc beau, pis donc fin. Au bout de vingt minutes j'en ai eu assez et nous avons repris le métro en sens contraire.

Les gens avaient fait leurs achats de Noël; ils croulaient sous les paquets, sans joie, comme vidés de leurs énergies. Il faut dire que l'éclairage au néon est particulièrement cruel dans le métro de Montréal et que tout le monde se retrouve avec un air blafard des plus déprimants.

Je n'avais toujours pas envie de rentrer à la maison. À la station Peel, j'ai demandé à Sébastien:

«Aurais-tu envie d'aller voir le Père Noël chez *Eaton?*» Ensuite, on pourrait aller chercher papa à son travail...

Son «All right!» a fait sourire toutes les têtes du wagon.

La queue devant le «royaume du Père Noël» était invraisemblable. Des enfants, à moitié déshabillés, étouffaient dans les bras de leurs parents, d'autres, plus téméraires, essayaient de tromper leur vigilance pour se glisser dans le rayon des jouets, d'autres, enfin, surtout les plus jeunes, se contentaient de brailler à chaudes larmes. À travers les pleurs et les hurlements, on entendait: «Michel, viens icitte, là! Viens icitte tu-suite!», ou bien: «Le Père Nowel s'ra pas content, Karine!», ou encore, Dynastie oblige: «Krystel, mon trésor, moman va se fâcher, là...»

Une belle boule de crème glacée chocolat chip achevait de fondre au milieu du tapis. Sébastien a fait la grimace.

«Ouache! On dirait une crotte de chien!»

Nous venions d'arriver, nous étions les derniers en ligne. Je savais que nous en avions pour une bonne demi-heure alors j'avais retiré son parka à Sébastien et enlevé ma veste doublée. Il faisait une chaleur insupportable. L'air ambiant était saturé d'odeurs sucrées, parfums à bon marché et bonbons, et j'étais un peu étourdi. Les foules du temps des fêtes, compactes, bruyantes, pressées, m'ont toujours déconcerté: alors que les Montréalais sont habituellement pacifiques, ils deviennent agressifs pendant les dernières semaines avant Noël. Ils se ruent dans les grands magasins avec un bel ensemble de troupeau bien dressé, convaincus par une campagne publicitaire tapageuse que le temps est venu de dépenser tout leur argent, jusqu'au dernier sou, et même de s'endetter juqu'aux yeux pour payer à leurs enfants déjà trop gâtés des cadeaux absolument inutiles et insignifiants à faire pleurer, mais ils veulent tous être servis les premiers, se bousculent, s'insultent, suent, achètent souvent sans réfléchir parce qu'ils sont excédés et retournent chez eux dans leurs voitures remplies jusqu'au plafond de boîtes de tout gabarit, ou par le métro bondé où tout le monde écrase les paquets de tout le monde, en se jurant, une fois de plus, qu'on ne les reprendra plus.

«Es-tu sûr que tu veux *absolument* voir le Père Noël, Sébastien? Y commence à être pas mal tard, j'ai bien peur qu'y'aura pas le temps de voir tous les enfants qui sont en avant de nous autres... »

Il s'est penché, a regardé la queue qui se perdait entre les comptoirs. Sa peau était moite. Il s'était déjà plaint, dans l'escalier mobile, d'un début de mal de coeur (le pop corn avalé trop vite, probablement) et je comptais là-dessus pour le convaincre de ne pas attendre trop longtemps dans la queue qui, déjà, s'allongeait derrière nous.

«Papa va finir de travailler dans quinze minutes, y faudrait pas le manquer... »

J'essayais de me faire convaincant sans trop avoir l'air d'insister. Sébastien sembla réfléchir, puis il me dit en me tirant par la manche:

«De toute façon, maman va m'emmener le voir, le Père Noël... »

Nous avons quand même longé le royaume de pacotille où triomphaient le rouge et le vert dans un décor désolant de château du Moyen Âge en papier brique, où se promenaient en faisant les cute des lutins en costumes de feutre et une fée des étoiles aux ongles carmins et aux lunettes épaisses comme des fonds de bouteille, et où trônait un Père Noël maigrichon à l'haleine probablement suspecte. J'ai juché Sébastien sur mes épaules; il a entr'aperçu le joyeux vieillard qui se faisait photographier avec un enfant terrorisé.

«C'est pas un beau Père Noël... J'vas demander à maman de m'emmener ailleurs... »

Nous sommes redescendus vers l'étage des vêtements pour hommes.

«As-tu encore mal au coeur, Sébastien? Veux-tu qu'on

aille aux toilettes?

— Oui, j'veux faire pipi.

— Encore! Es-tu sûr d'avoir envie?

— Oui. Pis j'veux boire de l'eau. »

Deux très beaux jeunes hommes se cruisaient avec ostentation dans les toilettes du deuxième étage. Ils étaient subtils comme deux chiens qui se rencontrent sur le trottoir. J'en connaissais un qui s'est contenté de me faire un petit salut de la tête qui signifiait bonjour, mais en même temps: parle-moi pas, attarde-toi pas, chus sur un bon coup, et quand même aussi un peu: que c'est ça, c't'enfant-là? Il a hésité quelques secondes entre la curiosité de savoir qui, pour l'amour du bon Dieu, pouvait bien être Sébastien et les douceurs risquées et même dangereuses (ce qui faisait probablement leur charme) que lui promettait son beau voisin d'urinoir. Il a opté pour ces dernières et je suis sorti des toilettes avant que Sébastien me demande ce que faisaient là ces deux monsieurs qui prenaient un temps infini pour faire pipi.

Mathieu s'occupait d'une dame que je voyais de dos et avec qui il semblait avoir une conversation animée. Quand il a éclaté de rire en posant une main sur le bras de la dame j'ai compris que ce n'était pas une cliente, qu'il faisait semblant de la servir, et une inexplicable angoisse m'a serré la gorge. Et quand Sébastien a crié en courant vers elle: «C'est mamie Rose! C'est mamie Rose!», j'ai voulu mourir.

Je ne me souvenais pas d'avoir jamais ressenti une telle gêne. Mathieu nous avait présentés presque en tremblant. J'avais serré une main glacée par la nervosité. Elle n'avait pas osé trop me regarder et je m'étais contenté, moi aussi, d'adresser un salut poli dans une direction qui se situait quelque part à la périphérie de son visage. Elle s'était un peu penchée vers son fils et j'avais entendu:

«C'tait-tu préparé, c'te p'tite rencontre-là?»

Mathieu lui avait répondu:

«Voyons donc, maman, j'savais pas que tu viendrais me voir... pis lui non plus... »

Elle s'est vite concentrée sur son petit-fils qui sautillait d'excitation en la tirant par le manteau. Elle l'a assis sur le comptoir. Il a embrassé son père et a tout de suite attaqué le récit de Bambi, en commençant par la première image de la première séquence.

La mère de Mathieu et moi étions en carafe dans l'allée bondée où se bousculaient les acheteurs de la dernière heure.

Et la pire chose qui pouvait se produire est arrivée: un client est venu chercher Mathieu. Rose a semblé faiblir. Elle s'est appuyée contre le comptoir. Sébastien a suivi son père en lui demandant pourquoi il suivait le monsieur.

J'ai aussitôt décidé qu'il n'y aurait pas de silence, que nous ne resterions pas là, tous les deux, comme des niaiseux, à faire semblant que l'autre n'existait pas et j'ai dit, sans vraiment réfléchir:

«Pourquoi vous v'nez pas souper à la maison, avec Mathieu pis le p'tit, ce soir... »

Je risquais qu'elle m'envoie chier en me traitant de tous les noms ou qu'elle se sauve sans demander son reste mais elle a tourné la tête vers moi avec un début de sourire.

«Ça vaudrait peut-être mieux, hein? Faut peut-être en profiter... M'as dire comme on dit, le hasard fait bien les choses... Pis j'ai rien à faire à soir... »

Je nous ai trouvés bien courageux.

Nous avons meublé la conversation pendant que le client de Mathieu essayait un pantalon. Il a été beaucoup question de la neige hâtive et de la chaleur du magasin.

Quand Mathieu est revenu, les sourcils froncés et les yeux ronds, suivi de près par un Sébastien qui semblait beaucoup s'amuser et avoir complètement oublié son mal de coeur, nous lui avons appris la nouvelle.

Sébastien a crié «All right!» en se jetant dans les jambes de sa grand-mère; Mathieu s'est à son tour appuyé contre le comptoir.

251

Dans le taxi, je la regardais à la dérobée. Elle essayait de se composer un masque d'impassibilité et y arrivait ma foi assez bien mais quelque chose de sec dans ses gestes, la main qui se promenait trop sur le manteau de drap, ou la tête qui se détournait trop vite quand elle avait fini de parler, trahissait une nervosité contrôlée avec beaucoup de difficulté.

Elle répondait succinctement à mes questions et reportait tout de suite son attention sur Sébastien qui avait entrepris de lui raconter la suite de Bambi dans tous les détails.

Peut-être regrettait-elle d'avoir accepté mon invitation comme moi je regrettais de l'avoir invitée. Premièrement, je ne savais même pas si j'avais de quoi nourrir quatre personnes, mais la vraie raison de mon regret n'était pas là: cette vraie raison s'appelait panique devant l'éventualité de me retrouver après le dessert en compagnie de trois personnes avec lesquelles j'aurais de la difficulté à communiquer à cause de la gêne qui allait probablement aller en progressant au fur et à mesure que la soirée avancerait. Il n'y a rien de plus triste qu'un dessert silencieux et j'avais l'impression de me diriger droit là-dessus.

«Tu vas voir, maman, Jean-Marc est très impressionnant avec son wok...»

Elle a regardé un peu partout dans la cuisine.

«Son quoi?»

Mathieu a pris le récipient de métal que je venais de poser sur le poêle et le lui a tendu.

«Son wok... Tiens, c'est ça... C'est chinois.»

252

En apercevant le wok, Sébastien a fait la grimace. Je lui ai pincé le nez en souriant.

«Tu vas aimer ça, Sébastien, ça va être encore des crevettes. Tu m'as dit, hier, que t'aimais ça, les crevettes... C'est même à cause de toi que j'en ai acheté.»

La mère de Mathieu se penchait sur le wok en cuisinière avertie.

«Ah! oui, j'en ai vu dans les magasins... Pis y'a un Chinois, au poste anglais, qui fait des démonstrations... Mais y fait tellement de folies en parlant que j'ai de la misère à suivre c'qu'y dit... Ça fait-tu bien à manger?»

J'allais faire l'éloge complet et détaillé du wok quand Mathieu m'a coupé. Il était visiblement nerveux et voulait tellement que tout se passe bien qu'il était prêt à faire les frais de la conversation à lui tout seul.

«Au début, ça surprend un peu, tu vas voir, mais ce que tu manges est tellement frais... La nourriture garde toutes ses vitamines...»

Sa mère l'a regardé avec un drôle d'air.

«Comme si j't'avais privé de vitamines!

— C'est pas ça que je voulais dire, maman... J'voulais juste dire que dans cette cuisine-là tous les aliments gardent *toutes* leurs vitamines...»

J'aurais bien aimé qu'ils sortent de ma cuisine mais je n'osais pas le dire. Sébastien avait le nez un peu trop près de mon couteau — je coupais des citrons et il trouvait que ça sentait bon —, Mathieu et sa mère s'étaient installés à la petite table qui nous sert pour le petit déjeuner, un apéritif à la main — une bière pour Rose, un verre de vin rouge pour Mathieu.

«Le docteur disait même que j'te survitaminais! Voyons donc, Mathieu, t'as toujours été un enfant en santé parce que j'te nourrissais bien, mets-toi pas à dire n'importe quoi devant le monde...»

J'ai coupé mes échalotes dans un relatif silence, Sébastien seul élevant de temps à autre la voix pour me demander pourquoi je faisais ceci ou cela... Après le petit éclat de sa mère, Mathieu devait chercher un sujet de conversation anodin qui nous conviendrait à tous mais je ne faisais rien pour l'aider dans l'espoir que ça lui donnerait l'idée d'aller s'installer dans le salon.

Rose s'est levée, s'est approchée de moi.

Je hachais du gingembre. Sébastien venait de dire que ça ressemblait à un bonhomme et avait lâché un «ouache» écoeuré quand j'avais tranché une partie de la racine.

«Ton bonhomme a pus de tête!»

Rose était venue voir le bonhomme en question.

«C'est du gingembre, hein? J'en vois chez la Vietnamienne, à côté de chez nous... J'trouve que ça sent bon mais j'saurais pas quoi faire avec...»

Je la sentais impatientée, à ma gauche. Elle se dandinait d'une jambe sur l'autre en passant la main sur la cuisinière électrique qui, à ma grande honte, n'était pas très propre. Un peu comme quelqu'un qui a quelque chose d'important à dire et qui n'y arrive pas.

«En tout cas, vous avez une belle maison!

— Merci, chus content que vous aimiez ça...»

Je la laissais venir, ne sachant pas au juste ce qu'elle voulait.

«J'peux-tu vous aider?»

J'aurais dû y penser. Je me suis dit qu'elle ne devait pas être très habituée de voir l'homme cuisiner pendant que la femme prend l'apéritif en le regardant faire. Puis je me suis trouvé injuste. Et mufle. Et macho. Elle n'avait que quelques années de plus que moi, après tout, et n'agissait sûrement pas par atavisme mais par simple gentillesse. (Mathieu m'avait d'ailleurs souvent raconté les périodes de féminisme que traversait régulièrement sa mère, sa lutte acharnée, à son travail, contre la façon dont étaient traitées les femmes, son engagement syndical...)

J'ai répondu sans la regarder tant j'avais honte.

«Non, non, merci, ça va... J'aime ça, couper mes affaires... ça me relaxe...»

Elle s'est penchée au-dessus du wok en fronçant un peu les sourcils. Pendant quelques secondes elle a tellement ressemblé a Mathieu que j'en fus troublé.

254

«Vous mettez tout ça là-dedans...

— Oui, pis ça prend cinq minutes à cuire...

— Ça a le temps de cuire, en cinq minutes?

— Ben oui, ayez pas peur, j'vous ferai pas manger des crevettes crues... »

Elle a ri, mais ne semblait pas tout à fait convaincue.

«Vous êtes sûr que vous voulez pas que j'vous aide? J'achève ma bière, là, pis j'aimerais ça bouger un peu... »

J'ai cédé en me disant qu'elle devait être aussi mal à l'aise que moi.

«Si vous y tenez... J'ai oublié de trancher les champignons... »

Sébastien a tiré la jupe de sa grand-mère.

«Veux-tu que moi t'aide? »

Il faisait souvent cette faute, je m'en étais rendu compte durant la journée, et ça m'agaçait. Je me suis accroupi à côté de lui.

« *Que je t'aide*, Sébastien, pas que moi t'aide... »

Puis je me suis rendu compte que c'est moi en fin de compte qui agissais par atavisme (la déformation professionnelle en est un exemple particulièrement flagrant) et je crois bien que j'ai rougi.

«Tu peux aider ta grand-mère, si tu veux...

— All right! »

J'ai été obligé de me retenir pour ne pas lui dire que ce all right-là revenait bien souvent dans sa conversation... Le professeur de français en moi était en train de remonter un peu trop à la surface, ce devait être la nervosité...

Rose a pris Sébastien par la main.

«Viens, mon trésor, grand-maman va te montrer comment couper des champignons... Tu vas voir, c'est passionnant... »

Elle a regardé un peu partout sur le comptoir.

«Oùsqu'y sont, vos couteaux? »

J'ai sorti le plus beau que j'avais, une longue chose très impressionnante, toute neuve, dont on m'avait beaucoup vanté les mérites mais dont je ne me servais que peu, habitué que j'étais à manipuler mes vieux couteaux ébréchés.

« T'nez, ça c'est pour vous... mais j'vais vous en donner un plus petit pour Sébastien... Pis tutoyez-moi, s'il vous plaît... C'est juste si vous m'appelez pas monsieur, ça a pas de bon sens... »

Elle m'a fait un premier vrai grand sourire sincère et quelque chose de beau et de chaud s'est passé entre nous.

« Ben appelle-moi Rose, d'abord... pis lâche la madame, ça m'achale! »

Rose a pris une crevette avec sa fourchette, l'a regardée.

« Des crevettes au citron... c'est original, hein? »

Elle y a goûté du bout des dents, a quelque peu exagéré son appréciation.

« Hmmm, c'est bon, ça a pas de bon sens... J'm'attendais pas à ça... »

Elle a mâché longtemps en nous regardant tous les trois chacun à notre tour. Sébastien a fait la même chose qu'elle, en répétant mot pour mot les paroles de sa grand-mère.

J'ai cru que la partie était gagnée jusqu'à ce que Rose goûte un morceau de brocoli. Elle n'a pas pu cacher son étonnement.

« C'est croquant, hein... C'est... On pourrait même dire que c'est quasiment cru... »

Je ne pouvais rien répondre, c'était vrai. J'avais ajouté le brocoli à la dernière minute et il était un peu raide.

Mathieu a pris une gorgée de vin, s'est essuyé la bouche.

« Maman a toujours trop fait cuire ses légumes... »

Elle s'est penchée au-dessus de la table, a donné une petite tape sur la main de son fils.

« T'as pas toujours dit ça... J'ai longtemps été la meilleure cuisinière du monde, pour toi... »

Nous avons ri.

J'ai posé ma serviette sur la table.

«Voulez-vous qu'on se fasse autre chose... ou qu'on fasse venir du Bar-B-Q?»

Rose a protesté: non, non non, c'est bon, es-tu fou, ça a dû te coûter les yeux de la tête, du bon manger de même... Sébastien, lui, semblait plutôt d'accord avec le Bar-B-Q. Je voyais mon souper s'en aller à vau-l'eau et j'étais assez découragé. Les pieds dans les plats, une fois de plus, je pataugeais pour essayer de m'en sortir. J'avais voulu trop bien faire; les forces me manquaient sur les derniers milles: j'avais envie de tout jeter aux vidanges et d'aller me coucher. Surtout que moi je trouvais mes crevettes remarquables.

Mathieu a suggéré à Sébastien de ne manger que ce qu'il aimait dans son assiette. Les crevettes ont disparu — heureusement! — mais les légumes sont restés là à figer dans la sauce au citron.

Rose, pour sa part, a tout mangé, en femme bien élevée. Elle a même réussi à dire qu'on s'habituait aux légumes croquants, à la longue, que le citron donnait à tout ça un petit goût piquant qui lui plaisait beaucoup... Elle avait dû lire mon désarroi dans mes yeux et essayait de raccommoder un peu les choses, en bonne moman québécoise conciliante et compréhensive.

Le dessert, cependant — des gâteaux Reine Élisabeth et de la crème glacée achetés au *Bilboquet* — a été un franc succès. Sébastien s'est barbouillé jusqu'aux yeux, en a redemandé en frappant sa cuiller au fond de son assiette, au grand dam de sa grand-mère, d'ailleurs, qui trouvait que cet enfant-là était bien étrangement élevé. Mais l'atmosphère s'était détendue; Rose s'est avérée une brillante causeuse, drôle et vive dans la répartie. Et surtout ricaneuse. Je retrouvais chez elle certains des traits que j'appréciais le plus chez Mathieu. C'était elle qui l'avait élevé et son influence était évidente. Mathieu aussi s'était animé au dessert; il était moins sur la défensive et je lisais dans les regards qu'il me jetait parfois à la dérobée, quand Rose parlait avec Sébastien, des signes d'encouragement qui me faisaient beaucoup de bien: je passais bien l'examen, tout

allait bien, il ne fallait pas m'en faire... Mathieu commençait à très bien me connaître et dépistait de plus en plus
rapidement mes moments de doute ou de panique.

Mais à un regard qu'il jeta à sa mère au moment où
Sébastien est venu me retrouver pour que je le prenne sur
mes genoux, j'ai compris qu'il jouait un double jeu et qu'il
rassurait sa mère comme il venait de le faire avec moi. J'ai
failli éclater de rire et j'ai déguisé mon fou rire en bec
sonore dans le cou de Sébastien. Celui-ci bâilla avec une
rare intensité, appuya sa tête contre ma poitrine en me
demandant de lui frotter la bedaine comme je l'avais fait la
veille. C'est un truc qu'employait ma mère pour me calmer, quand j'étais petit: elle me prenait sur ses genoux,
m'appuyait contre sa vaste poitrine et me frottait très doucement le ventre jusqu'à ce que je m'endorme. C'était un
moment très privilégié dont nous n'abusions pas trop: il
servait de ciment de réconciliation après les chicanes ou
d'apothéose après les grandes déclarations d'amour.

Rose a regardé mon manège avec un drôle d'air. Je me
suis senti obligé de lui raconter l'origine de cette habitude
et la conversation a doucement glissé vers des sujets très
généraux, la famille, le métier — elle travaillait comme
hôtesse dans un grand restaurant de Montréal et en était
très fière —, les goûts. Elle se plaignait un peu de son
appartement trop chaud, enviait les arbres qu'elle avait
aperçus devant ma maison, avouait son rêve secret d'acheter un jour un immeuble de six ou sept logements sur le
Plateau Mont-Royal, dont elle habiterait le bas et qui se
paierait tout seul. C'était feutré, chaleureux et tout à fait
agréable. Et quand j'ai compris au ton de Rose qui se mit à
parler presque tout bas que Sébastien s'était endormi dans
mes bras, abandonné, fragile, j'ai ressenti un court moment
d'intense bonheur. Ces quelques minutes passées à bavar-
der à voix basse au-dessus d'une tasse de café qui refroi-
dissait rachetaient tout à fait la journée difficile qui s'achevait. Cette petite vie toute chaude, palpitante, qui me
confiait sans aucune inquiétude son sommeil, l'état le plus
précaire dans lequel puisse se retrouver un être humain,

me faisait fondre de reconnaissance et de bien-être.

Mais ce fut de courte durée.

Vers huit heures, on sonna à la porte. Sébastien — mais dormait-il seulement? — s'éveilla aussitôt en criant: «C'est maman! C'est maman!». Il a traversé la maison en courant, suivi de son père visiblement dépassé par les événements. Rose avait pâli d'un seul coup. Elle avait porté la main à son collier et raidi le cou, comme lorsqu'on s'attend d'une seconde à l'autre à une catastrophe. Nous ne parlions plus; nous évitions même de nous regarder. Quelque chose de très délicat venait de se briser, quelque chose qui serait très difficile à reconstituer parce qu'il faudrait tout recommencer: un début de complicité qui devenait utopique tant une partie de l'ancienne vie de Mathieu et de Rose s'était introduite dans la maison.

J'ai quitté la table en m'excusant.

«J'vais aller voir ce qui se passe. Y devaient venir beaucoup plus tard...»

Rose n'a pas bougé. J'étais sûr qu'elle aurait donné la moitié de sa vie pour être ailleurs et je sentais que je ne pouvais rien faire pour l'aider.

Sébastien était dans les bras de sa mère mais il tendait les siens vers Gaston qu'il voulait embrasser. Nous nous sommes salués pendant que l'enfant passait de l'un à l'autre avec un plaisir évident. Gêné, Mathieu restait quelque peu figé sur le pas de la porte. J'ai offert moi-même à Louise et à Gaston d'entrer.

Aussitôt par terre — Gaston voulait enlever son paletot —, Sébastien s'est écrié:

«Mamie Rose est là! Est dans' salle à manger!»

Louise a un peu sursauté, mais un sourire est vite apparu sur son si beau visage. J'ai tout de suite compris que ces deux femmes s'étaient beaucoup aimées et un grand sentiment d'impuissance m'a envahi.

«Ah! oui? J'aimerais ça la voir... Ça fait tellement longtemps.»

Mathieu m'a regardé. Je lui ai fait comprendre que tout allait bien. J'ai pris d'autorité la main de Sébastien.

« V'nez, on est encore à table... »

Gaston continuait à donner à Mathieu une explication qu'il avait dû commencer avant que j'arrive.

« On est arrivés plus de bonne heure parce que j'me suis encore chicané avec mon frère pis mon père... En plein *Da Giovanni*, à part de t'ça! Faut jamais faire ça en famille, les achats du temps des fêtes... Y fait chaud, tout le monde se tombe sur les nerfs, on sait pas quoi acheter aux enfants, les hommes se tannent plus vite que les femmes, pis la chicane finit par pogner... On est partis au beau milieu du repas... »

Rose s'était levée au bout de la table. Elle regardait Louise avec un telle intensité que j'ai eu l'impression que cette dernière allait tomber, brûlée vive. Louise a contourné la table en hésitant un peu.

« Bonsoir, Rose... Ça me fait tellement plaisir de vous voir... J'vous présente Gaston, mon ami... Gaston, c'est ma belle-mère... Enfin, mon ancienne belle-mère... »

Sa voix avait changé; un petit tremblement la rendait presque gutturale.

Rose a ignoré Gaston, pas par indélicatesse mais parce qu'elle n'arrivait pas à détacher ses yeux de Louise. Elles sont restées sans se toucher pendant de longues secondes. Des années d'affection, de connivence, d'espoir, dans un monde simple et normalisé, dans une vie maintenant lointaine et irrécupérable, des années de bonheur qui ne préludaient à aucune catastrophe et que cette catastrophe avait dû pulvériser en quelques heures, ont passé dans le regard silencieux qu'elles échangeaient. Jamais, me suis-je dit, jamais cette femme-là ne me regardera de cette façon et j'en fus profondément bouleversé. Je me suis même senti étranger chez moi et j'ai reculé de quelques pas en direction de la cuisine.

Louise a été la première à parler. Je n'ai pas entendu ce qu'elle disait mais cela a semblé frapper Rose en pleine poitrine. Cette dernière a penché la tête par en avant; Louise l'a prise entre ses mains, a baisé le front que je devinais chaud de trop d'émotion. Rose a éclaté en gros sanglots presque enfantins et s'est jetée dans les bras de son ancienne belle-fille comme une désespérée.

Sébastien les regardait avec étonnement.

Nous, les trois hommes, ne sachant que faire, nous sommes réfugiés à la cuisine pour nous retrouver autour de la petite table, ridicules et silencieux.

J'aurais voulu essayer de rassurer Mathieu et de me rassurer moi-même par la même occasion, mais la présence de Gaston m'en empêchait et je crois bien que Gaston lui aussi se sentait mal à l'aise de se retrouver avec nous. Nous ne nous connaissions pas et un monde de préjugés nous séparait. De part et d'autre. Représentions-nous à ses yeux les vilaines tapettes qui étaient en train de bousiller son bonheur? En tout cas, je savais très bien qu'il représentait pour moi le bon gars qui veut jouer les compréhensifs parce qu'il en est bien obligé mais qui aimerait mieux se retrouver ailleurs.

Mathieu grattait le bord de la table avec son ongle.

«Qu'est-ce qu'on fait, dans ce temps-là? Hé! que j'me trouve niaiseux... J'viens encore de me sauver au lieu de faire face à un problème!»

J'ai avancé une main vers lui mais je n'ai pas osé le toucher.

«On s'est pas sauvés, Mathieu... C'était mieux qu'on les laisse toutes seules, de toute façon... Ça y fait toute une journée, à ta mère...»

Gaston s'est levé comme pour nous laisser à notre conversation et est allé s'appuyer contre le lave-vaisselle. Il a donné un petit coup de poing sur le comptoir d'arborite.

«J'haïs ça, des situations comme ça... Avoir su, j'aurais enduré les niaiseries de mon frère pis j'aurais fini mon plat de spaghetti!»

Il a regardé vers le frigidaire.

«Avez-vous queuqu'chose à boire? J'aurais besoin d'une bonne bière froide...»

Je n'avais même plus envie de jouer les hôtes accueillants.

«Oui, oui, sers-toi... Excuse-moi de pas y avoir pensé

261

avant... »

Des niaiseries, des généralités, pendant que se produisait à côté quelque chose que je sentais tragique et désespéré. Et dont j'étais en partie la cause.

Sébastien est entré dans la pièce en trombe.

«Pourquoi y pleurent, maman pis mamie Rose? »

Nous nous sommes regardés, Mathieu et moi. Nous n'avions pas envie ni l'un ni l'autre de nous embarquer dans de longues et périlleuses explications. Mathieu a pris son fils sur ses genoux.

«Ça fait longtemps qu'elles se sont pas vues, tu comprends...

— Pis sont pas contentes?

— Non, au contraire, sont... sont trop contentes!

— Sont trop contentes? Comment ça?

La soirée s'étiolait dans un malaise non pas grandissant mais, disons, constant. En tout cas pour moi. Ils avaient deux ou trois fois parlé de partir. Nous nous étions sentis obligés de les retenir, ils s'étaient sentis obligés de rester. Rose et Louise parlaient d'abondance: elles avaient beaucoup de temps à rattraper et s'étaient tassées dans un fauteuil, Rose confortablement installée, presque affalée au fond des coussins et Louise juchée sur le bras sûrement trop dur d'après les contorsions que cela lui demandait. Elles jasaient comme deux petites filles qui se retrouvent après les vacances. Leurs têtes se touchaient presque et, après les larmes, oubliées maintenant, les rires fusaient souvent.

C'était un peu plus difficile pour nous, les trois hommes. Gaston avait bien essayé de lancer la conversation sur le hockey mais devant notre flagrant manque d'intérêt et surtout notre grande ignorance du sujet, il s'était réfugié dans sa deuxième bière et un mutisme d'où il était très difficile de le tirer.

Sébastien était visiblement ravi de nous voir tous réunis et passait de l'un à l'autre avec une gentillesse d'enfant comblé qui ne sait pas comment remercier ses bienfaiteurs: il faisait des caresses à tout le monde, nous disait de jolies choses, et je ne sentais pas du tout d'arrière-pensée de cadeaux de Noël dans sa façon d'être; il était simplement heureux de nous avoir tous à portée de la main et en profitait pendant que ça passait.

Mathieu était plutôt pâle. Il regardait souvent en direction de sa mère et de son ancienne femme; je croyais alors deviner non pas un regret ou une nostalgie mais une espèce de culpabilité, peut-être celle d'avoir séparé deux femmes qui s'aimaient beaucoup et qu'il avait fait souffrir malgré lui. Il me raconta plus tard, alors que nous nous retrouvions seuls dans l'appartement et que nous échangions nos impressions sur ce qui venait de se passer, que la complicité entre Louise et Rose avait été l'une des seules réussites de son mariage et que d'en être à nouveau le témoin l'avait rendu furieux. Mais pour le moment, c'était quelque chose de tout à fait différent de la fureur que je lisais en lui; ça ressemblait plutôt à une espèce de fatalisme mêlé de résignation.

Quant à moi, j'avais parfois l'impression d'être spectateur d'un événement qui me concernait peu alors qu'au contraire je venais de traverser l'une des journées les plus décisives de ma vie. Mais j'étais tellement épuisé d'émotions diverses, d'efforts exténuants, de sentiments opposés, que j'avais tendance à me retirer en moi-même pour regarder avec une certaine froideur ce qui se produisait dans ma propre maison et qui concernait des êtres que je ne connaissais que depuis très peu de temps. D'un côté mon existence était en jeu, j'avais un choix important à faire, mais de l'autre j'avais un peu de difficulté à croire que tout ça m'arrivait vraiment à moi. Pour en prendre vraiment conscience, il fallait que je me concentre sur Mathieu, sur mon grand amour pour lui. Alors une certaine impression de réalité me revenait, l'émotion me serrait la gorge et je me disais oui, à cause de lui, je peux, je dois accepter tout ça, l'enfant, la belle-mère, l'ancienne femme, le nouveau chum de l'ancienne femme... Mais le vieux garçon en moi se rebiffait encore et j'avais envie de ruer dans les brancards.

Une certaine notion de liberté était en train de disparaître de ma vie ce soir-là et je ressentais le vertige que donnent les grands choix.

Sébastien s'est endormi tout d'un coup; il est tombé comme une masse dans les bras de sa mère après une dernière chatouille et ça a mis un point final à la soirée. Tout le monde sembla soulagé d'avoir trouvé une défaite pour se séparer. Gaston a offert un lift à Rose et ils sont partis assez rapidement dans un froufrou de manteaux d'hiver, de bottes neuves, de becs, de poignées de main malhabilement échangées.

Tout de suite après leur départ, nous nous sommes couchés, Mathieu et moi — il était à peine dix heures et demie —, et, après avoir fait l'amour avec une énergie nouvelle — en tout cas renouvelée —, nous avons parlé. Jusqu'aux petites heures. Il m'a décrit ses impressions, je lui ai dit les miennes, mais sur un ton beaucoup plus léger que ce à quoi je me serais attendu. Pas une seconde nous ne fûmes heavy; j'en étais grandement soulagé. Je lui ai quand même caché mon angoisse existentielle, je ne voulais pas l'affoler pour rien. Et je crois bien que je me suis endormi au beau milieu d'une de ses phrases parce qu'un éclat de rire m'a réveillé alors que je rêvais d'un Père Noël ailé qui butinait de maison en maison en soutirant dans chacune d'elles ce qu'il y avait de meilleur au lieu de laisser des cadeaux au pied des cheminées.

«Tu ronfles tellement fort que Mélène vient de donner deux coups sur son plancher!

— C'tu vrai?

— Ben non. C'est les deux sorcières d'en bas qui viennent de donner des coups de balai sur leur plafond.

— C'tu vrai?

— Jean-Marc, retourne donc où t'étais... T'as oublié de ramener ton intelligence... »

LOUISE ET GASTON

«Je le sais que j'évolue dans un milieu que tu trouves square...

— J'ai jamais dit ça...

— Tu l'as peut-être jamais dit, mais j'te connais assez pour savoir que tu le penses!»

Gaston fulminait. Il s'était contenu trop longtemps, il avait l'impression qu'il allait exploser, même devant Sébastien qui avait commencé par s'endormir sur ses genoux aussitôt que la voiture avait démarré, laissant une Rose visiblement ébranlée sur le pas de sa porte. Mais Sébastien avait ouvert un oeil à la première parole agressive qu'ils avaient échangée. Ils essayaient le plus possible de ne pas s'engueuler devant lui, gardant pour le fond de la chambre à coucher ou les moments où il était absent leurs récriminations, en fait assez rares, leurs petits froids passagers, leurs bouderies enfantines qui s'achevaient toujours par des caresses précises et violentes.

Sébastien n'avait donc jamais entendu Gaston parler sur ce ton à sa mère. Il se recroquevillait dans son parka tout neuf, un peu trop grand pour lui, en nichant son nez derrière la fermeture éclair dont il léchait nerveusement les petits anneaux de métal. Il avait chaud; un peu de morve lui coulait du nez.

Louise, qui conduisait avec une prudence exagérée parce qu'elle aussi sentait l'agressivité lui grimper le long de la colonne vertébrale, fit signe à Gaston de parler moins

267

fort, mais il ne la vit pas, occupé qu'il était lui-même à chercher ses mots pour ne pas affoler Sébastien. Il replaça l'enfant qui avait tendance à se laisser glisser trop bas sur ses genoux.

«Tiens-toi, un peu, Sébastien, sinon on va te retrouver en dessous de la boîte à gants!»

Sébastien eut envie de rire mais fit semblant de dormir.

Après un soupir d'exaspération, Gaston revint vers Louise.

«N'empêche que dans mon milieu square c'te scène-là se serait jamais produite... J'ai jamais vu une gang...

— Une gang de quoi? Hein? Une gang de quoi?»

Louise tourna trop brusquement à droite sur la rue Jean-Talon. Leurs corps se penchèrent tous du même côté. La ceinture de sauvetage de Gaston étrangla un peu Sébastien qui ne dit rien.

«Je le sais pas... J'sais pas comment dire ça parce que j'ai jamais vu ça! J'essaye d'être plus tolérant comme tu me l'as demandé mais c'est dur par boute! J'veux ben accepter des affaires que j'acceptais pas avant de te connaître mais y'en a qui passent pas! De quoi on avait l'air, tout le monde, à soir! Hein? Pourquoi on n'est pas partis tu-suite? J'ai rien à dire à ces gars-là, pis y veulent rien savoir de moi... C'est normal mais c'est pas une raison pour faire exprès de se fréquenter, calvaire!»

Gaston avait presque crié. Il sentit Sébastien sursauter. Il baissa les yeux. La partie supérieure d'une frimousse inquiète le dévisageait. Sébastien avait souvent vu sa mère exaspérée, la plupart du temps à cause de lui, d'ailleurs, mais c'était la première fois qu'il entendait Gaston crier. C'était une découverte des plus désagréables et qui lui ouvrait des horizons assez inquiétants: jusque-là Gaston avait toujours été celui vers qui il pouvait courir quand sa mère était furieuse contre lui; c'était le papa gâteau, le tampon qui savait tout atténuer par une farce irrésistible ou une parole apaisante, mais voilà qu'il pouvait lui aussi se changer en démon...

«T'es fâché, Gaston?»

Louise éteignit rageusement sa cigarette dans le petit cendrier déjà plein.

« Ben non, Sébastien, Gaston est pas fâché... »

Ce dernier descendit la fermeture éclair du parka de l'enfant pour mieux le voir.

« Oui, chus fâché! Chus fâché, Sébastien! C'est de ça que j'ai l'air quand chus fâché. C'est pas beau, hein?

— Non. C'est pas beau.

— Mais ça va passer. Maman pis moi on va se parler, pis ça va passer...

— Parlez pas trop fort, ça me fait peur. »

Gaston serra Sébastien contre lui.

« Peut-être qu'on pourra pas s'empêcher de parler trop fort, c'te fois-là... Bouche-toi les oreilles... »

Louise avait oublié de fermer le store vénitien; la lumière jaunâtre du lampadaire qui se trouvait juste devant leur fenêtre conférait à la chambre une patine d'irréalité qui énervait Gaston: tout, y compris eux-mêmes, était devenu jaune quand il avait éteint la lumière et il se disait non, si on est pour passer une partie de la nuit à discuter, j'veux pas le faire dans une atmosphère aussi déprimante... Il se leva, fit le tour du lit où Louise venait de le rejoindre dans sa jaquette d'hiver dont il s'était tant moqué quand elle avait fait son apparition, vers la fin novembre, et fit tourner la baguette de plastique qui contrôlait le fonctionnement des lattes verticales.

« Quand Sébastien va commencer à poser des questions gênantes, qu'est-ce qu'on va faire? »

Il revint vers sa place à tâtons; seule la voix de Louise lui fut un repère, un point précis dans l'espace dont il put se servir pour regagner sa place.

« On répondra le plus honnêtement possible à ses questions gênantes, c'est tout! De toute façon, la génération de Sébastien s'occupera peut-être même pas de ces choses-là... »

La naïveté de Louise le fit bondir. Il alluma sa lampe

de chevet avec un geste tellement rageur qu'il faillit la renverser.

« Louise! Voyons donc! T'as l'air de penser que la majorité du monde pense comme toi! La majorité du monde pense comme moi, tu sais! Pis la majorité, elle, avec toutes les histoires de meurtres, pis de SIDA, pis de sado-masochisme, pis de folles finies, elle essaye même pas d'être tolérante! Comme t'as pu le voir au souper, j'commence à avoir de sérieux problèmes avec ma famille à cause de ça, pis j'aime pas ça...

— Bon, que c'est que ton brillant père pis ton génial frère t'ont dit, encore... Je parlais avec ta mère, à la table à côté, pis on s'occupait pas de ce que vous disiez... Vous étiez tellement loud qu'on voulait pas que le monde sache qu'on vous connaissait... On a même pensé que vous vous engueuliez à cause du hockey. *Da Giovanni* au complet s'était arrêté de manger pour vous écouter!

— Ben... Y commencent à jaser... Ça a l'air que ma soeur pis moman prennent mieux ça, mais eux autres...

— Tes frères pis ton père sont toute une gang de machos...

— Ben oui, c'est une gang de machos, pis y'ont des grandes yeules, imagine-toi donc! »

Louise s'appuya sur un coude, sa tête très près de celle de Gaston. Son beau profil d'enfant qui a grandi trop vite l'avait toujours émue. Une mèche de cheveux lui retombait sur le front. Il la repoussa d'un geste tellement familier qu'elle eut l'impression de connaître Gaston depuis toujours. Elle posa son nez sur l'épaule de son chum. Adopta un ton plus doux.

« Qu'est-ce que t'essayes de me dire, là?... »

Il la prit dans ses bras, la serra fort; elle devina que ce qu'il allait dire lui ferait mal et ferma les yeux.

« Popa pis mes frères, surtout Paulot qui mâchait pas ses mots, à soir, essayent de mettre dans la tête de ma mère que tout ça pourrait être dangereux pour Sébastien... Tu comprends, Jean-Marc est un homosexuel, pis Sébastien est un petit garçon... »

Elle bondit comme s'il l'avait giflée. Elle repoussa les couvertures, sortit du lit puis, se rendant compte qu'elle ne pouvait pas lui faire de scène en tournant autour du lit ou en faisant les cent pas dans la chambre pendant qu'il la regarderait du fond de ses oreillers, elle reprit sa place, bouillant de rage contenue.

« Gang d'épais! Tu diras à tes brillants frères, surtout le subtil Paulot, que si j'avais une p'tit fille de l'âge de Sébastien j'hésiterais à la laisser s'approcher d'eux-autres pour les mêmes maudites raisons! Y'ont ben plus l'air de maniaques sexuels que Jean-Marc pis Mathieu! Jean-Marc pis Mathieu bavaient pas devant toi, à soir, pis y faisaient pas de farces grasses sur ton physique, tandis que quand tes frères me voient arriver... T'as même déjà failli te battre avec Paulot, à cause de ça, une fois, tu t'en rappelles... Mais ça, on sait ben, c'est normal! Eux autres, y'ont tous les droits parce que chus une femme pis qu'y sont hétéro-sexuels! Y'ont même le droit de faire des farces plates sur les seins de ta petite nièce qui commencent à pousser... C'est pas sexuel, ça? C'est pas malade, ça? Eh! que ça m'en-rage! Ben moi aussi, chus hétérosexuelle, mais ça veut pas dire que j'risque automatiquement de sauter sur Sébastien, un jour, parce que chus aux hommes! Tu leur diras de ma part qu'y'a d'autre chose que le cul, dans le monde... Ah, pis non, va pas leur dire ça, tu vas faire rire de toi... »

Ils se turent un bon moment. Louise avait peur de ne pas avoir été claire dans son argumentation parce qu'elle s'était laissée emporter par la passion; Gaston, au contraire, ne trouvait rien à lui répondre parce que toutes ses flèches avaient touché leur but.

Il avait été élevé, avec ses frères, dans l'horreur de l'homosexualité, il s'en était moqué pendant toute son adolescence — son répertoire d'histoires de tapettes était presque illimité —, il était même parfois allé « aux tapettes », au parc Lafontaine, ce qui consistait à se ramas-ser avec une gang de gars pour aller casser la gueule aux silhouettes anonymes qui hantaient le parc, la nuit. Consé-quemment, lorsqu'il avait dû avouer à sa famille que le fils de sa blonde avait un homosexuel comme père, ç'avait été horrible: les mâles du clan avaient lâché les hauts cris, ils avaient parlé d'hérédité, de maladie chronique, de déviation, de danger; ils ne comprenaient pas pourquoi Louise laissait seulement Mathieu revoir Sébastien...

C'est lui qui s'approcha d'elle, cette fois, très doucement. Il connaissait son caractère, il avait peur de se faire éconduire avec une de ces phrases lapidaires qui étaient sa spécialité et qui le laissaient toujours pantois, immobilisé au milieu d'un geste ou d'une phrase.

« Faut pas trop leur en vouloir... Y'aiment beaucoup Sébastien, dans'famille...

— Qu'y l'aiment moins, pis qu'y nous sacrent donc la paix! J'vas-tu me mêler de leurs affaires, moi? Ta belle-soeur Céline, là, qui braille à longueur d'année parce que Paulot est une brute, j'me mêle-tu d'y donner des conseils? Ah! pis j'pense qu'on ferait mieux de dormir, on règlera pas ça ce soir... »

Docilement, Gaston éteignit sa lampe de chevet mais se recolla aussitôt contre Louise.

« Louise... »

Elle tourna la tête vers lui, un vague sourire flottant sur ses lèvres.

« Quand tu me parles sur ce ton-là, j'sais que t'as quelque chose d'important à me demander... »

Encore une fois elle avait lu en lui et il choisit bien ses mots avant d'attaquer.

« C'est peut-être pas pantoute le temps de parler de ça... On n'en a encore jamais parlé... mais... j'aimerais ça avoir un enfant... »

Elle crut à son tour qu'il avait lu en elle parce que l'idée la hantait elle aussi depuis quelque temps, puis elle se dit non, c'est juste un hasard, un heureux hasard, on y'a pensé en même temps...

« Okay!

— Okay parlons-en, ou okay faisons-en un?

— Okay faisons-en un. On peut même le faire tu-suite, si tu veux. J'ai pas encore pris ma pilule... »

Gaston s'assit dans le lit en renversant les couvertures.

«Euh... Tu-suite, là?»

Elle passa doucement la main sur son ventre à lui en s'attardant autour de son nombril.

«C'est peut-être la meilleure chose qui pourrait nous arriver... J'avoue que j'y pensais sérieusement, moi aussi... Un beau p'tit bébé, là, hein, un p'tit monstre qui aurait tous nos défauts à tous les deux, ça serait tellement extraordinaire!»

Elle le vit pencher la tête.

«Tu pleures? Mon Dieu, si les mâles de ta famille te voyaient... Où c'est que tu mets ça, dans ta notion primaire d'humanité, un macho qui pleure parce que sa femme accepte d'y faire un p'tit?

— J'pleure pas!»

Elle l'ébouriffa, lui donna une violente poussée, se mit à le chatouiller en criant:

«T'es désespérant, Gaston, t'es désespérant!»

Sébastien essayait en vain de faire couler ses *Fruit Loops*. Il avait vu une publicité, à la télévision, dans laquelle on prétendait que personne ne pouvait y arriver: ni les enfants, ni la maman, ni le papa. Ça l'avait beaucoup intrigué et il en avait demandé une boîte à sa mère, même s'il n'était pas friand de céréales. Effectivement, les *Fruit Loops* n'étaient pas coulables: il avait essayé avec ses doigts, avec le dos de sa cuiller, en soufflant dessus; ils remontaient toujours à la surface du lait en se dandinant et en produisant des cercles concentriques, comme de petites vaguelettes, et ça le faisait beaucoup rire.

Sa mère répéta pour la quatre ou cinquième fois qu'il ne fallait pas jouer avec sa nourriture. Il la regarda avec un air faussement innocent.

«Y le font, à la télévision, toute une famille, pis y'ont ben du fun!»

Louise s'approcha de lui, lui pinça le nez.

«À la télévision, sont là pour vendre des *Fruit Loops*: toi t'es là pour les manger... Comprends-tu? Pis si tu fais semblant de pas comprendre, j'vais te les enlever pis te mettre aux bonnes vieilles toasts avec d'la confiture... Gaston va se faire un plaisir de les manger, lui, sans essayer de les faire couler... j'espère, en tout cas... »

Il prit quelques cuillerées sans rien dire, puis demanda avec le même air innocent:

«Maman... Tu le sais-tu que Jean-Mak pis papa y couchent dans le même lit? »

Gaston le regarda par-dessus son *Journal de Montréal*. Louise s'appuya contre la porte du frigidaire qu'elle venait d'ouvrir.

«Oui, je le sais. Pourquoi? »

Elle était sûre que son ton avait été faux, que Sébastien se douterait de son embarras.

Mais il mastiqua consciencieusement ses *Fruit Loops* avant de les avaler. Sa mère vint s'asseoir près de lui en faisant à Gaston un petit signe de désespoir. Gaston se plongea le nez un peu plus profondément dans son journal. Sébastien regarda sa mère en fronçant les sourcils.

«Quand t'étais petite, toi, combien de papas pis de mamans, t'avais?

— Tu le sais, Sébastien. Un papa, pis une maman. Tu les connais...

— Oui, mamie Simone pis grand-papa Arthur. C'tait-tu plate?

— Ben non... »

Elle ne savait pas au juste où il voulait en venir, s'il voulait parler de leur divorce, à elle et à Mathieu, ou du couple que formait maintenant Mathieu avec Jean-Marc; elle décida donc de ne pas courir au devant des coups; elle répondrait le plus succinctement et le plus clairement possible à ses questions sans jamais les provoquer. Mais il finit son bol de céréales sans rien ajouter. Gaston plia son journal en se faisant très discret, puis disparut au salon après avoir lancé à Louise un regard d'encouragement. Elle faillit le traiter de pissou, mais se retint. Elle enleva les couverts sales, les mit dans l'évier. D'habitude Sébastien disparaissait aussitôt son petit déjeuner fini de peur que sa mère lui demande de l'aider. Mais il restait là, à sa place; il la regardait aller et venir dans la cuisine, visiblement soucieux.

Louise pensa qu'elle ne pouvait pas le laisser comme ça, au milieu de questions qu'il n'osait pas poser ou qu'il n'arrivait pas à formuler. Elle vint s'asseoir en face de lui, nerveuse mais décidée à le débarrasser de ses inquiétudes, quelles qu'elles fussent. Elle prendrait beaucoup de temps, s'il le fallait, mais Sébastien sortirait de cette conversation aussi renseigné qu'un enfant de quatre ans peut l'être. Mais, justement, qu'est-ce qu'on peut dire à un enfant de quatre ans?

« Y a-tu quelqu'chose qui te tracasse, Sébastien? Tu peux en parler à maman... »

Et le coup de grâce vint en toute innocence, produit tout à fait normal d'une tête de petit garçon intégré à une société aux règles et moeurs très précises:

« C'est qui, la maman? C'est-tu papa ou ben Jean-Mak? »

« J'ai essayé d'y expliquer le plus simplement possible que c'est pas nécessaire qu'aye une maman pis un papa dans un couple, mais je sais pas si y'a vraiment compris... »

À l'autre bout de la ligne, Mathieu s'était un peu calmé. Il avait commencé par paniquer en apprenant la conversation que Louise venait d'avoir avec leur fils parce qu'il avait justement l'intention d'avoir la même à la prochaine visite de Sébastien.

« Passe-moi-le... j'vais essayer d'y parler...

— Pas au téléphone... Quand tu le verras, la prochaine fois, essaye d'y expliquer ta version... Essaye surtout qu'a' soit pas trop différente de la mienne...

— Non, non, y'a pas de problème... On va s'entendre sur quoi dire, comment y dire... Mais où c'est qu'y'est allé chercher ça, ces questions-là, pour l'amour... »

— J'pense que c'est Paulot, le frère de Gaston, qui y'a mis ça dans la tête...

— De quoi y se mêle, lui? Y'est-tu parlable, c'te gars-là, ou si y faut aller y casser la yeule?

— Essaye surtout pas ça, mon p'tit gars...

— Ah! le genre brute épaisse aux p'tits yeux porcins rapprochés en signe de folie, hein?

— Mon Dieu... On dirait que tu l'as déjà rencontré... »

Sébastien entra dans la cuisine en trombe, un *Transformer* dans chaque main.

« C'est-tu papa? »

Louise lui tendit l'appareil

« Oui, veux-tu y donner un bec?

— Youppi! »

Gaston faisait balancer Sébastien au bout de sa jambe en chantant l'ouverture de *Guillaume Tell*. L'enfant hurlait de joie. Quand Gaston était trop fatigué, il changeait de jambe, ou demandait grâce à Sébastien qui refusait catégoriquement.

« Fais le wowal, j'aime ça! »

Au bout d'une demi-heure de ce manège épuisant, Gaston roula par terre en contrefaisant le mort. Sébastien sauta dessus, prévoyant une séance de chatouillage. Mais Gaston l'emprisonna dans ses bras en lui demandant:

« Aimerais-tu ça avoir une p'tite soeur, Sébastien? »

Sébastien s'arrêta net dans son élan et répondit, imperturbable: « Non, pas tellement. »

JEAN-MARC

Mélène m'avait accroché presque par la peau du cou alors que je revenais du Cegep. Je ne l'avais pas vue depuis longtemps et je fus heureux de retrouver sa cuisine granola, sa chaleur enveloppante — ce côté moman qui m'avait manqué ces derniers temps — et son petit jappement qui avait toujours été comme un baume sur mes écorchures.

Elle avait fait un bortsch qui sentait très bon et que j'ai mangé avec appétit. Une vraie soupe d'hiver qui réconciliait avec la vie. Avec, cependant, l'inévitable pain aux six grains que j'abhorre par-dessus tout parce qu'il faut le mastiquer pendant des heures et qu'on se retrouve chaque fois avec des grains coincés entre les dents. Nous avons parlé de tout et de rien, évitant avec une pudeur nouvelle entre nous les sujets trop épineux. Elle m'observait à la dérobée et je faisais la même chose quand elle se levait pour couper du pain ou mettre la cafetière en marche. Je n'avais pas de cours, cet après-midi-là, et j'avais eu l'intention d'aller au cinéma voir un des gros canons américains qui commençaient à sortir pour Noël. Mais le temps restait comme suspendu, chez Mélène, les heures passaient sans qu'on s'en aperçoive et je me suis rendu compte que j'avais raté la première séance. J'étais là depuis plus de deux heures et nous n'avions rien dit d'important sans jamais arrêter de parler. C'était merveilleux. J'avais l'impression de m'exprimer plus lentement que d'habitude, je

279

sentais comme un engourdissement, un bien-être paralysant, qui évacuaient tous mes récents problèmes pour ne garder que la fragilité, la légèreté du moment présent.

J'ai eu des nouvelles de toute la famille, même des sorcières d'en bas qui ne me pardonnaient toujours pas Mathieu et qui allaient jusqu'à se plaindre du bruit que faisait Sébastien quand il courait dans la maison. (Après *deux* visites! Qu'est-ce que ça allait être après des mois ou des années...) Pendant un très court instant j'ai eu la nostalgie de l'époque, si récente, en fait, mais qui me paraissait étonnamment lointaine, où j'étais le seul homme au milieu de ces femmes que j'adorais, protégé des laideurs que je côtoyais dans mes pérégrinations nocturnes par leur santé, leur équilibre, leur humour.

Puis l'image de Mathieu quand nous faisions l'amour est venue laver cette nostalgie d'un seul coup. Le cap avait été tourné, Mathieu était maintenant ma priorité absolue, il ne me manquait plus que de trouver une façon de lier ces deux pôles de ma vie qui s'étaient contentés jusque-là de se frôler sans vraiment se fondre: la sécurité de la famille fabriquée de toutes pièces à partir d'amitiés indissolubles et la vie de couple, plus exclusive, plus secrète.

Je regardais Mélène aller et venir dans la cuisine qu'elle détestait tant et mon cœur se gonflait d'un amour bien différent de celui que je ressentais pour Mathieu mais qui était vraiment de l'amour, j'en étais maintenant convaincu. J'aurais voulu le lui dire, mais comment dire à une amie «Je t'aime» sans subir la morsure du ridicule et de la pudeur mal placée? En couple, l'amour se proclame à grands cris et en gestes précis; en amitié, c'est plus délicat, ça devient même nébuleux à la longue: il faut apprendre à décoder les mots, les gestes tout en sachant que l'autre fait la même chose, et tout finit par basculer dans la banalité des sentiments pris pour acquis.

Après mon troisième café — et celui de Mélène a une très proche parenté avec la dynamite — je ne tenais plus en place; j'étais passé de la benoîte béatitude des premières heures à une espèce d'agitation que je m'expliquais mal et qui me portait à un geste que je jugeais totalement ridicule mais que j'avais quand même une envie folle de poser: il y a combien de temps, me disais-je, que tu n'as pas fait sentir à Mélène à quel point tu l'aimes? Je me sentais en même temps quétaine et très perspicace. C'est-à-dire que je trouvais le geste lui-même quétaine, par pudeur, encore, mais très perspicace de deviner que Mélène avait probablement besoin de cette preuve d'affection autant que moi. Je n'ai donc pas résisté longtemps, l'envie était trop forte et tarder aurait fini par censurer mon élan: alors que Mélène m'offrait d'aller continuer la conversation au salon, je me suis levé, je l'ai prise dans mes bras et je l'ai serrée longtemps. Et je le lui ai dit. Nous sommes restés debout au milieu de la cuisine, sans parler. Les larmes n'étaient pas loin et je souhaitais presque qu'elles viennent.

«Ça prend deux secondes, monter nous embrasser... Avant, t'étais toujours rendu ici... peut-être même un peu trop... pis là, on te voit pus. Prends pas ça comme une critique, là, non, c'est juste une constatation... On comprend ce qui se passe, Jeanne et moi, pis on est très heureuses de ce qui vous arrive, à toi et à Mathieu mais... c'est difficile à dire...

— Vous vous sentez abandonnées?

— On est pas au bord du suicide, mais on s'ennuie... Pis les autres aussi. Nos soupers du samedi soir sont pus les mêmes... Y nous manque notre macho favori...»

Il m'arrivait souvent de jouer les machos quand j'étais un peu paqueté, au grand plaisir de ces dames qui trouvaient mon imitation irrésistible. Elles riaient à mes farces grasses et m'appelaient «mon oncle Joe»; elles me lançaient des serviettes de papier quand j'allais trop loin ou me huaient en choeur... L'envie de revivre tout ça était presque douloureuse. Et je me suis rendu compte que la pire chose qui pourrait m'arriver serait d'avoir à faire un choix définitif.

La tuyauterie de notre maison est des plus vétustes — autre sujet de chicane entre les deux clans: à cette époque-là Mélène, Jeanne et moi voulions la remplacer au printemps suivant mais les deux autres préféraient garder leur argent pour faire un voyage en Europe, elles n'y étaient pas allées depuis dix-huit mois, les pauvres — et chaque fois que quelqu'un prend sa douche à quelque étage que ce soit, tout le monde le sait. Ma douche à moi produit un long borborygme très saccadé — comme un rhume de tuyau — qui la distingue des deux autres; aussi fûmes-nous assez étonnés, Mélène et moi, lorsque ce bruit très caractéristique s'éleva au milieu de nos effusions.

Mélène, qui a une peur bleue des voleurs, a aussitôt crié:

« Y'a quelqu'un chez vous! »

Je l'ai vite rassurée:

« Panique pas, les voleurs prennent rarement leur douche quand y vont voler chez le monde... C'est sûrement Mathieu qui a fini de travailler plus tôt... »

Nous avions évidemment beaucoup parlé de lui. Enfin, moi j'avais parlé de lui. En termes choisis mais très nets. Mélène savait maintenant la véritable importance qu'il avait prise dans ma vie et avait en quelque sorte le mandat d'aller tout répéter au reste de la famille. Comme elle avait appris à s'habituer à la présence de Mathieu, ça ne posait pas de problème majeur même si je sentais une toute petite pointe non pas de jalousie mais peut-être de déception, comme si elle aussi m'avait cru trop vieux pour rencontrer à nouveau l'amour après la rupture tant désirée avec Luc, et que ç'avait fait son affaire... Je ne crois pas qu'elle ait consciemment voulu me garder pour elle; mais il m'arrive parfois moi-même de me dire que si jamais Jeanne — que j'adore — disparaissait de la vie de Mélène j'aurais beaucoup de difficulté à accepter sa remplaçante, aussi belle, aussi gentille, aussi brillante fût-elle. Parce que ça changerait l'équilibre d'un édifice bâti avec beaucoup de patience et beaucoup de soin. En fin de compte, c'était beaucoup plus un nouveau membre à l'intérieur de notre

famille très unie qui était difficile à prendre que mon nouvel amant.

Mélène nous a invités à souper, Mathieu et moi; j'ai dit
que je le lui en parlerais.

Je l'ai trouvé au sortir de la douche, excité comme
une puce. Francine Beaupré, la secrétaire de l'agence de
publicité, l'avait pris au mot: on cherchait quelqu'un pour
annoncer les vertus du lait dans une vaste campagne publicitaire et sa gueule d'adolescent attardé avait retenu l'attention des commanditaires. C'était un contrat mirobolant qui
lui permettrait, s'il le décrochait, de laisser *Eaton* pour
consacrer tout son temps à son métier de comédien.

«Tu comprends, j'accepterais jamais d'être le représentant exclusif d'une bière ou d'une chaîne d'alimenta-
tion, mais le lait... C'est bon pour la santé, non, le lait, ça
porte pas à conséquence. Y me semble que j's'rai pas mal
vu si jamais je décroche ce contrat-là... »

Il m'avait souvent parlé des scrupules qu'il avait à
paraître dans des commerciaux. C'était très bien payé mais
les comédiens qui en faisaient trop finissaient par avoir
une réputation pas très flatteuse et Mathieu avait une peur
bleue de tomber dans cette catégorie d'acteurs méprisés
parce qu'ils font leur argent trop facilement à annoncer
dans des publicités la plupart du temps débiles des pro-
duits souvent douteux. Il avait encore tout à prouver, dans
ce métier-là, et ne voulait pas brûler ses chances.

Il est parti passer son audition dans un état de fébrilité
proche de la crise d'hystérie. Je le comprenais: cette oppor-
tunité qui s'offrait à lui prenait soudain figure de délivrance. Quelques jours de travail lui permettraient d'essayer une fois pour toutes d'exercer un métier qui le
passionnait et pour lequel il était persuadé d'être fait. Fini,
les vêtements pour hommes, les clients chiants ou trop
collants, l'impression désagréable de ne pas être à sa place
et de risquer d'y rester longtemps parce qu'il faut bien
gagner sa vie...

Aussitôt qu'il a franchi la porte, le téléphone a sonné. C'était évidemment Mélène.

«J'ai entendu boum-boum-boum-boum-boum-boum dans l'escalier. J'me suis collé le nez à la fenêtre... Y'a donc ben l'air énervé... J'pensais qu'y'allait arracher la porte du taxi après avoir failli se tordre le pied sur la dernière marche... Y'a-tu quelqu'un de malade? Son fils? »

Nous avons mangé, tous les quatre, un délicieux poulet au gingembre, miel et citron, spécialité de Jeanne que je n'ai jamais réussie parce que je mets toujours trop de miel et que ma sauce, en durcissant, se transforme en une espèce de colle sucrée qui tombe sur le coeur. Le souper a été charmant; Mathieu nous a fait rire avec des anecdotes d'agences de publicité, mimant les folies qu'on lui avait demandé de faire ou imitant les clients, arrogants et porc frais, pour qui rien ni personne n'était jamais assez beau.

Son audition s'était très bien déroulée; il croyait avoir de bonnes chances de décrocher le contrat. Mélène et Jeanne l'écoutaient parler de lui-même avec un réel ravissement. J'avais un peu l'impression qu'elles le voyaient vraiment pour la première fois même si elles avaient toujours été chaleureuses avec lui. Il prenait soudain à leurs yeux une consistance certaine parce qu'il se laissait aller devant elles à parler de ses espoirs, de ses passions — le cinéma, le théâtre, son fils... et moi —, de ses difficultés à se faire accepter dans un milieu fermé où seuls les élèves qui sortent des écoles, et pas n'importe lesquelles, sont pris en considération. Il était autodidacte et les autodidactes étaient pris de très haut, un peu comme les amateurs du temps des Saltimbanques et des Apprentis-Sorciers dans les années soixante.

Au dessert, entre deux bouchées d'une tarte aux pommes un peu trop forte en cannelle, Mélène a lancé, comme si de rien n'était:

«Ah! au fait... J'ai oublié de vous dire... Jeanne et moi

on a décidé de faire un réveillon pour Noël... C'est-à-dire...
pas un vrai réveillon, là, mais un souper... un souper assez
tôt pour que Sébastien puisse y assister... La famille connaît
pas encore c't'enfant-là, y serait temps qu'on le rencontre...
On a l'impression que vous avez peur de nous le présenter... »

SÉBASTIEN

Éric Boucher avait déjà tapoché Sébastien deux fois depuis le matin. Pour une vulgaire histoire de *Transformer* que Sébastien ne voulait pas lui prêter. Sébastien avait pleuré la première fois, riposté la deuxième, un peu trop énergiquement d'ailleurs, parce qu'Éric, pourtant la terreur de la garderie, était allé se plaindre au moniteur, le doux Mario, qui n'en était pas revenu. Mario avait eu envie d'aller féliciter Sébastien d'avoir remis le petit monstre à sa place mais s'était contenté d'essayer de faire la paix entre eux. Réconcilier Éric et Sébastien était une chose impossible; ils s'étaient trouvés antipathiques dès les premiers jours de septembre et n'avaient pas cessé de se chamailler depuis. Les moniteurs avaient essayé de comprendre pourquoi; ils avaient surveillé les deux enfants de près, étudié leur comportement, leurs caractères, leurs goûts et avaient découvert que l'un, Éric Boucher, était un meneur vindicatif qui ne pardonnait rien à personne et se retrouvait souvent seul alors que l'autre, meneur lui aussi, pourtant, mais plus souple, plus conciliant, était beaucoup plus populaire. La jalousie s'était mêlée à l'antipathie naturelle et les deux enfants étaient en guerre perpétuelle. Sébastien avait de son côté quelques garçons de la garderie plus toutes les filles alors qu'Éric devait se contenter du reste des garçons, les plus agressifs, évidemment.

Ce microcosme de société fascinait Mario. Il aurait voulu remonter aux sources de ces petits êtres qu'il adorait et dont la surveillance lui était confiée quelques heures par jour, étudier leurs parents pour voir si l'hérédité ne jouait pas un rôle important dans leur comportement: Éric Boucher était-il fils d'un petit dictateur de province et Sébastien d'un pacifiste? Où n'était-ce pas plutôt le contraire, les enfants réagissant à leurs parents en développant un caractère qui leur était opposé? Non, à quatre ans, à cinq ans, on est très influençable; Mario aurait bien aimé rencontrer le père de Sébastien mais pas celui d'Éric.

En attendant, il était couché à côté de Catherine qui avait le sommeil agité depuis quelque temps et dont la mère avait demandé qu'on la surveille d'un peu plus près. C'était l'heure de la sieste; tous les enfants dormaient. Après le tintamarre du matin, l'agitation du lunch, la sortie dans le parc compliquée par le fait que Catherine, justement, avait perdu une mitaine qu'il avait dû retourner chercher dans la sloche, Mario appréciait grandement cette petite demi-heure de tranquillité. Les deux monitrices qui travaillaient avec lui étaient allées fumer une cigarette dans la cour; c'était son tour, aujourd'hui, de faire la sieste avec les enfants.

Catherine geignait. Il passa doucement un doigt sur son front bombé en chantonnant une mélodie qu'elle aimait particulièrement. Elle se blottit contre son épaule en suçant son pouce. Une autre qui manquait d'affection? Il se dit qu'il se posait vraiment trop de questions, se tourna sur le dos, s'endormit.

Le réveil fut brutal; Éric Boucher se laissa tomber sur le ventre de Mario en criant:

« Mario, j'ai faim! »

Il se dit que si Éric réveillait ses parents de cette façon tous les matins, le petit déjeuner ne devait pas toujours être des plus calmes dans cette famille.

« Éric, t'aurais pu m'étouffer! Ça fait mal, ça! »

Éric se contenta de lui faire la grimace.

Les enfants se réveillaient un à un; les conversations, souvent incompréhensibles, reprenaient où elles avaient été interrompues, les jeux aussi. Les groupes se reformaient automatiquement, comme si chaque enfant avait été doté d'un aimant qui attirait ses amis tout en repoussant les autres.

Il fallait préparer la collation. Mario allait s'éloigner pour prévenir ses collègues que la sieste était terminée lorsqu'il vit Sébastien se diriger délibérément vers Éric Boucher. Prévoyant une autre bagarre, il allait s'interposer lorsqu'il entendit Sébastien dire à l'autre enfant:

« En tout cas, moi, j'ai quequ'chose que t'as pas! »

C'était la pire injure qu'on pouvait faire à Éric qui voulait toujours être celui qui a le plus de tout. Il s'approcha donc de Sébastien en lui répondant:

« Ça se peut pas! J'ai plus de *Transformers* que toi, pis plus de *Schtroumpfs!* »

— J'parle pas de t'ça, Éric Boucher! Moi, là, j'ai une maman pis *trois* papas!

Il y eut un silence dans la garderie. Toutes les têtes se tournèrent vers Sébastien. Mario cacha son étonnement derrière un fou rire, puis, comprenant la situation, se dit qu'il aimerait encore plus rencontrer le père de Sébastien...

Éric Boucher, lui, était resté comme figé au milieu de la salle de jeux. Ses supporteurs le regardaient avec de grands yeux, espérant qu'il allait clouer Sébastien sur place avec une réplique dévastatrice. Mais rien ne venait; Éric ne pouvait pas battre le trio d'as de Sébastien. L'humiliation était trop grande, il se mit à hurler. De grosses larmes coulaient sur ses joues, généreuses et intarissables, de vraies larmes de grande peine d'enfant impossible à consoler.

Sébastien n'était pas peu fier de lui: il avait réussi à faire brailler Éric Boucher sans même le toucher.

Il avait beaucoup hésité avant de faire sa déclaration. Il y pensait depuis le matin mais sa découverte, pendant le dernier week-end chez Jean-Marc, avait été tellement étonnante qu'il avait voulu la garder pour lui un peu plus longtemps pour essayer de la comprendre avant de la formuler... Il avait donc fait semblant de dormir, pendant la sieste, pour mieux réfléchir. Dans sa tête d'enfant, un débalancement était évident: on pouvait avoir deux papas et deux mamans, comme sa cousine Karine, quand les parents d'un petit enfant se séparaient... Ça, il le comprenait bien. Mais sa situation particulière le mettait quelque peu mal à l'aise. Comment expliquer, en effet, que Jean-Marc n'était pas une maman? Ses conversations avec sa mère et Jean-Marc n'avaient pas du tout résolu son problème: ils avaient répondu des choses un peu trop compliquées qu'il soupçonnait n'avoir été que de belles paroles pour cacher quelque chose de plus profond dont ils n'étaient pas capables de parler. Il avait très bien senti la gêne mais ça non plus il n'arrivait pas à se l'expliquer: existait-il des choses dont il était impossible de parler? Et lesquelles?

Ce n'est qu'en pensant à l'évidente supériorité sur Éric Boucher que cette situation privilégiée lui donnait qu'il s'était décidé à tout dire. Et il avait eu raison.

Il retourna à sa gang, grandi d'un bon pouce, rose de plaisir.

Mais le coup de grâce lui fut donné non pas par un de ses ennemis mais par une de ses plus grandes alliées, Marie-Ève Quintal, pourtant toujours discrète, qui le regardait sans cesse avec des yeux admirateurs et dont il pouvait faire ce qu'il voulait. Elle dit, sans lever la tête de son pinceau, et sur un ton parfaitement neutre, comme si la chose avait été tout à fait naturelle:

« Moi, là, j'ai un papa pis *trois* mamans... »

La garderie complète, même Éric Boucher, s'écria:

« Hein? Chanceuse! »

JEAN-MARC

Tous les clichés imaginables y étaient: la dinde rôtie farcie, les tourtières pur porc arrosées de ketchup *Heinz*, les cretons, les marinades variées, sucrées et salées — je n'avais pas vu de cornichons et de chou-fleur dans la moutarde depuis des années —, la gelée d'atacas, les patates pilées, les petits pois numéro deux, les beignes, les trous de beignes, les tartes aux pommes, la bûche de Noël et même, choses rarissimes de nos jours, la bonne vieille tarte au citron meringuée et les cream puff fourrés à la crème fouettée. Tout ça fait maison par une armée de fées qui n'avaient pas autant cuisiné depuis des lustres et qui s'y étaient jetées avec une étonnante délectation et un comique voulu. Surtout Mélène qui, à la vue de tout ce poison qui entrait chez elle, faisait sans cesse la scandalisée, la main sur le coeur et les yeux révulsés. (Elle était même allée jusqu'à se cacher dans sa chambre quand le porc avait été livré, en hurlant: «Vade retro Satanas!»)

J'ai moi-même mis la main à la pâte, littéralement: délaissant pour une fois le sempiternel wok, je me suis lancé dans la confection des cream puff de ma tante Jacqueline avec l'énergie du désespoir. Le résultat faisait pitié à voir mais s'avéra délicieux.

Jeanne était chef de chantier et menait son monde de main de maître: chacun avait son rôle à jouer, sa recette à réussir ou rater et devait s'y tenir absolument, quel que soit l'aspect du résultat. La cuisine et la salle à manger avaient été subdivisées en trois grands quartiers généraux: la pâtisserie, les viandes, les légumes d'accompagnement. (Michelle, toujours aussi paresseuse, a insisté pour s'occuper des patates et des petits pois et a oublié, à la dernière minute, d'ouvrir la boîte d'atacas!) Toute la journée la maison a bourdonné d'activités, de chansons tirées des cahiers de l'abbé Gadbois, de farces plates, de rires, de cris de dégoût quand une recette était ratée ou d'exclamations pâmées quand quelque chose de beau était retiré du four — les tourtières connurent le triomphe absolu: dorées, odorantes, suintantes de graisse, elles étaient au dire de tout le monde dignes de la couverture d'une encyclopédie de madame Benoit. Elles étaient l'oeuvre d'Arielle qui n'en revenait pas: elle n'avait jamais fait de tourtières de sa vie et s'attendait à voir sortir du four des masses pâteuses, informes et probablement puantes, au lieu de quoi elle avait produit un véritable chef-d'oeuvre culinaire qui lui valut les félicitations de tout le monde.

Mathieu nous a étonnés en produisant, dans le four de notre appartement parce que celui de Jeanne était super-occupé, la plus belle tarte au citron que nous ayions jamais vue, plus belle encore que celle de ma mère qui avait toujours été pour moi le critère absolu. (Je me disais même, à ma grande honte et en riant dans ma barbe, que la tarte au citron de Mathieu aurait séduit ma mère...) Sébastien n'était pas peu fier de son père et se promenait de l'un à l'autre en disant: «Est belle la tarte de papa, hein?»

Tout ce branle-bas, d'ailleurs, avait pour cause la présence de Sébastien pour qui nous avions décidé de fêter Noël cinq jours avant le temps. Nous lui avions expliqué qu'il y aurait deux Noëls, cette année-là, un chez lui et un chez nous, deux arbres de Noël aussi, deux dindes, et surtout deux remises de cadeaux, ce qui avait achevé de le mettre en transes. En effet, ses cadeaux trônaient sous le magnifique arbre que Jeanne et Mélène avaient monté la veille et Sébastien passait son temps à aller les secouer pour essayer de deviner ce qu'ils contenaient. Son excitation grimpait au fur et à mesure que la journée avançait, il était même rendu à la limite du supportable mais tout le monde le trouvait adorable, intelligent, beau, éveillé, et il en profitait grandement.

Le dépouillement de l'arbre de Noël se fit juste avant le repas sous l'oeil goguenard de Sans-Allure que Sébastien avait installé à côté de lui. Sébastien a défait ou, plutôt, défoncé les paquets avec des cris de joie, hurlant de plaisir à la vue des jouets que mes amies avaient voulus abondants et rares: pas de *He-Man* ni de *Transformers* mais des choses belles, éducatives, imaginatives, dont Sébastien ne soupçonnait pas l'existence et qui le ravissaient. Il demandait souvent: « C'est quoi, ça? » et écoutait attentivement, même s'il était très nerveux, les explications qu'on lui donnait. Au bout de dix minutes il disparaissait sous un amoncellement de papier d'emballage et Zouzou a couru chercher sa caméra. Sébastien a perdu deux fois Sans-Allure, l'a retrouvé en lui montrant chaque fois tous les cadeaux qu'il avait manqués pendant qu'il étouffait sous le papier, lui parlant comme à une vraie personne au grand ravissement de tout le monde. Il a ensuite remercié une par une chacune de mes amies qu'il voyait d'ailleurs pour la première fois; j'ai surpris des regards mouillés et des soupirs d'envie. Mathieu semblait très touché mais se tenait silencieux dans un coin, peut-être à cause d'une trop grande émotion que sa pudeur lui dictait de cacher.

Le souper lui-même s'est déroulé dans une euphorie proche de l'hystérie. Nous avions décidé de « jouer » un repas typiquement québécois et, le vin aidant, nous nous sommes un peu laissés emporter malgré la présence de Sébastien: l'humour volait très bas, les rires étaient pas mal gras, chacun se servant de ses souvenirs de Noëls en famille un peu trop arrosés pour nous imiter sa tante Imelda, son oncle Édouard ou sa cousine Jeannine. Nous avons eu droit à des chansons à répondre à double et à triple sens, à des histoires à faire dresser les cheveux sur la tête tant elles étaient misogynes — dans la bouche de mes amies elles prenaient d'ailleurs une saveur d'exutoire assez extraordinaire, leurs imitations des hommes de leur famille étant d'une rare méchanceté et d'une rare justesse —, à des scènes de soûlographie très drôles, à une bataille de patates pilées qui a ravi Sébastien, évidemment, mais qui m'a un peu inquiété: je me suis d'ailleurs senti obligé d'expliquer à Sébastien à plusieurs reprises que tout ça c'étaient des farces, un jeu de grandes personnes et qu'il ne fallait surtout pas qu'il essaie de faire pareil en retournant chez lui. Le pire, c'est qu'il semblait très bien comprendre. Il passait de l'un à l'autre, grimpait sur les genous de tout le monde, chantait, embrassait à qui mieux mieux les joues qui se tendaient vers lui. Les filles le cajolaient, le chatouillaient, se pâmaient sur sa complexion et la beauté de ses yeux; lui avait du fun et régnait là-dessus comme s'il y était né, traînant avec lui un nouveau toutou en peluche qui, je le sentais déjà, allait devenir un sérieux rival pour Sans-Allure...

Il est tombé endormi, épuisé, juste après la deuxième tournée triomphale de la tarte au citron de son père. Nous l'avons couché dans le lit de Jeanne et de Mélène. Il a dormi comme une bûche malgré le boucan infernal que nous avons fait une bonne partie de la soirée.

La fête pour l'enfant s'était peu à peu transformée en ces retrouvailles familiales dont tout le monde avait ressenti le besoin depuis quelque temps; les imitations ont cessé, le ton s'est feutré vers la fin, des épanchements mouillés ont été échangés, Mathieu a même été admis solennellement au sein de la famille, preuve d'affection et de confiance qui m'a beaucoup touché.

Le réveillon s'est achevé dans une douceur enveloppante, autour d'un dernier cognac, rare et délicieux, que Jeanne avait déniché quelque part dans le fin fond de l'Ontario, chez un fournisseur qui gardait des bouteilles depuis des années sans vraiment en connaître la valeur. Nous nous sommes séparés heureux, pompettes et même plus dans certains cas, nous jurant toutes sortes de choses que nous aurions heureusement oubliées le lendemain. Mathieu a enveloppé Sébastien dans une couverture; j'ai transporté les cadeaux — il m'a fallu faire deux voyages, assez vertigineux d'ailleurs, les marches de l'escalier dansant sous mes pas et les murs tanguant de façon dangereuse.

Mélène et Jeanne m'ont longuement embrassé, me souhaitant tout ce que des personnes paquetées peuvent souhaiter à quelqu'un qu'elles soupçonnent d'être très heureux. Le casse-tête était enfin complété ou, du moins, je le croyais: les deux derniers morceaux, Mathieu et Sébastien, avaient enfin trouvé leur place.

Sébastien était avec nous depuis trois jours. La garderie était fermée, j'étais en vacances, Mathieu rentrait tout de suite après le travail; nous vivions quelque chose qui ressemblait à une vie de famille et je commençais à y trouver un certain plaisir. Sébastien ne me faisait plus peur comme à ses premières visites; je savais maintenant que je n'avais pas à le surveiller sans cesse, qu'il pouvait très bien s'occuper tout seul, surtout au milieu de ses nouveaux jouets qu'il avait entassés autour de son lit et dont il ne voulait plus se séparer. L'après-midi nous allions au cinéma ou je louais des cassettes vidéo. J'ai revu *Pinocchio* de Walt Disney avec ravissement mais j'ai détesté *Alice au pays des merveilles* que j'ai trouvé trop compliqué pour les enfants et, surtout, trop américanisé. Sébastien, lui, préférait de beaucoup les dessins animés modernes, ces affreuses monstruosités, faites pour provoquer et développer chez les enfants l'instinct de guerre, de compétition, d'agressivité (eh! oui, je commençais déjà à penser en parent inquiet...).

Nous étions à l'avant-veille de Noël et j'avais promis à Louise de ramener Sébastien l'après-midi même. Ils partaient tous les trois pour une semaine chez ses parents à elle qui vivaient maintenant quelque part dans le comté de Charlevoix.

Juste avant que nous embarquions dans la baignoire, le téléphone a sonné. Mathieu, à bout de souffle comme s'il avait couru deux milles à travers les départements d'*Eaton*, m'a appris qu'il avait décroché le contrat de publicité de lait.

«Y m'ont téléphoné ici, j'leur avais laissé le numéro... Chus assez énervé, là, que j'pense que j'vais m'écraser avant la fin de la journée... Comprends-tu ce que ça veut dire? La liberté! Pus de magasin! J'étais au bord de tout sacrer là, de toute façon... J'étais pus capable de les voir, personne! Les vendeurs autant que les clients... Aïe, j'sais pas c'que Sébastien va dire quand y va voir les grands placards dans le métro... Pis les commerciaux de télévision... T'sais que ça va être un gros plan, avec le grand sourire pis la moustache de lait et tout... J'vais faire de l'argent comme j'en ai jamais fait jusqu'ici... J'vais avoir assez d'argent pour continuer mes cours... assez de temps pour courir les vrais emplois d'acteur! Je le sais que chus naïf, que ça va être dur, mais au moins j'ai une chance! Hon! Penses-tu que ça va me brûler? Penses-tu que les réalisateurs ou les metteurs en scène voudront pas de moi parce que j'vais être le gars à la moustache de lait? J'avais pas pensé à ça... Bon, excuse-moi, j'te laisse, mon boss est en train de me mordre le mollet... »

Je n'avais pas eu le temps de placer trois mots. J'ai appris à Sébastien qu'on allait voir son père à la télévision mais il n'a pas semblé très bien comprendre. Je ne savais pas du tout si j'avais envie de voir la face de mon chum placardée partout dans la ville, mais c'était effectivement une chance pour lui. J'étais de nouveau le chum d'un acteur! Si tant est qu'une campagne de publicité puisse faire de quelqu'un un acteur, évidemment... Et je voyais déjà l'air de Luc quand il apercevrait les panneaux publicitaires de Mathieu pour la première fois...

Il y avait de l'eau partout dans la salle de bains. Mélène avait donné à Sébastien, entre autres choses, un canard en caoutchouc qui crachait par le bec un jet d'eau très puissant, et nous en faisions l'essai. Sébastien était assis sur mes genoux repliés et essayait de se tenir en équilibre tout en me lançant au visage une eau savonneuse et tiède. J'allais lui dire que ça suffisait, que nous étions dans la baignoire depuis assez longtemps, que la peau était en train de nous raccourcir, quand il m'a demandé tout à fait naïvement, entre deux éclats de rire:

«Jean-Mak... qu'est-ce que ça veut dire, toucher?»

J'ai été désarçonné par sa question. Un enfant de son âge aurait dû normalement connaître ce mot-là. J'ai allongé la main vers son visage, ai pressé le bout de son nez.

«Tiens, j'viens de te toucher, là...»

Il remplissait son canard d'eau, sérieux et concentré.

«Oui, oui, touché comme ça je le savais... Mais l'autre jour mon oncle Paulot m'a demandé si tu me touchais, des fois... J'ai dit oui pis y'avait l'air fâché... Ça veut-tu dire me battre? Tu me bats pas, hein?»

J'ai cru que j'allais couler à pic au fond de la baignoire. Tout ce qu'impliquait ce mot-là m'est tombé dessus comme une tonne de briques. J'ai commencé par rassurer Sébastien en lui disant des banalités, genre: non, non, j'te bats pas, j'te battrai jamais, y faut que tu sortes ça de ta tête, laisse faire c'que ton oncle Paulot t'a dit... mais pendant que je parlais, l'autre signification du mot toucher m'étouffait: quelqu'un quelque part croyait que parce que j'étais homosexuel j'étais dangereux pour Sébastien! J'avais envie de hurler, de sortir du bain et d'aller tuer cet enfant de chienne qui avait osé, en plus, en parler ouvertement devant un enfant de quatre ans!

Sébastien s'est rendu compte de mon malaise.

«T'es-tu malade, Jean-Mak?

— Non, non... mais on va sortir du bain, y faut que j'aille te mener chez maman...»

J'ai fait sa valise comme un zombie. Je crois bien que j'ai oublié la moitié des choses que j'aurais dû mettre dedans. J'étais furieux et en même temps je me sentais abandonné, comme après une rupture. Quelque chose venait de se rompre quelque part en moi, je ne savais pas quoi encore mais j'en ressentais une douleur sourde qui me pliait presque en deux. Peut-être la déception de voir tout s'écrouler d'un seul coup après tant d'effort... J'avais voulu aimer cet enfant-là, je commençais effectivement à l'aimer et voilà qu'un écoeurant, d'un seul mot, détruisait tout avec une seule question!

Aurais-je à lutter contre ce genre d'accusation tant et aussi longtemps que je verrais Sébastien? Et de la part de qui? Tout le monde allait-il, à un moment ou à un autre, se poser la même question? La paranoïa n'était pas loin.

Sébastien filait doux. Je crois bien qu'il pensait que j'étais fâché contre lui mais j'étais incapable de le rassurer comme je l'avais fait plus tôt: j'étais prisonnier d'une douleur qui m'empêchait de penser, d'agir de façon rationnelle. Je me suis mis à tourner en rond, dans la maison, comme si j'avais cherché quelque chose. Je crois bien que j'avais peur.

J'ai beaucoup pleuré dans les bras de Mathieu. C'était la première fois que je m'effondrais devant quelqu'un avec un aussi *généreux* abandon, oserais-je dire. J'avais déjà fait des crises de jalousie, oui, je m'étais même traîné devant Luc à l'époque où j'avais appris que j'étais le gars le plus cocufié de Montréal, mais jamais je ne m'étais laissé aller à exprimer devant quiconque une peine avec cette générosité du désespoir qu'engendre la rage. Même devant Mélène à qui je disais tout, pourtant. (Surtout devant elle, en fait, avec qui j'essayais toujours de rire de mes malheurs plutôt que de m'en plaindre...)

Je ne pouvais absolument rien pour résoudre le problème qui me bouleversait, sauf attendre. Mais comment attendre quand on est enragé?

Quand ma crise a été un peu calmée, j'ai réussi à parler. Mais pour une fois parler a été plus difficile que pleurer. Mathieu écoutait, immobile; j'étais convaincu que son bras droit sur lequel je m'appuyais était engourdi et le faisait souffrir mais il ne disait rien et je ne bougeais pas par pure apathie. J'étais au fond d'un étang glauque, quelque chose de très laid rôdait autour de moi et j'étais tout à fait incapable de réagir. Je voulais rester là à étouffer dans les convulsions de la rage, me regarder en quelque sorte partir, ou disparaître, ou me fondre dans la vase. On dit souvent qu'il faut atteindre le fond pour pouvoir trouver l'énergie nécessaire à l'élan qui nous permettra de refaire surface mais, étrangement, cette plongée dans le désespoir rageur me laissait plutôt léthargique. Pourtant la rage et la léthargie n'ont rien à voir l'une avec l'autre il me semble!

«J'me sens tellement vieux, tout d'un coup! Tellement impuissant! J'sais pas si j'ai le courage de tout vivre ça! J'veux juste les beaux côtés, comprends-tu? Les beaux côtés que je viens de découvrir après des mois d'inquiétude! Juste au moment où c't'enfant-là arrête de me faire peur, y'a ça qui me tombe dessus! C'est très égoïste, je le sais, mais j'veux pas des problèmes que Sébastien peut m'apporter... nous apporter. Surtout ceux de cet ordre-là! J'pourrai pas vivre avec cette menace constante... C'est toi que j'aime, Mathieu, pas lui! Peut-être que je m'exprime mal... J'ai appris à l'aimer à cause de toi mais si tu partais, demain matin, si on se quittait, chus pas sûr que j'm'ennuierais de Sébastien, et j'me sens monstrueux! Chus quand même pas pour te demander de le voir ailleurs ou de plus le voir du tout! »

Mathieu a essuyé mon front avec un bout de drap. J'étais en sueur. Il ne savait visiblement pas quoi me dire. Il voyait le problème de la même façon que moi et devait avoir aussi peur que moi de l'échéance qui nous guettait.

« Si tu te laisses aller au découragement comme ça, c'est sûr que tu vas freaker pis que tu passeras pas au travers... »

Je l'ai coupé.

« J'sens que tu vas me dire qu'y faut laisser agir le temps... Mais c'est tout de suite que je panique, Mathieu, c'est tout de suite que je passe pour un criminel! Ça m'intéresse pas de savoir que demain ça va être facile, c'est difficile aujourd'hui! Ça fait mal aujourd'hui! Ça m'enrage aujourd'hui! J'sais même pas si j'vais pouvoir regarder Sébastien dans les yeux quand j'vais le revoir parce que son gros épais de mon oncle a insinué une chose qui me serait jamais passée par l'esprit! C'est peut-être enfantin mais j'peux pas juste oublier cette chose-là, faire comme si elle avait jamais été dite! C'est comme si tout ça avait... coupé en deux mes relations avec Sébastien... D'un côté y'a la découverte de cet enfant-là à laquelle j'm'attendais pas et qui pourrait très bien transformer ma vie en faisant de moi un homme un peu plus responsable, et de l'autre... cette monstruosité-là qui risque de nous poursuivre tant que Sébastien sera pas majeur et qui me terrorise... Après Paulot, ça va-tu être les voisins? Et après les voisins, les gens du quartier? Quand y vont nous voir nous promener tous les trois, sur la rue Bernard, l'été prochain, qu'est-ce qu'y vont dire les preppies d'Outremont, à la terrasse du *Bilboquet*, et leurs parents, à la terrasse de la *Moulerie*? »

L'insignifiance de mes derniers propos a fait sourire Mathieu et je me suis tu. J'étais en train de tomber dans des considérations tout à fait ridicules, mieux valait me taire, en effet.

Nous sommes restés très longtemps sans parler. J'aurais voulu que le monde se limite désormais à ce lit dont je ne désirais plus jamais sortir. Deux corps soudés au milieu des draps froissés, avec rien autour.

J'ai peut-être même dormi. Quand Mathieu a parlé nous n'avions toujours pas bougé et, par pure pitié pour son pauvre bras, j'ai glissé ma tête vers son ventre.

«Si j't'aimais moins, j'm'en irais tout de suite, Jean-Marc. J'ferais ma valise sans rien dire, j'prendrais un taxi, j'irais me réfugier chez ma mère, comme d'habitude. Ça ferait mal mais ça finirait par passer. Comme toujours. Une visite aux enfers, une visite aux limbes, un petit retour dans le monde... On a tous fait ça et on en est tous revenus. Jamais indemnes mais pas toujours trop amochés non plus. Mais j'veux pas m'en aller. J'veux absolument pas guérir de toi. Moi, du courage, j'en ai pour deux. Si tu veux, j'vais t'en passer... »

J'entendais résonner sa voix à l'intérieur de son corps et j'ai eu l'impression pendant un très court instant d'être lui. Et j'ai su que quoi qu'il arrive Mathieu ferait à tout jamais partie intégrante de moi. Ou moi de lui. Le choix s'est fait avec une facilité déconcertante. Une grande chaleur s'est ouverte, comme une fleur qui se déplie. Je venais de trouver mon élan.

C'est Sébastien lui-même qui a répondu.

« Comment ça se fait que c'est toi qui réponds? Y me semble que ta mère te le défend...

— C'est qui qui parle?

— C'est Jean-Marc.

— Allô, Jean-Mak!

— Allô... T'as pas répondu à ma question, Sébastien...

— Maman est aux toilettes! »

J'ai entendu la voix de Louise, au loin (elle avait dû ouvrir la porte de la salle de bains pour écouter ce que disait son fils).

« Sébastien, franchement! J't'ai dit de dire que j'étais occupée!

— Est occupée!

— De toute façon, c'est à toi que je voulais parler...

— Ah! oui? »

Le ton était plutôt prudent. Je ne l'avais jamais appelé, il devait penser que j'allais le chicaner.

« Écoute bien c'que j'vais te dire, okay?

— Okay... »

La voix s'était faite encore plus faible. J'ai parlé rapidement pour le rassurer.

« Si jamais ton oncle Paulot te parle encore de moi, là... Tu m'écoutes bien, là?

— Oui...

— Si jamais ton oncle Paulot te parle encore de moi, j'te donne la permission de l'envoyer chier. »

Petit silence.

« T'as bien compris, Sébastien?

— Oui... mais maman voudra pas...

— Maman va vouloir... Tu lui diras de m'appeler, on va s'en parler tous les deux... Okay? »

307

Autre court silence, puis, très fort dans l'appareil:

«Maman, Jean-Mak y dit que j'peux dire de va chier à mon oncle Paulot! C'tu vrai?»

MATHIEU

C'était faux qu'il avait du courage pour deux. Il s'était même rarement senti aussi fragile, aussi vulnérable. Il était pourtant rendu à cette croisée des chemins dont il avait tant rêvé. (La croisée des chemins lui rappelait les vieux livres de religion de son père qu'il avait feuilletés, enfant, et dans lesquels on voyait si souvent une famille, de dos, devant un calvaire planté au croisement de deux routes de campagne, et ça le faisait sourire. Mais cette fois la famille s'était un peu compliquée du fait que ses membres ne comprenaient que des hommes et les choix que représentaient les deux chemins n'avaient rien à voir avec le bien et le mal du monde révolu de son père.)

Cette décision qu'il avait prise de jouer le tout pour le tout, de profiter du commercial de lait pour tenter sa chance dans le milieu du théâtre de Montréal le terrorisait parce qu'il en voyait toute la naïveté. Mais il sentait aussi que c'était sa seule et unique chance, que s'il la laissait passer il deviendrait définitivement un vendeur de vêtements pour hommes et la pensée de se retrouver prisonnier à vie derrière un comptoir d'*Eaton* lui donnait le vertige.

Mais l'avait-il, le courage d'aller frapper à la porte des réalisateurs de Radio-Canada, de subir l'humiliation de se faire dire que son CV était loin d'être impressionnant (une saison de spectacles pour enfants et une tonne de figurations au cinéma ou à la télévision étaient loin de donner

311

une bonne réputation à un jeune acteur, même si cela lui permettait d'entrer dans l'Union des artistes) et qu'il était bien prétentieux de se présenter devant eux aussi peu préparé à ce métier? Et ces scènes d'auditions qu'il faudrait travailler (et avec quelle partenaire?) pour affronter les directeurs de théâtre... Il était absolument convaincu de son talent — son professeur, une des meilleures et des plus sévères de la ville, l'encourageait fortement depuis déjà un an à tenter sa chance — mais il doutait de sa capacité à convaincre qui que ce soit de l'écouter parler de lui-même. Le plus dur, dans ce métier-là, il le savait, était de se vendre... Il se donnait donc deux ans — le temps de son contrat — pour «percer», sinon...

Jean-Marc ronflait beaucoup, cette nuit-là. Mathieu l'avait poussé doucement pour qu'il change de position, puis plus brusquement. Jean-Marc s'était à demi réveillé, s'était excusé, s'était rendormi... et avait recommencé presque aussitôt.

Mathieu alluma une cigarette. Il détestait fumer au lit mais il n'avait pas envie de se lever. Il regarda la fumée monter vers le plafond, le cendrier posé sur le ventre, le bras tendu en dehors du lit.

Aider Jean-Marc à passer à travers tout ça ne serait pas facile non plus, il le savait. Ce deuxième choix qu'il avait fait de rester avec lui quelles que soient les difficultés le remplissait de satisfaction et de soulagement parce que son amour pour Jean-Marc était vraiment très grand — il avait pourtant failli le quitter en se disant je vais guérir, personne n'est irremplaçable, pourquoi vivre tout ça... — mais en même temps il refusait toujours d'imposer quoi que ce soit à Jean-Marc, son nouveau métier qui rappelait tant de mauvais souvenirs à son chum autant que son fils qui, pour le moment, représentait pour eux plus de problèmes que de joies. Ils en avaient évidemment beaucoup parlé ces derniers temps, Jean-Marc s'était montré d'accord sur tout mais Mathieu sentait chez lui une réticence qu'il n'arrivait pas à cerner tout à fait malgré leurs conversations nombreuses et animées: Jean-Marc avait-il simplement peur des problèmes qu'occasionnaient les visites de Sébastien comme il le prétendait ou n'était-il pas plutôt terrorisé à l'idée de s'embarquer dans ce qui semblait vouloir devenir une histoire qui risquait de durer longtemps? Sébastien n'était-il en fin de compte qu'un prétexte de vieux garçon endurci pour régler une situation embarrassante?

Comme s'il avait deviné ses pensées, Jean-Marc se réveilla tout à fait.

« Tu dors pas?

— Ben non. J'y arrive pas.

— Toujours les mêmes maudites inquiétudes?

— Toujours. C'est pas original, hein? J'aimerais ça avoir des problèmes tordus et divers, ça changerait le mal de place, mais chus constant même là-dedans... »

Jean-Marc se colla contre lui.

« J'pense que j'vais te rassurer... J'ai oublié de te conter quelque chose, ce soir... J'ai appelé Sébastien, avant que t'arrives de travailler... J'y ai donné la permission d'envoyer chier Paulot à la première occasion... Et si Paulot vient nous narguer jusqu'ici, parce que ça a l'air qu'y'en serait capable, c'est Louise qui me l'a dit, sais-tu ce que j'ai envie de faire? De le frencher! Ça va y faire beaucoup plus mal que de le battre! »

L'éclat de rire qui s'éleva dans la chambre fit sursauter Mélène et Jeanne, à l'étage au-dessus.

Jeanne regarda son amie avec un petit air dépité.

« Ça fait longtemps qu'on n'a pas ri comme ça à c't'heure-là, nous autres, hein? »

Mélène lui donna une légère tape sur les fesses.

« On est un trop vieux couple. Nos problèmes sont trop plates pour qu'on en rie ou qu'on en pleure...

— Eh! que t'es pas romantique!

— Rends-moi malheureuse, j'vais l'être, romantique! »

313

Ce fut au tour de Jean-Marc et de Mathieu de sursauter.

Mathieu regarda vers le plafond après avoir écrasé sa cigarette dans le cendrier.

«C'est quand même extraordinaire, hein, rire comme ça, à cette heure-là, après tant d'années de vie commune...»

SÉBASTIEN

Sébastien avait attendu avec grande excitation la réouverture de la garderie. À tout moment il demandait à sa mère combien de jours il restait avant qu'il y retourne. Louise lui avait souvent demandé pourquoi; il se contentait alors de répondre qu'il avait hâte de retrouver ses amis. Il s'amusait pourtant beaucoup avec ses jouets, allait patiner au parc avec Gaston presque tous les après-midi — les patins à deux lames, cadeau des parents de Gaston, avaient fait sa joie mais il était encore un bien piètre patineur, se contentant de rester planté au milieu de la glace, incapable de faire plus que deux ou trois pas sans tomber —, et regardait un nombre incalculable de films sur le système vidéo tout neuf de sa mère.

Louise et Gaston étaient en vacances. Ils avaient d'abord planifié un voyage dans les Laurentides mais s'étaient vite rendu compte qu'ils n'avaient pas assez d'argent et avaient été obligés de rester à Montréal. Ils laissaient couler les jours tout doucement, popotaient, recevaient des amis, en visitaient d'autres, refaisaient l'amour au cas, comme disait Gaston, où «l'enfant n'aurait pas pogné la première fois»... Cela les frustrait donc d'autant plus d'entendre Sébastien leur demander sans cesse quand finissaient les vacances.

Pendant la première semaine de janvier, cela devint franchement insupportable. Tellement que pour retrouver un semblant de paix, Louise fut obligée de fabriquer une

317

éphéméride d'une semaine dont Sébastien arrachait énergiquement une feuille chaque matin en comptant celles
qui restaient. Il continuait cependant à répondre évasive-
ment aux questions qu'elle lui posait: oui, il était bien en
vacances, non, il ne s'ennuyait pas avec Gaston et elle, oui
il était content d'aller voir Jean-Marc et son père en fin de
semaine, non, il ne s'était pas chicané avec ses petits camarades du quartier...

La veille du retour à la garderie, avant de s'endormir,
alors qu'elle lui lisait une aventure de *Winnie the Pooh*
qu'il n'écoutait d'ailleurs pas, il avait confié à sa mère:

«J'ai assez hâte de revoir Marie-Ève Quintal!»

Marie-Ève Quintal était arrivée en retard, au grand
désespoir de Sébastien qui l'avait guettée dès qu'il était
descendu de l'autobus. Tout le monde était donc plongé
depuis longtemps dans la colle et le papier découpé lorsque la porte du local s'était ouverte pour laisser passer
une Marie-Ève belle comme un coeur, bronzée — une
semaine chez ses grands-parents en Floride — et plus amou-
reuse de Sébastien que jamais. Elle s'était aussitôt élancée
vers lui — avant même de se déshabiller — et lui avait
collé sur la joue un bec mouillé qui sentait encore le lait
au chocolat. Il lui avait rendu son bec — plus sec et plus
discret — et lui avait dit, excité, en étendant les deux bras
vers elle, les doigts des deux mains bien écartés:

«Moi là, des mamans, là, j'en ai... tiens... comme ça!»

FIN

Outremont, 31 juillet 1985, 4 septembre 1986.